KAREN ELSTE

Die Halligfischerin

Weitere Titel der Autorin:

Die Halligprinzessin

Über die Autorin

Karen Elste hat Anglistik und Bibliothekswissenschaften studiert und lebt als freie Autorin im grünen Rand ihrer Heimatstadt Berlin, doch ihr Herz schlägt seit vielen Jahren für die Nordsee. Wenn sie nicht gerade Romane, Hör- oder Drehbücher schreibt, träumt sie bei einer Tasse Tee von einem kleinen Häuschen mit Reetdach an der Küste. Dort, wo die Brandung vor dem Küchenfenster anrollt und die Möwen vom nächsten Sommer erzählen.

KAREN ELSTE

Die Hallig-fischerin

ROMAN

lübbe

Dieser Titel ist auch als E-Book erschienen

Die Bastei Lübbe AG verfolgt eine nachhaltige Buchproduktion. Wir verwenden Papiere aus nachhaltiger Forstwirtschaft und verzichten darauf, Bücher einzeln in Folie zu verpacken. Wir stellen unsere Bücher in Deutschland und Europa (EU) her und arbeiten mit den Druckereien kontinuierlich an einer positiven Ökobilanz.

MIX
Papier | Fördert gute Waldnutzung
FSC® C014496

Originalausgabe

Dieser Roman wurde vermittelt durch die Literaturagentur Lesen & Hören

Textredaktion: Sylvia Gredig, Wortfischen
Umschlaggestaltung: Sabine Ruhrberg unter Verwendung von Illustrationen von © Magdalena Russocka/Trevillion Images; © www.buersosued.de
Satz: hanseatenSatz-bremen, Bremen
Gesetzt aus der Adobe Garamond Pro
Druck und Verarbeitung: GGP Media GmbH, Pößneck
Printed in Germany
ISBN 978-3-404-18764-5

2 4 5 3 1

Sie finden uns im Internet unter luebbe.de
Bitte beachten Sie auch: lesejury.de

Für Kerstin

Prolog

Der Himmel an diesem warmen Septembertag leuchtete so hell, dass Ines ihre Augen rasch mit einer Hand beschattete. Erst jetzt konnte sie quer über die grünen Salzwiesen der Hallig nach Bredenswarft sehen. Die Vormittagssonne strich über die Gräser, die sich dem Wind neigten, funkelte auf den Wellen des Meeres, die Südfall heute sanft umspülten, und blitzte in den Scheiben des breiten Backsteinhauses am anderen Ende der Hallig.

Ines war durch die Haustür auf den gepflasterten Hof von Sönkenswarft getreten, nachdem sie die Karaffe mit dem Eistee in den Kühlschrank geräumt hatte.

Normalerweise ging sie um diese Zeit durch die Diele in den Stall, doch heute wollte sie die Hitze des späten Septembertages noch einmal fühlen.

Aus dieser Entfernung waren Einzelheiten auf der zweiten Warft der Hallig Südfall schwer auszumachen, aber sie sah, dass Brar ein Paar leuchtend gelbe Gummistiefel neben die Stufen stellte, bevor er die Haustür hinter sich zuzog und ebenfalls einen Moment stehen blieb.

So machen das nur Halligmenschen, dachte Ines. Diese kurzen Momente des Innehaltens, des prüfenden Rundumblickens. Wir sind uns in jedem Moment bewusst, dass wir an einem sehr besonderen Ort leben, über den nicht wir bestimmen, sondern der Wind, das Meer und die Gezeiten. Das, was wir sehen, ist nicht selbstverständlich.

Es freute sie, dass sie diese kleine Geste der Wertschätzung, die ihr selbst so ähnlich war, nun bei ihm beobachtete.

Wir sind dankbar für jeden Tag, an dem das Wasser nicht über die Wiesen kriecht, bis nur noch die Warften aus dem Meer schauen. Wir sind dankbar, wenn sich die Sonne in den Tautropfen der Halme spiegelt und der Wind keine dunklen Wolken über den Horizont treibt.

Im Gegensatz zu Ines jedoch blickte Brar nicht über die Hallig, sondern nach oben, in den Himmel.

Ein Schwarm Möwen zog kreischend über sie hinweg. Brar wartete wohl, bis sie in der gleißenden Sonne verschwanden, bis er sie nicht mehr sehen konnte, und dann ging er hinüber zum Stall auf Bredenswarft. Seine Schritte waren fest und bestimmt.

Für einen Moment krampfte sich Ines' Herz zusammen. Sie kannte diesen Schritt. Der Wind verwehte das Klopfen seiner Arbeitsschuhe auf den Pflastersteinen, aber sie hatte trotzdem ein energisches »poch, poch, poch« im Ohr. Nur kam es nicht von der Hallig, sondern aus ihrem Kopf, aus ihrer Erinnerung.

Ein wehmütiges Lächeln huschte über ihre Lippen. Es war lange her.

Brar war neben der halboffenen Stalltür stehen geblieben und hatte sich hinuntergebeugt, um eines der weißen Hühner aufzuheben, die rund um Bredenswarft pickten und scharrten. Dieses Huhn war auf ihn zugelaufen, so als würde es sich freuen, ihn zu sehen. Er hielt es einen Moment lang auf dem Arm und strich über seinen Kopf, bevor er es wieder absetzte und schließlich im Stall verschwand.

Sie sah ihm nach.

Ines war eine praktische Frau. An Gedankenkonstrukte

wie Schicksal oder Vorherbestimmung hatte sie nie viel Zeit verschwendet. Und doch hatte es Brar von allen Orten auf der Welt ausgerechnet hierher verschlagen. Zu ihr nach Südfall.

Wie schon so oft in ihrem Leben fühlte sie die Last des Versprechens, das sie einst gegeben hatte. Sie spürte sein Gewicht auf ihren schmalen Schultern, sein Geheimnis umklammerte ihr Herz.

Als Brar nur wenig später aus dem Dunkel des Stalls wieder in das strahlende Sonnenlicht trat, zu ihr herübersah und ihr zuwinkte, hob auch Ines die Hand zum Gruß.

Mehr als ein halber Kilometer lag zwischen ihren beiden Warften, und doch spürte Ines selbst über diese Distanz das Band zwischen ihnen. Ein Band, das nicht zerriss, ein Band, das nichts zerschneiden konnte.

Ich wünsche dir, Brar, dass du eine Heimat findest, und ich wünsche dir Liebe. Eine Frau, die dich liebt, eine Frau, die du liebst – mit aller Macht, mit aller Demut und ohne jeden Zweifel, so wie ich einst liebte und geliebt worden bin.

Ich wünsche dir, Brar, dass du glücklich bist.

Ich wünsche dir ein schönes und erfülltes Leben.

Ines hatte ihre Worte in den Wind geflüstert, so wie der Wind ihr manchmal zuraunte: *Denk an dein Versprechen, Ines.*

Sie glaubte, Brar nicken zu sehen, als hätte er ihr Wispern gehört.

Warme Zufriedenheit umhüllte sie, so wie die Wellen im Sommer manchmal ihre Füße umspielten. Noch einmal hob sie die Hand und winkte, dann drehte sie sich um.

Jetzt würde sie an ihre Arbeit gehen, was auch immer dieser Tag ihr bringen würde.

1. Teil

Lena

»Was?«, fragte Lena in den Redestrom ihres Chefs, der jetzt innehielt und ihr einen irritierten Blick zuwarf. Eigentlich hatte sie eher »wer« fragen wollen, aber die Annahme oder eher die Befürchtung, sich verhört zu haben, hatte sie verwirrt. »Ich sagte, es wäre gut, wenn du in Erfahrung bringen würdest, ob unser neuer Halligwart noch etwas braucht, bevor er ankommt, sprich mit Klaus, der ihn einarbeiten wird. Ich glaube«, Knut, ihr Chef, lächelte an dieser Stelle vergnügt, »ich glaube, wir haben mit ihm einen wunderbaren Fang gemacht. Ornithologe, Biologe und dazu noch praktisch und handwerklich begabt. Sein Vater war, bevor er in den Ruhestand ging, einer der führenden Tierärzte an der Universität. Ganz großartig!«

Lena schluckte. »Nein, ich … ich meine … Wie ist noch mal sein Name?«

»Brar Hamkens«, wiederholte Knut mit einer Spur Ungeduld in der Stimme und schob eine dicke Akte nach vorn, quer über die sich gegenüberstehenden Schreibtische. »Der Name seiner Lebensgefährtin fällt mir gerade nicht ein. Ach ja, hier ist noch der übliche Papierkram. Diesen Ordner kannst du ihm schon mal hinlegen, wenn du gleich auf Südfall bist, und später dann abholen. Versicherungen und so weiter und so fort.« Noch einmal tauchte ein strahlendes Lächeln in Knuts Gesicht auf. »Guter Mann, der Hamkens. Japsand hat so ein unfassbares Glück! Na, wie dem auch sei, ich gehe jetzt zur Bank, und dann hole ich mir etwas zu essen. Soll ich dir was mitbringen? Ach, nein«, Knut sah auf seine Armbanduhr, »du nimmst ja schon in einer halben Stunde das Postschiff, das wird zu knapp. Bis morgen!«

Lena nickte nur stumm.

Brar Hamkens. Und seine Lebensgefährtin.

Es kam Lena ewig vor, bis Knut endlich seine Jacke gefunden hatte, sie anschließend umständlich anzog, wobei sich einer der Ärmel verdrehte, so dass er wieder hinaus- und dann wieder hineinschlüpfen musste.

Lena teilte sich normalerweise gern ein Büro mit ihrem Chef. Er war viel weniger Chef als vielmehr ein wirklich guter Kollege, dachte sie manchmal. Doch heute, nachdem sie den Namen Brar Hamkens gehört hatte, konnte sie es kaum erwarten, endlich allein zu sein.

Nachdem sich die Tür hinter Knut ein paar Minuten später dann doch geschlossen hatte, holte Lena tief Luft, schob ihren Stuhl zurück und trat ans Fenster. Vom Giebel des kleinen Backsteinhauses, in dem der Verein Japsand sein Nest gefunden hatte, konnte sie direkt auf den Husumer Hafen blicken.

Zwei kleine Fischerboote schaukelten auf den Wellen nebeneinander, und auch die *Wellenkönigin*, das Postschiff, das sie gleich nach Südfall bringen würde, schob sich gerade in die Fahrrinne.

Brar Hamkens. Zuerst hatte sie seinen Namen wirklich nicht richtig verstanden. Und sie musste zugeben, sie hatte auch nur mit halbem Ohr zugehört, war sie doch in Gedanken noch bei der E-Mail gewesen, die sie gerade bearbeitet hatte, aber dann hatte der Name sie ganz durchdrungen, auch ohne dass Knut ihn wiederholen musste.

Es war lange her. Lena rieb sich mit beiden Händen die Oberarme. Brar hatte ihr Leben vor sehr langer Zeit einmal ordentlich durcheinandergewirbelt, damals, als sie noch mit Morten zusammen gewesen war.

Lena war Brar vor über zehn Jahren an einem Herbsttag an der Universität von Kopenhagen begegnet. Er hatte sein Tablett an der Kasse der Uni-Cafeteria so stürmisch vorwärtsgeschoben, dass er ihres angestoßen hatte und der linke Rand ihrer Tasse vom Kaffee überspült wurde, wie eine Warft bei Land unter.

»Tut mir leid für die Sturmflut. Kann ich dich auf einen Kaffee einladen, wenn du den kläglichen Rest, der noch in der Tasse geblieben ist, ausgetrunken hast?«, hatte Brar sie gefragt.

»Das ist ja wohl das Mindeste«, hatte sie lächelnd erwidert, und sein Blick hatte tief in ihr etwas berührt. Sie hatte sich damals auf diesen Kaffee eingelassen und war hin- und hergerissen gewesen. Eine Einladung zum Kaffee war doch harmlos. Sie liebte ihren Freund Morten, aber sie gehörte ihm ja nicht, oder? Auf der anderen Seite hätte sie sich vielleicht verabschieden müssen, als sie gemerkt hatte, dass Brars Blick sie durcheinanderbrachte.

Am Ende hatten sie damals fast vier Stunden in der Cafeteria gesessen, bis es draußen schon lange dunkel geworden war und die Laternen auf dem Campus fahles Licht auf feuchte Blätterhaufen warfen. Am Ende waren beide überrascht gewesen, dass so viel Zeit vergangen war. Nur schwer hatte sich Lena damals von dem jungen Mann losreißen können, mit dem sie erst ganz lebhaft geplaudert hatte, dann aber, mit fortschreitender Zeit und weiteren Tassen Kaffee und Kaltgetränken waren ihre Gespräche ernsthafter geworden. Beide waren sie gleichermaßen fasziniert vom Ökosystem Nordsee, vom Watt, von den Halligen und der dort ansässigen Tier- und Pflanzenwelt. Noch nie hatte sich Lena so lebendig gefühlt, so ganz im Hier und Jetzt mit jemandem, der ihre Leidenschaft teilte und ihr Interesse. Als sie ihm schließlich sagte, dass sie eine Beziehung hatte, konnte sie die Ernüchterung zwischen ihnen fast mit den Händen greifen.

Vielleicht, überlegte Lena, hatte die Begegnung mit Brar ihr damals schon deutlich gemacht, dass in ihrer Beziehung etwas nicht stimmte, nicht rundlief.

Später hatte sie sich ja auch von Morten getrennt, erkannt, dass sie beide viel zu unterschiedlich waren, und danach durchaus immer wieder an Brar gedacht.

Brar war ihr noch zweimal zufällig begegnet.

Einmal kurz nach ihrer Trennung in einem Buchladen. Sie hatten sich über die niedrigen Regale hinweg zugewunken, und für den Bruchteil eines Moments hatte sie überlegt, zu Brar hinüberzugehen und mit ihm zu sprechen. Da war dieser Zauber in seinen Augen, dieses Blitzen, das ihr Herz aus dem Takt brachte, ihren Atem stocken ließ wie nach einem Hundert-Meter-Sprint. Sie spürte, wie ihre Wangen heiß wurden, sich sicherlich röteten … und dann erschien er ihr so plötzlich wieder ganz weit weg. Der Selbstzweifel der frischen Trennung hatte sich um ihr Herz gelegt wie ein zu enger Gürtel. Ich kann das nicht, hatte sie gedacht, und den Kopf gesenkt. Ich muss erst mal mein altes Leben verabschieden, bevor ich mich in ein neues Abenteuer stürze.

Diese Chance damals habe ich verpasst, flüsterte Lena, und tippte mit dem Finger gegen die Fensterscheibe, um eine träge Fliege zu verscheuchen, die draußen vor dem Glas hin und her irrte und Einlass begehrte.

Eine zweite Chance hatte es nicht gegeben. Sie waren sich an einem warmen Sommerabend am Hafen in Kopenhagen zwar beinahe in die Arme gelaufen, aber sie hatten beide bloß verlegen gelächelt. Gerade, als Lena ihren ganzen Mut zusammengenommen hatte, um Brar zu fragen, ob er mit ihr nicht vielleicht irgendwo etwas trinken gehen wollte, war eine hübsche blonde Frau hinter ihm aufgetaucht, hatte ihre Hand unter seinen Arm geschoben und Lena ebenfalls sehr freundlich angesehen. Lenas Herz, dessen Klopfen sich eben noch beinahe überschlagen hatte, wurde zu Stein, und ihr Lächeln kostete sie plötzlich Mühe. Sie war ein paar taumelige Schritte zurückgewichen, hatte viel zu schnell gesprochen, eine Verabredung erfunden und sich rasch verabschiedet.

Brar hatte sie danach nicht wiedergesehen. Aber es wäre gelogen, hätte sie gesagt, sie hätte ihn vergessen.

Denn da war ein Fleck in ihrem Herzen, nein, es war eher wie eine Kammer, überlegte sie, zu der nur sie den Schlüssel hatte. Und in ganz seltenen Momenten erlaubte sich Lena, die Tür aufzuschließen, sich zu erinnern und ein wenig zu träumen. Von dem, was hätte sein können.

Kein Mann hatte es seitdem geschafft, ihr Herz vollends zu erobern. Ein Sonnenstrahl, der durchs Fenster fiel, ließ sie kurz blinzeln.

Da meinte sie plötzlich in der Glasscheibe Brars braune Augen zu sehen, rasch schüttelte sie den Kopf und stellte sich auf die Zehenspitzen, damit sie weiter den Hafen hinunterschauen konnte.

Ein Schwarm Möwen flog über die Boote im Hafen hinweg.

Husum, der Verein Japsand, hier fühlte sie sich wohl, und es fehlte ihr an nichts. Ich liebe meinen Job, dachte Lena, wandte sich vom Fenster ab und schob rasch die Akte in ihre Tasche, griff nach ihrer Jacke und nahm den Schlüsselbund vom Haken.

Nur eine halbe Stunde später legte Lena ihre Hände auf die kühle Reling der Barkasse. Sonne glitzerte auf den Wellen, die sich heute nur freundlich zu Krönchen kräuselten.

Aus der blauen Weite schob sich jetzt Südfall auf den Horizont. Schwimmendes Grün mitten im blauen Meer.

Und immer dann, wenn Südfall langsam größer wurde, durchströmte Lena ein warmes Gefühl der Vorfreude, das ihren Nacken prickeln ließ. Sie mochte die Hallig. Selten fühlte sie sich freier und zufriedener als in diesem Augenblick, wenn sich die Konturen der Gebäude abzeichneten, in ihrem Blick schärfer wurden und der rote Backstein auf Bredenswarft in der Sonne leuchtete.

Und jetzt wehte ihr der Nordseewind auch noch Brar vor die Füße. In wenigen Tagen würden er und seine Lebensgefährtin ankommen. Ob es noch die gleiche blonde Frau von damals war?

Wie auch immer, Lena würde mit Brar nun zusammenarbeiten und mehr Zeit mit ihm verbringen, als sie sie damals jemals hatten. Brar und sie teilten die gleiche Leidenschaft für den Naturschutz und die Tiere, sie würden sich bestens verstehen, da war sie sich sicher. Lenas Herz hüpfte bei diesen Gedanken gemeinsam mit dem Schiff über die Wellen.

Brar

Er ließ den Blick durch das Wohnzimmer seiner Wohnung in Kopenhagen schweifen, bevor er seinen Schlüssel an den Haken neben der Tür hängte und aus den Turnschuhen schlüpfte, indem er gegen seine Hacken trat.

Bald würde der Untermieter, der auch gleichzeitig Brars alten Job an der Universität übernahm, hierher nach Hause kommen. Ein seltsames Gefühl.

Die Bücherregale waren leer, das Sideboard unter dem Fenster längst ausgeräumt. Die Kisten, die sich bis zum Abend noch neben der Wohnungstür gestapelt hatten, waren inzwischen schon auf dem Weg in Richtung Südfall. Und bei diesem Gedanken wurde Brar ganz warm ums Herz. Reisefieber, dachte er lächelnd. Aber es war anders als alle Reisen, die er sonst unternommen hatte, meist mit kaum mehr Gepäck als seinem großen Rucksack. Diesmal nahm er für ein ganzes Jahr sein halbes Leben mit.

»Essen ist da!«, rief er in Richtung Schlafzimmer, bevor er mit der raschelnden Tüte in die Küche ging, sie auf dem Tisch abstellte und zwei Gläser aus dem Schrank holte.

»Ja, kann ich riechen. Einen Moment noch!«, hörte er Annikas Antwort, während er sich in dem kleinen Bad, das von der verwinkelten Küche abging, die Hände wusch.

Sicherlich saß sie noch an dem kleinen Schreibtisch unter dem Fenster vor ihrem aufgeklappten Laptop. Brar lächelte. Es gab immer noch eine E-Mail, die sie rasch beantworten musste. Brar ging in die Küche und setzte sich an den Tisch.

»So, jetzt«, sagte Annika, beugte sich zur Tüte hinunter und sah dann zu ihm auf. »Backfisch?« Ihr halblanges, aschblondes Haar fiel ihr ins Gesicht.

Brar lächelte ihr beruhigend zu. »Ja, keine Sorge. Für dich Backfisch, garantiert grätenfrei, und für mich Hering. Für uns beide Kartoffelecken.«

»Sehr gut!«

»Und, bist du mit allem fertig geworden?«, fragte Brar, nahm den Deckel von seiner Essensverpackung ab, und das Wasser lief ihm im Munde zusammen. Brathering war eindeutig auf der Liste seiner Lieblingsspeisen ganz weit oben.

»Fast. Noch zwei E-Mails und dann –« Annika hielt inne. »Weißt du, es wird seltsam sein, gar nicht mehr an all den Konferenzen teilzunehmen.« Sie spießte ein Stück Backfisch auf ihre Gabel, musterte es von allen Seiten, bevor sie es sich in den Mund schob und vorsichtig kaute.

Er konnte Annika verstehen. Als Kind hatte sie einmal eine Fischgräte verschluckt, die sich quergestellt hatte und die man ihr entfernen musste. Seitdem aß sie nur noch Fischfilet, und auch das nur äußerst vorsichtig.

Brar hätte ihr auch Essen aus ihrem liebsten indischen Restaurant mitgebracht, aber sie hatte sich für ihren gemeinsamen Abschied von Kopenhagen Fisch gewünscht. Vielleicht seinetwegen, vielleicht, weil sie wusste, wie sehr er den kleinen Imbiss an der Ecke vermissen würde.

»Sicher«, fuhr sie fort, »den Großteil meiner Arbeit kann ich von überall auf der Welt erledigen, aber … zum ersten Mal betreue ich gleich zwei wichtige Ausstellungskataloge für die dänische Nationalgalerie, arbeite ganz eng mit zwei sehr bedeutenden Kunsthistorikerinnen aus Kopenhagen zusammen, und es wird merkwürdig sein, nicht mal eben in der Mittagspause durch die Ausstellung schlendern zu können, mich nicht rasch zum Kaffee mit Kollegen zu treffen, um Einzelheiten zu besprechen. Alles nur noch per Videokonferenz oder … oder per E-Mail.« Sie runzelte die Stirn.

Und Brar fragte sich einmal mehr, ob er Annika nicht zu viel abverlangte? Südfall war sein Traum, sein Wunsch.

Schon als er vor Jahren zum ersten Mal von der Vogelschutzstation auf Südfall gehört hatte, hatte ihn der Gedanke, dort selbst eines Tages Dienst zu tun, nicht mehr losgelassen. Erst einige Zeit nach dem Studium, nach seinen Erfahrungen an der Uni und bei verschiedenen Forschungsprojekten, hatte sich der verklärende Nebel, der diesen Traum immer umgeben hatte, gelichtet, und der Traum war plötzlich mit einer freien Stelle als Halligwart greifbar geworden.

Annika hatte ihm zugeredet. Er hätte schließlich zurückgesteckt, als sie sich über ein Volontariat kurz nach ihrem Kunstgeschichtsstudium eine Festanstellung bei einem der renommiertesten Verlage für kunstgeschichtliche Bücher und Bildbände erkämpft hatte. War es richtig, sie aus ihrer Karriere zu reißen? Sicher, sie hatte ihm oft versichert, dass sie in ihrer Position von überall aus arbeiten konnte. Und das stimmte ja auch, aber würde sie den Trubel im Verlag, all die Museen und Ausstellungen in der Stadt nicht vermissen?

Annika hatte ihn oft zu Veranstaltungen mitgenommen, hatte selbst oft genug kleinere Galerien unterstützt und Ausstellungen eröffnet. Das würde ihr ganz sicher fehlen. Auf der anderen Seite hatten sie, weil Annika einen großen Teil der Woche in seiner Wohnung verbrachte, zusammenziehen wollen. »Dann können wir das auch auf Südfall tun«, hatte sie gesagt.

Als hätte sie seine trüben Gedanken lesen können, legte sie jetzt ihre Hand auf seine und drückte sie. »Ein Jahr, Brar, ein Jahr werde ich mit dir auf Südfall bleiben. Für dich, Brar, weil das dein Traum ist. Du hast meinen unterstützt, und jetzt bin ich dran.« Sie erhob sich halb und küsste ihn kurz. »Zusammen auf Südfall.«

Brar hob lächelnd sein Wasserglas. »Wir haben nichts anderes, oder?«

»Nein, nur noch Leitungswasser.« Annika lachte das ungestüme Lachen, das er so mochte. Es hatte etwas wunderbar Weiches und Leichtes. »Prost!«

»Prost«, erwiderte er. »Auf Südfall und auf uns!«

Sie tranken beide einen kleinen Schluck, bevor sie sich über den Tisch lehnten und sich küssten.

»Morgen Abend küssen wir uns auf Südfall«, sagte er und zwinkerte ihr zu.

»Morgen Abend werden wir dazu wahrscheinlich viel zu müde sein«, sagte Annika und lachte noch einmal, bevor sie eine der Kartoffelecken in den Ketchup tunkte.

Ines

Ines warf einen Blick auf die Uhr über der Tür, stützte sich mit beiden Händen auf ihren blankgescheuerten Küchentisch und stand langsam auf.

In den letzten zehn Jahren hatte sie jeden neuen Halligwart persönlich begrüßt. Sie fand, dass sich das so gehörte auf einer Hallig, nein, hier auf Südfall. Manche Halligwarte waren ein Jahr geblieben, andere hatten verlängert. Ines war bisher noch mit jedem ausgekommen. Den einen hatte sie lieber gewonnen als den anderen. Wie das so ist mit Menschen. Kennengelernt hatte sie alle mehr oder weniger gut. Das ließ sich auch kaum vermeiden, denn auf Südfall gab es nur zwei Warften, die aufgeschütteten Erdhügel, auf denen die Bewohner der Hallig ihre Häuser vor der Flut, die manchmal die ganze Hallig überspülte, schützten.

Auf Sönkenswarft lebte Ines. Ein typischer Hallighof. Ein niedriges Bauernhaus, in dessen Reetdach sich halbrunde Gauben kuschelten. Ein Stall, der an das Bauernhaus angrenzte, eine große alte Scheune und ein Holzschuppen, der in früheren Jahren einmal den alten Abort beherbergt hatte. Der Fehting, so nannte man den Teich, in dem sich das Regenwasser sammelte und der als Viehtränke diente, war heutzutage nur noch Dekoration, denn das Frischwasser kam längst in einer unterirdischen Leitung vom Festland, was eine entschiedene Verbesserung der Lebensqualität darstellte. Ines' Vorfahren hatten hier oft bangen und zittern müssen, wenn ein Land unter die Hallig überschwemmt und Salzwasser das Trinkwasser im Fehting unbrauchbar gemacht hatte. Aber all diese Anstrengungen der Vergangenheit waren im Großen und Ganzen modernem Komfort gewichen, den Ines sehr schätzte. Sie war sicher niemand, der fand, dass früher alles besser gewesen wäre.

Bredenswarft hatte man später aufgeschüttet, nachdem Ines und ihre Mutter einen Teil der Hallig Mitte der Achtzigerjahre an den Verein Japsand verkauft hatten. Bredenswarft war entstanden, und auf ihr schmucklose Backsteinbauten. Ein Wohnhaus, ein Stallgebäude und ein paar kleinere Nebengelasse, die in den Jahren darauf hinzugekommen waren.

Ines warf durch ihr Küchenfenster noch einen letzten Blick auf das Zuhause des neuen Halligwarts in der Ferne, dann nahm sie ihre Strickjacke vom Haken, zog sie an und schlüpfte in ihre Gummistiefel.

Diesmal, das hatte ihr Knut vom Verein Japsand erzählt, sollte ein Paar kommen. Der Mann war der Halligwart, und begleiten würde ihn seine Freundin. Lebensgefährtin nannte man das wohl. Ines schüttelte verwundert den Kopf, als sie darüber nachdachte. In all den Jahren hatte Japsand das versucht zu vermeiden. »Einer mag die Hallig, der andere nicht. Am Ende gehen beide vor der Zeit, und dann, Ines, dann fange ich wieder an, Bewerber zu interviewen. Nein, nein.« So etwas in der Art hatte Knut immer wieder gesagt. Und dennoch hatte er diesmal wohl all seine Bedenken über Bord geworfen.

Der Bewerber war so qualifiziert und motiviert, dass Knut zu allem Ja und Amen gesagt hatte. Und allein diese Tatsache kitzelte Ines' Neugier umso mehr.

Wer mochte dieser Mann sein?

Noch einen Moment blieb Ines unschlüssig vor der Haustür stehen, dann griff sie in die Schublade der kleinen Flurkommode, entnahm ihr Zettel und Stift und legte beides griffbereit darauf.

Es war zu ihrem kleinen Vergnügen geworden, zu ihrem kleinen Sport, daheim, nach der Begrüßung sofort aufzuschreiben, ob der neue Halligwart nach einem Jahr gehen oder seine Stelle um ein weiteres Jahr verlängern würde. Das war nämlich möglich. Einmal konnte man verlängern, dann war eigentlich Schluss. Vielleicht dachte Ines, könnte man Knut sogar noch eine zweite Verlängerung aus den Rippen leiern, wenn man es geschickt anstellte, aber das hatte noch niemals jemand versucht, soweit sie wusste.

Der Wind, der gestern noch an den letzten Blättern des Birnbaums gerissen hatte, war deutlich abgeflaut. Beinahe mild strich er über Ines' Gesicht, während sie den schmalen Weg, der sich durch die grünen Salzwiesen schlängelte, zum Anleger hinunterbummelte.

Noch vor wenigen Tagen war der Wind von Norden gekommen. In ihm hatte schon eine Ahnung Eis gelegen, ein Hauch Schnee, auf jeden Fall aber Kälte, da war sich Ines sicher. Heute dagegen brachte er den letzten Gruß aus dem Süden mit. Der Duft nach reifen Früchten und Blüten mischte sich in die salzige Luft, und in Ines regte sich eine erste Wehmut nach dem vergangenen Sommer. Sonnengetränkte Nachmittage auf der Bank. Vom überhängenden Reetdach ihres geduckten Hauses beschattet, hatte sie dort gesessen, ein Glas kühle Zitronenlimonade in der einen Hand, ein Buch in der anderen, und immer wieder hatte sie aufgesehen und über das glitzernde Meer geschaut.

Genug geträumt, schalt sie sich. Der Herbst kommt. Noch war es warm, aber das würde sich bald ändern.

Schon von weitem sah sie Klaus und hob die Hand zum Gruß. Sie war mit Klaus gut zurechtgekommen. Auch wenn ihr Verhältnis das ganze Jahr über distanziert geblieben war, hegte sie keinen Zweifel an einer gegenseitigen Zuneigung.

Vielleicht, dachte sie, während sie Klaus, der vornübergebeugt auf einer großen Holzkiste auf dem Landungssteg saß und sich gerade eine Pfeife anzündete, aus zusammengekniffenen Augen beobachtete, vielleicht ist das auch so mit uns Halligmenschen. Wir wären ja nicht hier, würden wir die Einsamkeit nicht mögen. Und genau das macht es uns gleichzeitig sehr schwer, andere Menschen in unser Leben zu lassen.

Und Klaus kam zwar nicht von einer Hallig, war aber auf Pellworm aufgewachsen. Ein Inselmensch. Das kommt Halligmenschen sehr nahe. Ines selbst war eine lange Zeit ihres Lebens ein Inselmensch gewesen.

Als ihr Amrum einfiel, strauchelte sie kurz auf dem Weg. War es der Gedanke, der sie aus dem Gleichgewicht gebracht hatte? Oder doch nur der kleine Stein, der sich unerbittlich in die abgetretene Sohle ihres Gummistiefels bohrte?

Amrum. Sie konnte nicht verhindern, dass vor ihrem geistigen Auge die weißgetünchte Fassade des Hotels Dünenblick auftauchte. Sie sah die Giebel vor sich, die blau eingefassten Fenster, die Holzbalkone, von denen aus man das Meer sehen konnte.

Mit einer unwilligen Handbewegung wischte sie die Erinnerung weg. Gerade rechtzeitig dachte sie, bevor sein Gesicht durch ihre Erinnerungen ziehen konnte, und das wäre einfach zu schmerzlich gewesen, selbst nach all den Jahren, die in der Zwischenzeit vergangen waren.

Ines schluckte. Inzwischen hatte sie Klaus fast erreicht. Rasch, um nicht weiter in trüben Gedanken zu versinken, zeigte sie auf die Kiste. »Du fährst heute doch noch nicht, Klaus, oder?«

»Aber nein!« Der Mann, mit dem sie das letzte Jahr über die Hallig geteilt hatte, stand auf. »Ich schick schon ein paar Sachen nach Stralsund vor.« Er machte eine kleine Pause und sah übers Meer. »Wird komisch sein, die Nordsee gegen die Ostsee zu tauschen.«

»Wenigstens Meer.« Ines lächelte ihm aufmunternd zu.

Klaus klopfte auf die Kiste neben sich. »Setz dich«, forderte er sie schlicht auf, doch Ines schüttelte lächelnd den Kopf. »Vielleicht später. Falls das Schiff Verspätung hat.«

Tatsächlich war der Horizont noch leer. Glattes Meer. Außer ein paar Möwen, die hoch am Himmel kreischend ihre Bahnen zogen, schien alles in einem hell weißlichen Licht zu verschwimmen.

»Die Wellenkönigin hatte letzte Woche schon Motorprobleme. Kann sein, dass wir uns gedulden müssen.« Noch einmal deutete Klaus neben sich auf die Kiste, und diesmal nahm Ines seufzend neben ihm Platz.

»Ich hab mich hier sehr wohl gefühlt«, sagte er schließlich und drehte sich dabei in Richtung Bredenswarft um. »Kann mir gar nicht vorstellen, wie –« Er stockte.

»Was wolltest du sagen?«, hakte Ines vorsichtig nach.

»Ist seltsam, von hier wegzugehen.«

»Ja, das ist es immer«, sagte Ines langsam und sah statt zur Bredenswarft geradeaus zum Horizont. Ihre Gedanken glitten zurück zu dem Tag, an dem ihr Vater sie nach Amrum gebracht hatte und sie ebenfalls nicht weggewollt hatte. Ähnlich wie heute hatte sie am Anleger gesessen und auf ihn gewartet, während er noch einmal zur Sönkenswarft zurückgelaufen war. Nur hatte sie nicht auf einer Kiste gesessen, sondern auf ihrem Pappmascheekoffer, und der Fischkutter schaukelte schon unternehmungslustig auf den Wellen der Flut. Was ihr Vater damals vergessen hatte, hatte Ines wiederum vergessen, aber sie erinnerte sich an das Gefühl, auf diesem Koffer zu sitzen. Ganz und gar unglücklich, ängstlich und ein bisschen ärgerlich.

Ines' Tagebuch
Südfall, Januar 1967

Ein seltsamer Tag geht zu Ende, und ich muss dringend meine Gedanken sortieren.

Ich weiß, ich hab lange nichts mehr aufgeschrieben und jetzt merkwürdigerweise das Gefühl, ich müsste mich bei diesem ledergebundenen Büchlein entschuldigen. Ist das nicht komisch?

Der letzte Eintrag stammt aus dem Juli letzten Jahres, und da habe ich geschrieben, dass ich mit der Schule fertig bin, das Internat verlassen und endlich wieder nach Hause darf.

Nach Südfall. Auf meine Hallig.

Und ehrlich, es kommt mir so vor, als hätte ich seitdem immer Ferien. Diese Leichtigkeit!

Anders als Anke, die erst in diesem Jahr Abitur macht, muss ich nicht mehr zurück nach Husum, und ich bin froh darum. Aber Anke liebt die Schule und das Internat. Ich dagegen habe beides immer gehasst. Wie schwer waren die letzten Nächte immer, bevor ich der Hallig den Rücken kehren musste! Bauchschmerzen hatte ich jedes Mal, bevor die Schule wieder begann. Das Eingesperrtsein im Klassenraum, die Enge im Schlafsaal – beides hat schon Tage vorher auf mein Gemüt gedrückt und mich unglücklich gemacht.

Jetzt dagegen sind meine Tage frei. Ich bin frei! Was gibt es Schöneres, als mit meinem Vater aufs Meer zu fahren, die

Netze einzuholen, den Fang nach Husum zu fahren, abends die Schafe in den Stall zu treiben, die Kühe zu versorgen?

Habe ich mir je etwas anderes gewünscht? Nein, nein und nochmals nein. Ich bin ein Hallig-Mädchen und nichts anderes – und jetzt wollen meine Eltern, dass ich weggehe?

Das kann nicht sein!

Wie jeden Abend habe ich die Schafe im Stall versorgt, und gerade, als ich fertig war und durch die Diele in die Küche gehen wollte, hörte ich meinen Namen durch den Spalt der Küchentür. Ich weiß, ich weiß, der Lauscher an der Wand … aber ich hörte meinen Namen und blieb wie erstarrt stehen.

»Sie kann nicht einfach hierbleiben!«, hörte ich meine Mutter sagen. In ihrer Stimme lag Schärfe. »Was soll aus ihr werden?«

Jedes ihrer Worte wurde von Geschirrklappern begleitet. Abendbrot. Ich hörte, wie sie die Suppenteller auf den Tisch stellte, Löffel dazulegte, das Brett für das Brot von der Wand nahm.

»Ach, Lotti.« Die Stimme meines Vaters klang müde. Er nannte meine Mutter immer dann »Lotti« statt Charlotte, bevor er ihr zärtlich über die Wange strich oder aber, wenn er sie besänftigen wollte. Hier schloss ich auf Letzteres.

»Was, wenn Ines einfach auf der Hallig glücklich ist?«

Wieder energisches Geschirrklappern. »Pay, daran ist gar nichts verkehrt, aber … sie kann doch nicht einfach nur bleiben und gar nichts von der Welt gesehen haben, außer der Handelsschule und der Hallig! Das ist nicht gesund. Wie … soll sie jemanden finden, den sie heiraten will?«

»Und was, wenn sie das gar nicht will?«

Einen Augenblick lang war es ganz still in der Küche.

»Würdest du ihr das nehmen wollen? Das, was wir haben?« Die Stimme meiner Mutter war sanft geworden.

Ich hörte, wie mein Vater seine Tabakdose auf den Tisch legte. Allein durch die Geräusche hatte ich das Gefühl, mit am Tisch zu sitzen.

»Ich war immer hier auf der Hallig. Und du kamst zu mir. Und bist geblieben.« Mein Vater sprach langsam. Drei Sätze sind bei ihm schon fast eine Ansprache.

»Das ist etwas völlig anderes.« Meine Mutter fegte seinen Einwand energisch weg, so wie sie immer nach dem Essen die Krümel vom Tisch in die hohle Hand wischte.

»Was schlägst du vor?«, fragte mein Vater hörbar resigniert.

Einen Augenblick lang war es sehr still in der Küche, und ich hielt die Luft an.

»Amrum.« Meine Mutter schob einen Stuhl zurück.

»Amrum?«

»Marianne Petersons Tochter Birgit arbeitet jede Sommersaison im Hotel Dünenblick in Norddorf. Marianne hat mir erzählt, dass sie immer Aushilfen suchen. In der Küche, als Zimmermädchen … das wäre eine wunderbare Gelegenheit für Ines, andere Erfahrungen zu sammeln, etwas mehr zu sehen als immer nur die Hallig.«

Ich schluckte, dann stieß ich die Tür zur Küche auf. Ich weiß gar nicht mehr, was ich dachte, aber ich erinnere mich daran, was ich fühlte. Alles nämlich. Ärger, Hilflosigkeit, Angst, Empörung. Auf jeden Fall war es so viel, dass ich spürte, wie Tränen in meinen Augen aufstiegen.

»Ich will nicht nach Amrum! Ich bin hier zu Hause. Hier auf Südfall!« Meine Stimme zitterte.

Das schmale Gesicht meiner Mutter wurde weich. Beinahe mitleidig sah sie mich an. »Es wird dir guttun, Ines. Und jetzt setz dich. Wir essen erst mal.«

»Ich will nichts essen!« Und das wollte ich tatsächlich nicht. Der Hunger, den der Tag auf dem Meer mit meinem Vater und die abendliche Stallarbeit geweckt hatten, war verschwunden.

»Iss etwas.« Mein Vater deutete auf den Stuhl, auf dem ich immer saß. Der Stuhl gegenüber der Bank unterm Fenster.

»Wie könnt ihr Pläne machen. Für mich! Ohne mich!«

»Ines!« Meine Mutter sagte meinen Namen sehr scharf. Ein Indikator dafür, dass sie böse auf mich war, denn sonst nannte sie mich »Schäfchen«.

»Ihr könnt mich nicht wegschicken!« Ich spürte, wie meine Unterlippe zitterte.

»Wir wollen doch nur das Beste für dich!« Mutter stand auf und kam auf mich zu, aber ich wich zurück.

»Ich gehe hier nicht weg!«

Und dann habe ich mich umgedreht und bin die Stiege nach oben in mein Zimmer hinaufgestürmt.

Jetzt ist es beinahe Mitternacht, und ich kann nicht schlafen. Hunger wühlt in meinem Bauch, aber ich kann auch nicht essen. Ich habe keinen Appetit. Was soll aus mir werden, wenn meine eigenen Eltern mich hier nicht wollen?

Wir waren jetzt seit beinahe einer Woche nicht mehr auf dem Meer. Strenger Frost treibt dicke Eisschollen über die See, und ich helfe Vater dabei, die Netze zu flicken. Immer wieder jagen Stürme über die Hallig, peitschen das Meer auf und lassen Wellen über die Salzwiesen rollen.

Schweigend saß ich gestern neben meinem Vater, knüpfte

und knotete, bis er schließlich das Netz beiseitelegte und sich eine Pfeife stopfte.

Eigentlich gefielen mir diese stillen Stunden mit ihm allein in der Küche, während die Nähmaschine meiner Mutter im Döns nebenan ratterte. Im Bilegger knackte das Feuer, und der starke Tee dampfte vor uns in den Tassen.

Doch das Haus ist still geworden. Die Leichtigkeit der letzten Monate ist seit unserem Streit verflogen.

»Wir wollen dir nichts Schlechtes, Ines«, sagte mein Vater leise. Er riss das Streichholz an der Packung an, knisternd entflammte es, und dann zündete er sich damit seine Pfeife an.

Ich mochte den herben Tabakrauch, der bald darauf durch die Küche zog.

»Ihr wollt mich hier nicht.«

Ich hörte ihn neben mir seufzen und musterte ihn aus dem Augenwinkel. In sein blondes Haar hatten sich in den letzten Jahren graue Strähnen geschlichen, und der salzige Wind hatte Furchen in sein Gesicht gegraben. Zum ersten Mal wurde mir klar, dass er nicht ewig hier sein würde, und ein jäher Schmerz fuhr mir durch die Brust.

Mein Vater zog eine Augenbraue nach oben. »Glaubst du das wirklich?«

»Nein, aber es fühlt sich so an«, gab ich ehrlich zu.

»Deine Mutter macht sich Sorgen«, stellte er fest und legte die Pfeife in den Glasaschenbecher. Dann rieb er sich das Kinn. »Und ich auch.«

»Aber warum? Ich verstehe es nicht. Es ist ja nicht so, dass ich faul bin. Ich tue alles für –«

Seine Handbewegung unterbrach mich. »Du warst schon immer anders als deine Schwester. Anke ist kein Halligmensch. Du schon.« Sein Blick wurde liebevoll. »Aber es ist nicht richtig, dich einfach hierzubehalten.«

»Was meinst du?«

Er schwieg. Bestimmt ein paar Minuten lang. So lange, dass ich beinahe glaubte, er würde mir gar nicht mehr antworten. Doch dann atmete er tief ein. »Weil dein Bleiben auf der Hallig dann keine Entscheidung ist.«

Ich wollte widersprechen. Ich weiß nicht, warum ich es nicht tat. Ihm zuliebe vielleicht? Denn was er mir sagen wollte, verstehe ich immer noch nicht.

»Ich will nicht weg von hier. Ich habe Angst«, sagte ich stattdessen so leise, dass ich mir gar nicht sicher war, ob er mich gehört hatte.

Mein Vater lehnte sich zur Seite und gab mir einen Kuss auf die Stirn. »Es ist nicht gut, sich vor der Angst zu verstecken.« Nach einem Moment fügte er noch hinzu: »Oder sich vor Angst zu verstecken.«

Ich schluckte. »Verstecke ich mich?«

»Vielleicht.« Das war die Stimme meiner Mutter. Sie war so leise durch die Tür vom Döns, unserer Alltagsstube, in die Küche getreten, dass ich sie gar nicht bemerkt hatte. »Wir wollen doch nur, dass du auch noch etwas anderes siehst, außer Südfall.«

Ich verschränkte die Arme vor der Brust und warf ihr einen finsteren Blick zu.

»Du sollst einfach jung sein dürfen.« Meine Mutter hob beide Hände. Eine seltsam hilflose Geste. »Andere junge Menschen in deinem Alter treffen und … und dich vielleicht verlieben.«

Ich presste die Lippen aufeinander und sagte nichts. Seufzend durchquerte meine Mutter die Küche, ging zur Tür, die in die Diele führte, und griff nach ihrer dicken Wolljacke, die am Haken daneben hing. »Kommst du, Pay?«, sagte sie zu meinem Vater, der nickend aufstand.

Egal, was passierte, außer bei Land unter, wenn die Hallig überspült war, gingen meine Eltern am Nachmittag spazieren. Bei Regen, bei Schnee, bei Sturm.

Ich blieb in der Küche zurück, zog fröstelnd die Schultern zusammen und stand nur einmal auf, um ein Holzscheit in den Bilegger zu legen.

Brar

Nach fast einer halben Stunde Verspätung tuckerte die Wellenkönigin endlich aus dem Hafen von Husum mit Kurs auf Südfall.

Brar legte einen Arm um Annikas Schultern und stützte sich mit seiner anderen Hand an der Reling ab. Für einen Moment schloss er die Augen und hielt die Nase in den Fahrtwind.

Der perfekte Augenblick, dachte er, als er in die Sonne blinzelte und dann den Kopf in Annikas Richtung drehte. Auf ihr aschblondes Haar hatte die Sonne einen zarten goldenen Schimmer gelegt, und ihre hohen Wangen glänzten rosig.

»So eine ruhige See ist wirklich selten.«

»Das ist schade.« Annika lächelte schief. »Du weißt ja, dass ich nicht wirklich seefest bin.«

Schweigend blickten sie beide wieder über die glatte See zum Horizont. Nur der Fahrtwind strich ihnen sanft übers Haar.

Fast war er wie eine zärtliche Hand, die Brar Zuversicht und Mut zusprach. Denn aufgeregt war Brar schon. Die Stelle seiner Träume. Ein Jahr lang sollte er die Vogelpopulation auf der Hallig studieren und beobachten, sich um den Küstenschutz kümmern und im Sommer einmal am Tag Touristen über die Salzwiesen führen, ihnen erklären, warum die Hallig so ein einzigartiges Naturparadies war, und sie mit der Motivation, ihren Teil für den Erhalt dieses Ökosystems zu tun, wieder nach Hause schicken. Würde er all das können? Würde er allem gerecht werden?

Nicht, dass er jemals harte Arbeit gescheut hätte. Seine Eltern hatten ihn so erzogen, aber würde er all das auch gut machen?

»Irgendetwas macht dir Sorgen, nicht wahr?«, fragte Annika in seine Überlegungen hinein. »Ich sehe das an deiner Stirnfalte.«

Aus dem diffusen Licht am Horizont erhob sich dunkelgrünes Land, und Brar fühlte, wie Zweifel und Anspannung langsam wieder von ihm abfielen. Absurde Überlegungen waren das. Vielleicht auch nur der Respekt vor dem Abenteuer, das auf sie beide wartete. »Nur Gedanken, nichts weiter.« Rasch drückte Brar Annikas Hand.

Und je größer die Hallig vor ihm wurde, umso mehr verwischte das Grau des Himmels. Noch war die Hallig dunkelgrün. Sommergrün. Doch der Herbst lag bereits in der Luft. Und er würde erleben, wie Vogelschwärme hier rasteten, auf dem Weg in Richtung Süden. All das lag vor ihm.

Brars Herz begann etwas schneller zu klopfen. Darauf hatte er lange hingearbeitet. Und jetzt packten ihn eine freudige Erregung und noch ein weiteres Gefühl, das er nicht richtig einordnen konnte.

Er runzelte die Stirn. Aufregung, ja, Vorfreude und … aber das konnte doch gar nicht sein oder?

Doch ohne Zweifel. Es war dasselbe Gefühl, das er hatte, wenn er nach langer Abwesenheit das Haus seiner Eltern in Kopenhagen betrat. Das Gefühl, endlich zu Hause zu sein.

Mit einem sanften Ruck schob sich das Postschiff an den Anleger, und Brar hob die Hand zum Gruß. Klaus, dessen Tage als Halligwart bereits gezählt waren, winkte zurück. Die ältere Frau neben Klaus jedoch erhob sich nur von der Kiste, auf der sie gesessen hatten, und stand jetzt wie erstarrt da.

Mir ihr würden Annika und er sich gut stellen müssen, denn sie lebte auf der einzigen anderen Warft auf der Hallig.

Womöglich hatte sie sich den neuen Halligwart, der mit seiner Begleiterin gerade vom Schiff stieg, anders vorgestellt. Vielleicht lag es aber auch nur an der Sonne, die ihr direkt ins Gesicht schien, dass sie nicht einmal lächelte zur Begrüßung.

»Ich bin Klaus.«

Brar drückte die Hand seines Vorgängers fest. »Angenehm. Brar Hamkens, und das ist meine Freundin Annika Scheren.«

»Herzlich willkommen auf Südfall. Ines Nahnsen.«

Im Gegensatz zu Klaus streckte ihm Ines Nahnsen nicht ihre Hand entgegen, sondern hielt beide in ihrer Tasche vergraben.

»Freut mich sehr! Ich bin froh, dass ich hier jemanden auf der Hallig weiß, der sich gut auskennt«, sagte Brar und lächelte.

Ines Nahnsen nickte ihm knapp zu. »Wir sehen uns«, sagte sie unbestimmt und drehte sich eilig um. Die Warft, auf die sie zusteuerte, war dann wohl Sönkenswarft.

Klaus sah ihr stirnrunzelnd nach. »Komisch. Sonst ist sie nicht so kurz angebunden.«

»Vielleicht wird man so, wenn man wenig Kontakt zu Menschen hat«, warf Annika ein und rieb sich die Hände.

Klaus warf ihr einen beinahe ärgerlichen Blick zu. »Wir

mögen vielleicht abgelegen leben, aber wir sind hier doch sehr zivilisiert.«

»Oh, so meinte ich das auch gar nicht«, erwiderte Annika schnell.

Brar deutete auf die Kisten am Anleger. »Ich nehme an, die sollen aufs Schiff?«

Klaus nickte wieder und sagte nichts mehr.

»Na, dann wollen wir mal auf- und abladen, nicht wahr?« Im Plauderton, um die Wogen zu glätten, fragte Brar: »Und, unsere Kisten sind auch schon angekommen, nicht wahr?«

Ein schmaler gewundener Weg schlängelte sich durch die Salzwiesen zur Bredenswarft, die am nordwestlichen Ufer der Hallig den Gezeiten und dem Wind, der gerade wieder aufgefrischt hatte, trotzte.

Bredenswarft war wie ein großes L. Linker Hand das Wohn- und Arbeitsgebäude, ein solider Backsteinbau. Schnörkel- und schmucklos reckte sich der breite Giebel ins Dach. An der Nordseite schloss sich ein Stallgebäude an, dessen breites Scheunentor halb offen stand. Und rechts des gepflasterten Hofes, an der Kopfseite des Stalls, befand sich ein niedriger Holzanbau. Klaus erklärte, dass dieser weitestgehend leer war, bis auf ein Schlauchboot für den Notfall und die Holzvorräte.

»Notfall? Ein Not-Boot … sozusagen?«, erkundigte sich Annika.

»Genau«, gab Klaus knapp zurück.

»Und, haben Sie das schon mal gebraucht?« Die Besorgnis in ihrer Stimme wurde ein klein wenig schriller, und Brar griff rasch nach ihrer Hand.

»Ich nicht«, sagte Klaus und kratzte sich am Kopf. »Der

Halligwart vor mir hat bei Land unter mal zwei Schafe von Ines Nahnsen zurück auf die Warft gebracht. Und es kann ja auch sein, dass Sönkenswarft, also die, auf der Frau Nahnsen lebt, vollläuft, und dann müsste sie halt jemand holen, nicht wahr?«

Annika schüttelte sich. »Das klingt gefährlich.«

»Ist es –«, begann Klaus, doch Brar unterbrach ihn rasch. Mehr wollte er Annika gerade wirklich nicht zumuten.

»Vielleicht sollten wir mal nach unseren Kisten sehen«, fragte er betont fröhlich. »Vielleicht sollten wir einfach anfangen, uns einzurichten, was denkst du, Annika?«

»Sicher«, sagte sie, blieb aber unschlüssig auf dem gepflasterten Hof der Warft stehen, um sich umzusehen. »Es sieht größer aus als auf den Fotos.«

»Ja, hier wartet ein wenig Arbeit auf uns«, räumte Brar ein.

»Auf dich«, korrigierte ihn Annika und lächelte leicht. »Ich hab meinen eigenen Job.«

»Natürlich.« Brar gab ihr einen flüchtigen Kuss aufs Haar, bevor sie Klaus durch die hellgrau getünchte Holztür ins Haupthaus folgten.

»Hier links die Küche, geradeaus das Wohnzimmer, die Treppe nach oben. Rechts –«, Klaus öffnete eine breite Holztür, »der Ausstellungsraum für die Besucher der Hallig. Vor allem bei schlechtem Wetter ein guter Ort, an dem sich die Besucher wieder aufwärmen können. Bevor ich morgen abreise, zeige ich dir noch, woran ich gerade gearbeitet habe, Brar.«

Während Brar neugierig die Vitrinen mit den ausgestopften Vögeln und die Schautafeln betrachtete, hörte er, wie sich Annikas Schritte entfernten. Rasch riss er sich los. Er würde noch genug Zeit haben, sich damit vertraut zu machen.

Sie besichtigten noch das Obergeschoss. Klaus war bereits in das Gästezimmer umgezogen und hatte Annika und Brar das große Schlafzimmer hergerichtet.

Ansonsten gab es oben noch ein großes Badezimmer und das Arbeitszimmer, das gleichzeitig als Schutzraum bei Sturmfluten diente.

»Dieser Schreibtisch wäre ein guter Platz für dich«, schlug Brar begeistert vor, als sie in das Eckzimmer traten. »Sieh mal, der Blick aufs Meer!«

»Hmm«, machte Annika nur und zupfte an seinem Arm, als Klaus schon wieder auf dem Weg nach unten war. »Das ist alles sehr, sehr … schlicht eingerichtet und ein bisschen«, sie fuhr mit dem Finger über ein Regalbrett an der Wand, »staubig.«

Brar nickte und gab leise zurück: »Klaus lebte hier allein. Und das ist viel Arbeit für einen.«

»Stimmt natürlich.« Ganz überzeugt wirkte sie jedoch nicht.

Brar legte ihr einen Arm um die Schulter. »Komm, wir trinken erst einmal eine Tasse Tee, bevor wir uns ans Auspacken, machen, was denkst du?«

Hinter Annika stieg er die steile Holztreppe wieder hinunter.

Sie hatte ja nicht unrecht. Das sah hier wirklich sehr nach einem in die Jahre gekommenen Junggesellen-Haushalt aus. Aber gemeinsam würden sie daraus schon noch ein Zuhause machen.

Ines

Jeder hätte es sein können. Jeder.

Aber ausgerechnet er war von Bord der Wellenkönigin gesprungen, und Ines' Herz hatte für ein paar Sekunden lang ausgesetzt.

Einen Moment lang stand sie unschlüssig vor ihrer Haustür, dann drückte sie sie auf und trat in die Diele ein. Wärme umfing sie sanft, wie auch der zarte Duft des Lavendels, den sie im letzten Jahr gekauft hatte, der den Sommer über in zwei großen Kübeln neben der Haustür die Sonne eines ungewöhnlich warmen Sommers aufgesogen hatte und nun büschelweise getrocknet von den Holzbalken an der Decke hing und sein beruhigendes Aroma verbreitete.

Auf der Kommode lag immer noch der Zettel bereit. Ines griff nach dem Stift. Ihre Hand zitterte. Zögernd ließ sie den Stift über dem Papier kreisen. Dann schrieb sie zwei Wörter auf, legte den Stift zurück in die Schublade, faltete den Zettel und legte ihn in die Schale.

Tee, dachte sie. Eine gute Tasse Tee. Ein starker, würziger Assam würde jetzt helfen.

In der Küche stellte sie den Kessel auf den Herd und ging dann zur Glasvitrine im Döns nebenan. Dem untersten Schubfach entnahm sie ein Fotoalbum und legte es auf den Küchentisch.

Als endlich der Kessel pfiff, wartete sie ein paar Sekunden, bis das Wasser nicht mehr sprudelte, goss dann die schwarzen

Blätter in der Teekanne auf und setzte sich seufzend auf die weißgetünchte Bank unter dem Fenster.

Das rechte Knie tat ihr weh. Ein Wetterwechsel kündigte sich wohl an. Vielleicht würde es noch einmal kalt werden. Ungeduldig schlug sie Seite um Seite im Album um, überblätterte alte Familienfotos. Ihre Eltern vor der Warft, ihre Eltern mit ihrer Schwester Anke, sie und ihre Schwester. Zwei kleine Mädchen mit Schleifen im Haar. Erst im letzten Drittel fand sie das Bild, das sie suchte.

Sie war zwanzig Jahre alt, hielt einen altmodischen Koffer mit der linken Hand fest umklammert und stand dort an ebenjenem Anleger, an dem er gerade angekommen war.

Ihr schmales Gesicht hatte sich gar nicht groß verändert. Noch immer sah sie ihrer Mutter ähnlicher als ihrem Vater. Doch ihr kastanienbraunes Haar war grau geworden, und um Augen und Mundwinkel zeigten sich feine Falten.

War das wirklich schon so lange her?

Mit dem Zeigefinger fuhr sie über das Foto. Seltsam rau spürte sie das alte Papier.

Seufzend schob Ines das Album zurück, hängte das Sieb in ihre Tasse und goss den heißen Tee darüber.

Tee. Tee heilte alles. Und wenn er nicht heilte, dann machte er zumindest alles ein wenig erträglicher, fand Ines.

Sie lehnte sich zurück. Ausgerechnet Brar.

Die unerwartete Begegnung hatte Ines einen Stich versetzt. Gab es doch so etwas wie einen Wink des Schicksals? War das möglich?

Erst jetzt fiel ihr auf, dass sich das Foto seltsam nach oben wölbte, so als wäre darunter etwas verborgen. Vorsichtig löste sie es aus der unteren Klebeecke, und tatsächlich kam ein kleiner gefalteter Zettel darunter zum Vorschein, den die Zeit hatte vergilben lassen.

Als sie ihn aufklappte, erkannte sie sofort die Handschrift ihrer Mutter.

»Ines, falls du das irgendwann einmal liest: Ich weiß nicht, ob es richtig war, dich nach Amrum zu schicken. Heute Morgen bist du mit Vater aufgebrochen, und du fehlst mir schon jetzt. Mehr, als du glaubst. Es schmerzt mich, dass du so böse mit mir bist. Aber ich verstehe dich auch.

Und ich liebe dich.

Deine Mutter«

Ines las die Zeilen mehrere Male, und ihr wurde warm ums Herz. Das war so typisch gewesen für ihre Mutter. Kleine Zettel. Kleine Tafeln Schokolade, die sie in Ines' Gepäck versteckte – jedes Schuljahr aufs Neue, wenn Ines und Anke zurückfuhren zum Internat nach Husum. Ein zartes Lächeln schob sich in Ines' Mundwinkel. Ach Mutter, könntest du doch jetzt bei mir sein, flüsterte Ines leise.

Niemals hatte Ines ihre Mutter »Mutti« genannt – so wie ihre Schwester Anke. Sie fand, dass das Wort »Mutter« alles beinhaltete. Respekt. Liebe. Loyalität. Auch wenn sie nicht mehr dieselbe Trauer spürte, wie kurz nach ihrem Tod, war das Gefühl, sie zu vermissen, in all den Jahren nicht besser geworden, es überfiel sie nur etwas seltener.

Amrum, März 1967

Ach, Tagebuch, ich schreib einfach auf, woran ich mich erinnere. Es ist dieses Gefühl der Verlorenheit, das mich seit heute Morgen begleitet, seitdem mein Vater mich am Hafen von Wittdün abgeliefert hat.

Ob er mich hier auch allein lassen könne, hatte mein Vater gefragt und seine Pfeife am Poller ausgeklopft.

»Ich bin doch erwachsen«, gab ich trotzig zurück. »Erwachsen genug, um Südfall zu verlassen, erwachsen genug, um in einem Hotel zu arbeiten. Dann werde ich auch allein hier auf den Wagen des Hotels warten können, der mich abholt.«

Dabei war mir gar nicht wohl bei diesem Gedanken. Aber wie hätte ich das zugeben sollen? Hätte ich weinen und flehen sollen, dass mich mein Vater wieder mit zurücknimmt? Unmöglich.

Ich hielt es also aus, liebes Tagebuch. Ich hielt es aus und ließ mir meine Angst nicht anmerken.

Mein Vater sagte nichts. Er zog nur eine Augenbraue nach oben. Täuschte ich mich, oder lächelte er?

»Dann –« Er brach ab, küsste mich etwas unbeholfen auf die Stirn und tippte sich an seine abgewetzte Mütze.

»Tach, Pay!«, grüßte ihn einer der Männer am Hafen, der Kisten auf einen Kutter lud.

»Tach, Piet.« Beide Männer nickten sich zu und tauschten einen Blick, bevor mein Vater wieder auf seinen Kutter stieg. Er winkte mir zu, und ich winkte nicht zurück.

Jetzt, da ich auf meinem schmalen Bett liege, in dem winzigen Zimmer unterm Dach, das bis zum Herbst mein Zuhause sein wird, bedauere ich sehr, dass ich nicht die Hand gehoben habe, dass ich ihm kein Zeichen gegeben habe. Immerhin war das ein Abschied für eine lange Zeit.

Von Mutter habe ich mich am Anleger küssen lassen, sie aber nicht umarmt. Ich bin immer noch ein wenig böse auf sie. Bin ich nicht ihretwegen jetzt hier, liege auf der dünnen Matratze, durch die sich jede Feder in meinen Bauch bohrt, während ich das hier aufschreibe?

Nun, auf jeden Fall saß ich also am Hafen auf meinem Koffer und wartete. Bestimmt fast eine Stunde lang. Hatte man mich vergessen? Ich wickelte mich fester in meinen Mantel. Der Wind wehte kalt aus Nordost, ließ die Wellen gegen den Kai platschen und die Boote auf ihnen tanzen.

Im Gegensatz zu Südfall kam mir Amrum riesig vor. Ich war nur ein paarmal als Kind hier gewesen, als wir eine entfernte Verwandte von Vater besucht hatten. Aber nach ihrem Tod habe ich Amrum nicht mehr wiedergesehen.

Warum auch? Mein Internat war in Husum, und mein Leben auf Südfall. Niemals hätte ich gedacht, dass meine Eltern mich eines Tages wegschicken würden.

»Nu, mien Deern, auf wen wartest du denn?« Der Mann, den mein Vater mit Piet begrüßt hatte, war endlich fertig damit, seine Kisten auf den Kutter zu laden, und schlurfte zu mir herüber. Er sah meinem Vater sogar ein wenig ähnlich. Wettergegerbtes braunes Gesicht, und er war auch so hellblond, dass ich kaum zu sagen vermochte, ob sein Haar nicht vielleicht sogar schon weiße Strähnen hatte.

»Auf jemanden vom Hotel Dünenblick.«

»Ach, sicher auf den Karl.«

»Karl«, sagte ich fragend.

»Das ist der Fahrer«, erklärte Piet langsam. »Der kommt sonst nie zu spät.«

»Heute wohl schon«, murmelte ich und blickte die bis auf ein paar Fußgänger leere Straße entlang, die in den Ort führte.

»Wenn er in einer halben Stunde noch nicht da ist, kommst du zum Hafenmeister.« Er deutete auf ein kleines Holzhäuschen am Pier. »Dann telefonieren wir ins Hotel.«

»Danke!« Und ich war wirklich dankbar. Was hätte ich auch tun sollen? Laufen? Dafür war es vermutlich zu weit. Zumindest mit Gepäck. Wittdün war ganz im Süden der Insel und das Hotel in Norddorf, wie der Name schon sagte, eben ganz im Norden der Insel.

Ein weiter Weg mit einem schweren Koffer.

Wenn man mich jetzt fragen würde, wie der Hafen von Wittdün aussah, ich hätte ehrlich keine Ahnung. Ich hatte dort auf meinem Koffer gesessen und mich umgesehen, aber nichts war mir im Gedächtnis geblieben, außer dem Holzhäuschen des Hafenmeisters vielleicht. Zu beschäftigt war ich mit meiner Angst. Noch nie habe ich in einem Hotel gearbeitet. Ich war auch noch nie in einem gewesen. Ferien. Urlaub. Das waren Fremdwörter. Das war etwas für sehr reiche Menschen.

Sicher, ich kenne Schulferien, aber die waren doch dafür da, dass ich auf der Hallig arbeiten konnte. Und Arbeit gab es bei uns wirklich genug. Zumal sich Anke ja vor allem drückte und lieber mit ihren Büchern in ihrem Zimmer saß. Aber einer, oder nein, eine musste ja helfen.

Ich fuhr mit Vater zum Fischen hinaus, ich half Mutter

im Haus und im Stall. Ich hackte Holz, trieb die Schafe über die Weiden, jätete Unkraut und half im Sommer, die Ditten zu wenden. Wenn die Sonne die Kuhfladen trocknet, muss man sie regelmäßig wenden, sonst werden sie faulig und sind im Winter zum Heizen nicht mehr zu gebrauchen.

»Du willst es doch auch warm!«, sagte ich mehr als einmal vorwurfsvoll zu Anke, wenn sie doch nur wieder mit einem Buch auf der Bank vor dem Haus saß und nichts tat.

»Ich will vor allem hier weg«, hatte sie gesagt, und nie hab ich sie weniger verstanden. Ich meine, ich verstand die Worte, aber nicht, was sie meinte. Weg? Von hier? Warum?

Und jetzt war ich selbst fort von der Hallig.

Verdammte Tränen. Sie stiegen einfach so in mir auf. Und ich konnte nichts dagegen tun. Mit dem Handrücken wischte ich mir über die Augen. Und als ich sie wieder öffnete, stand ein Mann mittleren Alters vor mir. Er trug eine seltsame Uniform. Eine blaue Hose und ein blaues Jackett mit Goldknöpfen.

»Du musst Ines Nahnsen sein«, stellte er fest, und ich nickte und stand auf, um ihm die Hand zu geben. Doch er ergriff sie nicht, sondern sah mich nur lange an.

»Ich bin Karl. Chauffeur und Hausmeister. Und außerdem bin ich sehr gespannt, wie lange du es hier aushältst.«

»Was?«, fragte ich verdutzt, und sein Mund verzog sich zu einem breiten Lächeln, das nicht ganz gerade Zähne entblößte.

»Na, so zart wie du aussiehst.« Er griff schwungvoll nach meinem Koffer und trug ihn zu einem großen viertürigen Wagen, lud ihn in den Kofferraum und hielt mir dann die Tür zur Beifahrerseite auf.

»Ich kann arbeiten. Das bin ich gewöhnt.«

»Wir werden sehen, wir werden sehen.« Karl lachte und gab Gas.

Amrum zog langsam an den Scheiben vorbei. Kleine Häuser. Bäume.

Bäume irritieren mich immer wieder. Ich weiß noch, als ich das erste Mal einen Wald gesehen habe, empfand ich ein beklemmendes Gefühl. Vielleicht, weil ich so verwachsen mit dem Himmel und dem Horizont bin. Manchmal, als ich klein war, hat mir meine Mutter von Berlin erzählt. Sie hat dicht am Wald gewohnt. Und sie sagt immer, dass sie ihn vermisst. Das Singen der Vögel, das Knacken des Holzes. Ich dagegen vermisse jetzt schon die Weite auf Südfall. Hier auf Amrum erscheint mir alles sehr eng.

»Wir sind da«, sagte Karl knapp und bremste kurz auf der halbrunden Auffahrt vor einem herrschaftlichen, großen und breiten dreistöckigen Haus mit einer weißen Fassade, blau eingerahmten Fenstern mit Blumenkästen. Rechts davon war ein schmaler Anbau, links ein weiterer einstöckiger Anbau mit bodentiefen verschnörkelten Fenstern. Am Vordach über dem breiten Eingang mittig des Haupthauses stand in verschnörkelter Schrift: Hotel Dünenblick.

War ich jemals in einem so großen Haus? Ich glaube nicht. Nicht einmal mein Internat, ein schmuckloser moderner Backsteinbau, war so groß.

Ich zog die Schultern zusammen, während Karl den Wagen an kahlen Blumenrabatten, die noch Winterschlaf hielten, vorbeilenkte und in eine Garage fuhr.

Meinen Koffer trug Karl nicht den Weg zurück zum Hotel. Warum er mich nicht vor dem Eingang abgesetzt hat, weiß ich auch nicht. Ich habe mich auch nicht getraut, ihn zu fragen oder zu protestieren. Ich bin in einer mir fremden Welt, und das begreife ich gerade.

Erschöpft blieb ich vor dem Haupteingang stehen, doch Karl schüttelte den Kopf.

»So betritt keiner der Angestellten das Hotel. Der Haupteingang ist nur für Gäste.« Er lachte laut. »Und den Portier natürlich, der die Koffer holt. Wir nehmen den Seiteneingang, der zur Küche führt.«

Mein Arm zitterte von der Anstrengung, den Koffer zu tragen, doch ich biss die Zähne zusammen und hob ihn wieder auf. Zwar bin ich harte Arbeit gewöhnt, aber es ist etwas anderes, Fischkisten vom Boot zu heben oder Mist zu schaufeln.

Der Seiteneingang befindet sich sehr versteckt zwischen Haupthaus und dem rechten Anbau, in dem die Küche untergebracht ist. Hier wird alles angeliefert. Und er hat von der anderen, zum Meer hingewandten Seite des Hotels sogar eine eigene Auffahrt, die von einer Hecke verborgen ist, so dass kein Gast sehen muss, wie der Fisch oder das Gemüse gebracht wird, das abends im Restaurant serviert wird.

Ein schmaler Gang führt auf der einen Seite in die Küche, aus der ich Klappern, Gelächter und das Zischen von heißem Fett hörte, und auf der anderen Seite in einen kleinen Bürotrakt und mehrere Lagerräume.

Vor einer weiß getünchten Holztür blieb Karl stehen. »Klopfen musst du schon selbst. Das ist das Büro von Frau Jensen, der Hausdame.«

Ich frage erstaunt: »Jensen? Gehört ihr das Hotel denn nicht?«

»Ne, Dörte Jensen ist die Schwester vom alten Jensen.« Ohne ein weiteres Wort verschwand er in Richtung Küche.

Ich holte einmal tief Luft und klopfte. Nichts. Und jetzt? Sollte ich mich noch einmal bemerkbar machen?

Und gerade als ich noch einmal die Hand hob, hörte ich eine schnarrige Frauenstimme aus dem Gang rechts von mir. Ich drehte den Kopf und sah eine schlanke, hochgewachsene Frau in einem schwarzen Kostüm, dessen Rock züchtig die Knie bedeckte. Steile Falten hatten sich in ihr Gesicht gegraben, das wirklich alles andere als schön war. Die Nase zu lang, die Augen zu schmal und das Kinn ragte weit nach vorn. Das dunkle Haar, das mit grauen Strähnen durchzogen war, hatte sie streng nach hinten zu einem Knoten gebunden, wie ich später sah, als ich hinter ihr meinen Koffer all die Treppen bis ins Dachgeschoss hinaufwuchtete.

»Du musst das Halligmädchen sein.«

»Ines Nahnsen. Guten Tag, Frau Jensen«, sagte ich artig.

Einen Moment lang starrte sie mich an, dann zog sie die Augenbrauen nach oben, und ihre Mundwinkel kräuselten sich missbilligend.

»Alle Hausmädchen im Hotel Dünenblick knicksen vor den Gästen, der Hausdame, den Portiers und natürlich vor jedem Mitglied der Familie Jensen.«

Seit dem Ende meiner Schulzeit hatte ich vor niemandem mehr geknickst. Widerwillig ging ich angedeutet in die Knie und senkte kurz den Kopf.

»Tiefer!«

Herrje, ihre Stimme war wie Eis! Ich weiß, meine Schwester Anke hätte gelacht und den Kopf geschüttelt, aber ich bin nicht Anke. Ich bin zu brav. Also gehorchte ich.

»Komm mit«, sagte Frau Jensen knapp, drehte sich um, und ich folgte ihr den Gang entlang bis zu einer schmalen Holztreppe. Sie öffnete die Tür gegenüber, die in eine Wäschekammer führte. Dann maß mich ihr Blick von Kopf bis Fuß, bevor sie aus einem der Schränke einen Stapel Wäsche holte.

»Das ist deine Uniform. Zwei schwarze Kleider, zwei weiße Schürzen, zwei Strumpfhosen und drei Häubchen. Ich hoffe, du hast schwarze Schuhe mitgebracht?«

Ich nickte hastig.

»Zeig sie her.«

»Jetzt?« Ich sah sie fragend an.

»Natürlich jetzt!«, bellte sie.

Also legte ich den Koffer auf den Boden, öffnete ihn, schob Nachthemden und andere Kleidung beiseite, bis ich am Grund des Koffers, neben meiner Waschtasche, auf die Schuhe stieß, die mir meine Mutter in Husum gekauft hatte. Ich mochte sie nicht sonderlich. Sie hatten, wie verlangt, einen kleinen Absatz und waren sehr unbequem.

»Es geht für den Anfang«, sagte Frau Jensen knapp und rümpfte die Nase. »Na, los, Mädchen, pack wieder zusammen! Wir haben nicht den ganzen Tag Zeit!«

Hastig wühlte ich alles wieder hinein, schloss den Koffer und nahm ihr den Stapel Kleidung ab.

»Donnerstags kannst du ein Ensemble in die Wäsche geben. Für Reparaturen an der Kleidung bist du selbst zuständig. Verstanden?«

»Ja«, antwortete ich.

»Ja, Frau Jensen, heißt das!«

»Ja, Frau Jensen«, wiederholte ich verschüchtert. An diesem Punkt merkte ich, dass mir Tränen in die Augen stiegen, aber ich schluckte sie herunter. So hatte bisher niemals jemand zu mir gesprochen. So harsch, so barsch und vor allem so kalt. Selbst in der Schule war ich so nicht behandelt worden. Auch wenn ich das Internat nicht gemocht hatte, an den Lehrerinnen hatte es nicht gelegen. Sie waren überwiegend freundlich gewesen, wohlwollend und hatten auf ein gutes Miteinander Wert gelegt.

Hinter Frau Jensen erklomm ich die Stufen der Treppe bis in das Dachgeschoss, in dem die Angestellten in kleinen Kammern untergebracht waren.

»Das ist der Mädchenflügel. Keine Herrenbesuche. Der Badeofen wird samstags angeheizt.« Sie blieb vor einer Tür stehen, klopfte und öffnete sie sogleich.

Das Mädchen, das dieses Zimmer bewohnte, sprang von ihrem Bett auf, als wir eintraten.

»Sigrid, das ist Ines, das neue Zimmermädchen. Ich möchte, dass du sie einarbeitest.« Zu ihr sprach Frau Jensen eindeutig freundlicher. Mich kann sie wohl einfach nicht leiden, dachte ich.

»Zeig ihr ihr Zimmer, das Hotel, erkläre ihr die Regeln, und heute Abend bedient ihr beim Abendessen. Verstanden?«

»Ja, Frau Jensen!« Das blonde Mädchen mit den roten Wangen nickte, knickste artig und wartete, bis Frau Jensen mir einen letzten strengen Blick zuwarf, bevor sie das kleine Zimmer verließ.

Ich holte tief Luft und öffnete den Mund, um etwas zu sagen, doch Sigrid schüttelte den Kopf und legte ihren kurzen knubbeligen Zeigefinger an die Lippen. Augenzwinkernd zeigte sie zur Tür und sagte dann laut: »Sigrid Martinen, ich bin in diesem Jahr die zweite Saison im Dünenblick. Komm, ich zeig dir dein Zimmer.«

Tatsächlich stand Frau Jensen noch draußen im Gang und fuhr gerade mit dem Finger über die Oberfläche eines alten, etwas abgeschrammten Beistelltisches, bevor sie den Gang in Richtung Treppe hinunterging.

Sigrid öffnete die Tür neben ihrem Zimmer. »Das ist deins«, sagte sie und ließ mich eintreten. Es sah genauso aus wie ihr Zimmer, nein, es waren Kammern, winzige Kammern. Ein alter, fleckiger Holzfußboden, auf dem ein alter, brauner Teppich lag. An der rechten Wand stand ein schmales Metallbett mit einer verdächtig dünnen Matratze, gegenüber, neben einem altmodischen Waschbecken, ein alter Holzkleiderschrank, dessen Türen nicht ganz aufgingen, wie ich später feststellte, weil das Zimmer so schmal war. Das einzig Schöne war der Blick aus dem halbrunden Gaubenfenster. Tatsächlich konnte ich von hier aus das Meer sehen. Ein schmaler Streifen Hellgrau hinter den breiten Dünen, deren Gräser sich im kühlen Wind bauschten.

»Mach dir nicht allzu große Hoffnungen. Im Winter sind die Zimmer kalt und im Sommer heiß. Du heißt Ines, ja?«

Ich nickte.

Sigrid lächelte mir freundlich zu. »Es wird besser. Nächste Saison kommt ein neues Mädchen, das sie triezen kann. Und das macht sie wirklich gern.« Sie schluckte. »Mädchen triezen. Ich habe Glück. Zu mir ist … war sie nie ganz so schrecklich, weil ich … Schau, das muss ich klarstellen. Meinem Vater gehört das Hotel Seeblick auf Sylt. Das ist noch ein bisschen eleganter als das Dünenblick. Meine Familie ist mit den Jensens befreundet. Meine Eltern schicken ihre Kinder ins Dünenblick, um das Hotelhandwerk zu erlernen, und die Kinder der Jensens haben alle bei uns gelernt.« Sie hob die Schultern. »So ist das bei uns. Deine Eltern haben aber kein Hotel?«

Ich schüttelte den Kopf. »Nein, wir haben eine Hallig. Schafe, Kühe, Fischerei.«

Sigrid sagte nichts. Aber sie legte mir eine Hand auf den

Arm. »Komm erst mal an. Pack aus und zieh dich um. Ich komme in einer halben Stunde wieder und hol dich ab. Dann zeige ich dir das Hotel. Noch ist alles leer. Aber ich kann dir sagen … Morgen und übermorgen, wenn wir alle Zimmer herrichten … das wird kein Spaß, sondern viel Arbeit, bevor am Freitag die Saison beginnt.«

Als ich allein in meinem neuen Zimmer, nein, in der Kammer zurückblieb, fühlte sich mein Herz sehr leer an. So leer wie das Zimmer. Ich hatte das Gefühl, nicht mal ich wäre hier. Ganz merkwürdig. Aber ich tat wie geheißen, packte aus und zog mich um.

Den restlichen Teil des Tages versuchte ich, mir alle Wege durch das Hotel zu merken, die Sigrid mir geduldig erklärte. Ich besichtigte Zimmer, Etagenbäder, Suiten, Wäschekammern, Putzkammern, Treppenhäuser, die Lobby, den Empfang, die Küche, das Restaurant, die Terrasse, den Ballsaal, außerdem Lagerräume und den Waschkeller.

Insgesamt war ich ein wenig enttäuscht, denn das Hotel erschien mir nicht so elegant und modern, wie ich es mir vorgestellt hatte. Die Möbel waren gut und gerne schon zwei Jahrzehnte alt. Sicher, sie waren von guter Qualität, aber eben ein wenig altmodisch, genau wie die Vorhänge und Teppiche. Manchmal hatte ich in Husum beim Frisör in Zeitschriften geblättert, und so hatte ich geglaubt, hier vielleicht ein paar moderne Cocktailsessel, wie sie in den Heften abgebildet waren, zu finden, oder ein paar gewagte Tapetenmuster, aber das Dünenblick schien in einem Dornröschenschlaf zu schlummern. So war es schon immer gewesen, so würde es sein. Sigrid erzählte mir, dass Dörte Jensen, die Hausdame, hier schon seit mehr als vierzig Jahren arbeitete, nein »ihr Unwesen trieb«, wie Sigrid sich kichernd korrigierte.

Außerdem habe ich heute gelernt, dass im Sommer beinahe alle zwei Wochen eine Hochzeitsfeier mit mehr als hundert Gästen hier stattfindet, dass das Hotel zwölf Einzelzimmer, vierzig Doppelzimmer und zehn Suiten hat, dass auf jeder Etage vier Bäder sind und es nur im dritten Stock keine Etagenbäder gibt, weil jede Suite dort ein eigenes Bad hat, wie auch die Wohnung der Jensens. Im Laufe des Tages werden noch fünf weitere Zimmermädchen anreisen, Sigrid hat mir erzählt, dass Herr Ulrich, der Koch, sehr jähzornig ist … oje, was noch?

Ach ja, vor Karl soll ich mich in Acht nehmen, weil er den Mädchen gern in den Po kneift, genau wie der alte Herr Jensen, dem das Hotel gehört. Der Unterschied ist nur, dass man Karl ohrfeigen darf und er darüber lacht, während man beim alten Jensen knicksen muss.

Zum Glück ist der alte Herr Jensen, dem das Hotel gehört, samt seiner Frau, nur wenige Wochen im Jahr hier, sie leiten das Hamburger Hotel der Familie.

Das Dünenblick dagegen führt der junge Herr Jensen, Arno, zusammen mit seiner jüngeren Schwester Josefine. Beide seien sehr nett, und man könne gut mit ihnen auskommen. Dafür sei die Frau vom jungen Herrn Jensen schrecklich. Aber das würde ich schon noch sehen.

Habe ich noch etwas vergessen? Bestimmt. Ich kann mir das alles unmöglich merken!

Und als ich eigentlich schon völlig erschöpft war, haben wir noch beim Abendessen bedient. Ich habe mich gefragt, was das heißt, wenn noch gar keine Gäste da sind, aber Sigrid hat es mir erklärt. Um sechs isst Frau Jensen mit dem Chefkoch Herrn Ulrich, dem Chefportier Herrn Barker und den Beiköchen im Aufenthaltsraum neben der Küche, während wir Mädchen servieren. Erst wenn sie fertig sind, darf der Rest des Personals, das dann noch im Hotel ist, essen. Viel Zeit bleibt jedoch nicht mehr, vor allem für alle, die zum Servieren im Speisesaal eingeteilt sind. Gemein ist das, finde ich. All die harte Arbeit, und dann muss man sein Essen in einer Viertelstunde herunterschlingen, nur weil die »besseren« Angestellten es sich herausnehmen, eine Dreiviertelstunde lang zu trödeln!

Ich glaube nicht, dass ich hier sehr glücklich sein werde.

Und mehr kann ich gar nicht schreiben, weil mir gleich die Augen zufallen. Wie soll ich bis zum Oktober durchhalten?

Das ist so lange hin …

Brar

Die Wellenkönigin, die ihnen gerade die Post gebracht hatte, schaukelte ganz schön auf dem Meer.

»Heute möchte ich nicht auf dem Meer sein.« Annika lächelte schief und nahm Brar den Stapel Briefe aus der Hand ab. »Da ist bestimmt …« Hastig blätterte sie Briefe durch. »Nein, leider nicht.«

»Worauf wartest du denn?«, hörte sich Brar beinahe automatisch sagen. Mit den Gedanken war er jedoch ganz woanders. War das wirklich … nein, das konnte nicht sein. Rasch hob er das Fernglas und versuchte, einen Blick auf den Vogel, der am äußersten Rand des Anlegers saß, zu erhaschen, bevor dieser wieder aufflog. Ein schönes Tier, dachte Brar. Und das breite schwarze Halsband des Gefieders war ganz typisch. Zwar hatte er gehofft, dass es hier welche geben würde, aber sicher war er sich nicht gewesen. »Tatsächlich! Unglaublich!«, rief Brar begeistert aus. »Ein Sandregenpfeifer! Ziemlich selten. Schau mal!«

Er hielt Annika das Fernglas hin. Sie nahm es jedoch nicht entgegen und verschränkte die Arme vor der Brust.

»Brar, du weißt sehr gut, dass ich einen Vogel nicht vom anderen unterscheiden kann.«

Eine kleine kühle Welle schien über seiner Begeisterung zusammenzuschlagen. Ernüchtert ließ er das Fernglas sinken.

Noch einmal blätterte Annika die Post durch. »Ich verstehe nicht«, murmelte sie.

»Was ist es denn nun, worauf du wartest?«, fragte Brar noch einmal.

»Habe ich dir das nicht erzählt?« Annika sah auf. »Der Verlag wollte mir Ausdrucke der Bilder schicken für den Katalog. Das ist noch einmal etwas ganz anderes, wenn man die Bilder direkt vor sich hat und nicht nur am Bildschirm. Mist! Ich muss die Auswahl in den nächsten Tagen treffen.«

»Vielleicht kommen sie morgen?«

»Vielleicht.« Annika runzelte die Stirn. »Hoffentlich.«

»Ist Post für Ines Nahnsen dabei?«

»Nein«, antwortete Annika. »Heute nicht. Ach –« Mit einer Hand strich sie sich das Haar aus der Stirn. »Das habe ich ganz vergessen, als ich ihr gestern die Post brachte, hat sie uns zu einem Einstandsessen eingeladen.«

»Wie nett«, sagte Brar. Der Sandregenpfeifer war inzwischen weggeflogen. »Wann?«

»Donnerstag, also morgen. Sie wollte, dass wir heute schon kommen, aber … das schaffe ich nicht.« Sie trat von einem Bein aufs andere. Das tat sie nur, wenn sie nervös war.

»Ist etwas nicht in Ordnung?«

»Ja, die Bilder fehlen mir, und –« Annika schluckte. »Es gibt Fisch.«

»Hast du ihr nicht gesagt, dass du, wenn überhaupt nur Filet isst?«

Sichtlich unglücklich verzog Annika das Gesicht. »Das wäre unhöflich, oder?«

»Dann isst du nur die Beilagen«, tröstete Brar sie. »Das findet sich schon.«

Annika warf einen Blick auf die Uhr. »Ich muss wieder an meinen Schreibtisch. Gleich habe ich eine Videokonferenz. Und … wir müssen unbedingt das Haus auf Vordermann bringen, Brar. Klaus hat … na ja, Sauberkeit war nicht sein Steckenpferd.«

»Ich helfe dir in den nächsten Tagen.«

»In den nächsten Tagen?« Annika zog eine Augenbraue nach oben, und Brar hob bedauernd die Hände. »Ich muss mich dringend um den Nordrand der Hallig kümmern. Die letzte Flut hat ziemlich viel Ufer mitgerissen.«

»Geht das nicht ein andermal? Ich würde wirklich gern bald klar Schiff machen, damit wir uns einleben können.«

»Tut mir leid, aber vor der nächsten Flut muss ich das Ufer befestigen, sonst reißt das Wasser noch mehr Land mit, und die Hallig wird kleiner.«

»Verstehe«, sagte Annika gedehnt, bevor sie ihm zuwinkte. »Ich geh wieder arbeiten.«

»Ich auch«, gab Brar zurück. In entgegengesetzten Richtungen gingen sie auseinander.

Annika braucht fürs Einleben einfach etwas Zeit, dachte er und steckte die Hände in die Taschen.

Während Brar Steine und Treibholz schleppte und genauso stapelte, wie Klaus es ihm gezeigt hatte, wanderte die Sonne, immer wieder von aufgeplusterten weißen Wolken verdeckt, über den Himmel. Die Zeit vergeht hier anders, dachte Brar.

Sicher, er war harte Arbeit gewohnt, aber nicht so viele Stunden am Stück, nicht in dieser Haltung. Sein Rücken schmerzte, und er drückte mit beiden Händen in die Lendenwirbelsäule, während er sich langsam aufrichtete.

Dennoch verspürte er große Befriedigung, als er sein Werk betrachtete. Mit der neuen Steinbarriere am Ufer sollte jetzt eine Zeit lang alles in Ordnung sein.

Die Arbeit hier war so ganz anders als seine Stelle an der

Universität. Hier stand er nicht vor den Studenten und gab sein Wissen weiter, hier war er der Student. Ein Gedanke, der ihm ein Lächeln entlockte. Ging es nicht genau darum im Leben?

Immer wieder anfangen. Immer wieder Neues lernen. Was würde er einmal von dieser Zeit zu erzählen wissen? Und wem würde er davon berichten?

Auf jeden Fall nächste Woche der ersten Gruppe Touristen, die er über die Hallig führen würde. Bis dahin würde er jeden Winkel von Südfall erkunden. Auch vom Sandregenpfeifer würde er erzählen … und wer weiß? Vielleicht würde er sogar einen zeigen können.

Es erfüllte ihn mit Stolz, nun ein Teil dieser Hallig zu sein.

Langsam drehte er sich zur anderen Seite. Hier wartete noch mehr Arbeit auf ihn. Das Wasser hatte eine steile Uferkante hinterlassen, die aussah, als hätte jemand von einem Brötchen abgebissen. Noch einmal sah er in den Himmel, dann beugte er sich wieder vor. Weiter, dachte er, noch ein bisschen.

Erst als die Sonne ein gutes Stückchen herabgesunken war, legte Brar schließlich den letzten Stein ans Ufer. Dieses Stück war für heute fertig.

Bevor er sich auf den Weg zurück nach Bredenswarft machte, klappte Brar sein kleines Notizbuch noch einmal auf. Er hatte während der Arbeit verschiedene Vögel beobachten können und notierte nun noch kurz, was er am Abend unbedingt noch in die Hallig-Dokumentation einpflegen wollte.

Als er wenig später die breite Klinke der Haustür hinunterdrückte, fiel ihm auf, wie schwergängig die Tür doch war. Bei nächster Gelegenheit würde er sie unten anschleifen. Herrje. Er seufzte. Hier gab es mehr als genug Arbeit. Nicht, dass Klaus faul gewesen wäre, aber wahrscheinlich, und Brar war sich sicher, das würde ihm ähnlich gehen, wurde man im Laufe der Zeit einfach blind für Kleinigkeiten.

Für diesen Tag aber war es mit den körperlichen Tätigkeiten genug. Noch im Flur schlüpfte er aus den Arbeitsschuhen, verstaute sie ordentlich im Regal und hängte dann seine Jacke an den Haken.

»Ich bin da, soll ich etwas zum Abendessen kochen?«, rief er in Richtung Arbeitszimmer im Obergeschoss.

Einen Moment lang rührte sich nichts, dann hörte er eine Tür klappen, und bald darauf tauchte Annika auf dem oberen Treppenabsatz auf. Ihr Haar war zerzaust, und sie hatte einen Lappen in der Hand. »Weißt du eigentlich, wie spät es ist?«

Brar schüttelte den Kopf. »Hast du schon gegessen?« Er warf einen Blick auf die tickende Uhr über der Tür zur Küche. Beinahe acht! Hier verging die Zeit wirklich ganz anders. Niemals hätte er gedacht, dass er so lange gearbeitet hatte.

»Auf dem Herd steht noch Suppe, du musst sie nur warm machen.« Ganz sicher. Da schwang wirklich Ärger in ihrem Ton mit.

»Es tut mir leid, dass es so lange gedauert hat. Magst du mir beim Essen Gesellschaft leisten und mir von deinem Tag erzählen?«, fragte Brar bittend.

Ihre Stirn, die sich eben noch missbilligend gerunzelt hatte, zog sich etwas glatter. »Lass uns morgen reden. Ich hab mich den ganzen Tag zwischen Arbeit und putzen zerteilt.« Jetzt klang sie in erster Linie erschöpft. »Ich mach nur noch das Bad fertig, dann gehe ich ins Bett.«

»Du hättest das nicht alles allein machen müssen. Ich hätte dir geholfen, aber es ging nicht jetzt.«

Sie holte hörbar Luft durch die Nase. »Ich weiß, aber ich fühle mich so einfach nicht wohl. Und ich will mich hier doch wohl fühlen. Und jetzt bin ich müde.«

»Tut mir leid.« Brar hob die Schultern.

Er hätte zu ihr nach oben gehen können, um sie in den Arm zu nehmen, aber auch er fühlte sich ausgelaugt.

»Schon gut«, sagte sie leiser. »Ich mach dann mal weiter.«

Sie verschwand aus seinem Blickfeld.

»Danke für die Suppe!«, rief er ihr nach, doch er bekam keine Antwort mehr, stattdessen hörte er, wie sie mit dem Putzeimer im Badezimmer klapperte.

Es wird sich finden, dachte er. Alles wird sich finden, wenn Annika sich erst einmal eingelebt hat.

In der Küche wärmte er die Suppe im Topf auf, nahm sich einen Teller und trug ihn langsam nach oben ins Arbeitszimmer. Wenn er schon alleine essen würde, konnte er beim Essen auch die Hallig-Dokumentation pflegen.

Nachdenklich und mit einer winzigen Spur Neid sah er auf Annikas Schreibtisch am Fenster. Nicht nur, dass sie den schönsten Ausblick hatte, nein, sie war auch noch so unfassbar ordentlich. Wie immer, wenn Annika mit ihrem Tagwerk fertig war, räumte sie sorgfältig auf, klappte Ordner und Bücher zu und verstaute sie an ihren Plätzen. Brar konnte sich nur selten dazu aufraffen, und deshalb schob er erst einmal den Ordner mit den Unterlagen von Japsand zur Seite, bevor er den Teller auf seinem Schreibtisch abstellte.

Noch nie hatten sie sich ein Arbeitszimmer teilen müssen. Brar hatte höchst selten zu Hause gearbeitet. Er hatte sein Büro an der Uni gehabt und zu Hause, wenn überhaupt, nur ab und an mal seinen Laptop aufgeklappt.

Und Annika hatte sich in seiner Wohnung meist ins

Schlafzimmer zurückgezogen und an dem kleinen Tisch neben dem Fenster gearbeitet, den Brar nie benutzte.

Ob es sie störte, dass er nicht so ordentlich war?

Hoffentlich nicht, dachte er.

Am Donnerstagmorgen verließ er das Haus im ersten Dunst des Tages, in diesen wenigen Minuten, in denen aus der Nacht Licht wird, aber die Sonne noch nicht über den Horizont gestiegen ist.

Noch immer warf Brar dem in der Tür steckenden Schlüssel einen kurzen irritierten Blick zu. Klaus hatte ihm erklärt, dass man den Schlüssel nur abzog, wenn man die Hallig länger verließ. Sonst blieb der Schlüssel außen im Schloss, damit man sich nicht aus Versehen aussperrte, wenn der Wind die Tür zuschlug. So war es immer, hatte Klaus gesagt.

Brar widerstand dem Impuls, den Schlüssel abzuziehen und in die Tasche zu stecken.

In Kopenhagen allerdings sollte er das besser nicht tun. Über diesen Gedanken musste er lächeln, während er den Warfthang hinunterlief, in die Hände blies, um sie danach in den Jackentaschen zu versenken.

Heute war die Zeit zwischen Nacht und Tag besonders herbstlich kühl und grau, auch wenn die Tage noch warm waren. Wolken hatten sich am Himmel aufgetürmt, die aussahen wie eine mittelalterliche Festung, und der stetig wehende Wind schwieg, so dass sie beinahe unbeweglich am Himmel hingen. Oberflächlich betrachtet konnte man sagen, dass die Hallig und alles, was auf ihr lebte, wohl noch schlief. Und wenn man nur an Annika und Frau Nahnsen dachte, dann mochte das wohl auch stimmen, aber während das Licht wärmer und heller wurde, schien Leben in die

Gräser zu kommen, die den kleinen Trampelpfad zum Ufer säumten. Hier und da summte munter eine einzelne Fliege um die Halme, und ab und an durchbrachen Vogellaute die Stille. Das leise Kreischen einer Möwe war zu hören, es klang, als würde sie für den kommenden Tag üben wollen, sich einzusingen.

Am Ufer blieb Brar stehen und holte tief Luft. Die kühle Luft füllte seine Lungen.

Langsam und stetig kroch das Wasser zurück und gab immer mehr Watt frei. Eine Lachmöwe kreiste über Brar, bevor sie nur weniger Meter von ihm entfernt im Sand landete, den Kopf hob und ihn ansah.

Würde er eines Tages mit der Hallig so verschmelzen, dass alle Tiere und Pflanzen glaubten, er gehöre dazu?

Keine Möwe mehr, die Abstand hielt, kein Sandregenpfeifer mehr, der aufflog, wenn Brar sich bewegte.

Er dachte an die Seehundbank vor der Küste Kaliforniens, auf der er während des Studiums ein Praktikum gemacht hatte. Die Tiere dort hatten sich so an die Wissenschaftler gewöhnt, dass sie keine Angst mehr hatten, sondern man im Gegenteil sehr vorsichtig sein musste, dass die Tiere nicht zu zudringlich wurden. Was nur wenige Menschen wussten, war, dass das Gebiss eines ausgewachsenen Seehundes in etwa dem eines Wolfes entsprach.

Brar blieb noch ein paar Sekunden ganz still stehen, genau wie die Möwe. Beinahe, dachte er, war er doch schon eins mit der Hallig. Dann setzte er seinen Weg am Ufer fort, während die Sonne langsam aufging, der Wind erwachte und die Wolken vertrieb. Aus Grau wurde Blau.

Noch einmal blieb Brar stehen, sah blinzelnd zu, wie die Strahlen auf dem Meer in der Ferne glitzerten. Er drehte sich um, folgte mit den Augen dem Licht, das jetzt golden über die Hallig fiel und Gräser anstrahlte, in denen Tautropfen blitzten.

Schönheit, schoss ihm durch den Kopf, lebt vom Gegensatz. So, wie das lieblich schimmernde Grün und über ihm die dichten Wolken, die in Richtung Osten jagten.

Diese ersten Minuten des Tages ließen Brar einen Schauer über den Rücken laufen, ein unfassbares Glück spüren.

Ich bin hier, dachte er. Und ich darf hierbleiben und diese Schönheit immer wieder aufsaugen, immer wieder erleben. Was für ein Geschenk!

Langsam ging er weiter und hatte dabei das Gefühl, dass jeder Schritt auf Südfall ihn zu einem Teil der Hallig machte.

»Annika?«, rief er, als er das Haus zwei Stunden später betrat. Er musste ihr davon erzählen, musste berichten, wie sich die Hallig für ihn anfühlte, ihr erzählen, was er gesehen hatte, obwohl er nicht sicher war, für all die Schönheit und all die Eindrücke auch die richtigen Worte zu finden.

»In der Küche!«, rief sie zurück, während er die Schuhe auszog und seine Jacke an den Haken hängte.

Als er schließlich eintrat, hatte sie sich schon halb vom Tisch erhoben und trank gerade den letzten Schluck aus ihrer Kaffeetasse, bevor sie sich aufrichtete.

»Hast du schön gefrühstückt?«, fragte Brar und sah fragend auf die Schüssel auf ihrem Platz, in der am Boden noch ein halber Löffel Porridge klebte.

Sie lächelte entschuldigend. »Ich habe schon gegessen. Mir ist beim Duschen eingefallen, dass ich gestern etwas vergessen habe, also muss ich jetzt schnell an meinen Schreibtisch.«

»Schade«, sagte Brar und schluckte seine Enttäuschung herunter.

»Morgen frühstücken wir wieder zusammen«, sagte Annika, klang etwas abwesend und sah an ihm vorbei zur Treppe, die nach oben in ihr Arbeitszimmer führte.

»Natürlich.«

Sie küsste ihn flüchtig auf die Wange und nahm dann auf der Treppe zwei Stufen auf einmal.

Er hätte ihr gern davon erzählt. Vom Zauber des Morgens, von der Stimmung, vom Licht, von der Lachmöwe und dem Trillern des Sandregenpfeifers.

Ja, ein andermal, dachte er und schnitt sich eine Scheibe Brot ab.

Der restliche Tag verging schneller, als ihm lieb war. Noch hatte er sich mit der Zeit auf der Hallig nicht ganz angefreundet. Sie schien ihm sprunghaft. Mal verging sie viel zu schnell, dann wieder zu langsam.

Ines Nahnsen hatte es, als er ihr neulich die Post gebracht hatte, den Atem der Natur genannt und gelacht. Sie war nicht mehr ganz so kurz angebunden wie bei ihrer ersten Begegnung am Anleger, hatte er zu seiner Erleichterung festgestellt. Vielleicht hatte sie nur Zeit gebraucht, sich daran zu gewöhnen, dass sie wieder einmal neue Nachbarn hatte. Es war sicher auch für sie nicht einfach.

Brar schob das Fernglas wieder in die Brusttasche seiner Latzhose, steckte das Notizbuch in die hintere Tasche und stand langsam, ganz langsam auf. In all den Jahren, in denen er Vögel beobachtete, hatte er sich fließende vorsichtige Bewegungen angewöhnt, um ja kein Tier zu verschrecken oder aufzustöbern, doch jetzt hielt er in der Bewegung inne. Und sehr bequem war seine Haltung gerade nicht, aber das war für den Moment egal. Der Vogel, der nicht weit von ihm auf einer Wiese Rast machte, war ein wunderschönes Tier mit langen Beinen und einem langen, schmalen Schnabel, dessen rostbrauner Ansatz an der Spitze in ein tiefes Schwarz überging. Das bläuliche Bauchgefieder ließ keinen Zweifel daran, dass er einen weiteren seltenen Vogel entdeckt hatte, von dem Klaus ihm gesagt hatte, es würde ihn hier nicht geben. Das tat es doch, ganz eindeutig! Eine Uferschnepfe! Ganz vorsichtig zog Brar mit einer Hand sein Smartphone aus der Tasche, hoffte, dass es lautlos geschaltet war, und drückte dann auf dem Bildschirm auf das Icon für die Kamera. Ein, zwei Fotos gelangen ihm, bevor der Vogel keckernd aufflog, wohl weil er sich von einigen Lachmöwen bedrängt sah.

Eine Uferschnepfe auf Südfall, und ich habe sogar ein Foto! Beschwingt kehrte Brar zur Bredenswarft zurück.

»Bist du fertig, Annika?« Brar warf seine Arbeitslatzhose über den Stuhl im Schlafzimmer, öffnete den breiten Kleiderschrank und nahm einen grauen Wollpullover heraus, den er sogleich überzog. Frisch geduscht nach einem langen Tag fühlte er sich gleich besser.

»Ist es schon so spät?« Annikas Stimme klang angespannt. »Ich hab gar nicht gemerkt, wie die Zeit vergeht. Eigentlich«, sie hielt kurz inne, »eigentlich warte ich noch auf eine E-Mail.«

Brar runzelte die Stirn. »Wir sollten nicht zu spät kommen. Das macht keinen guten Eindruck. Sie ist unsere einzige Nachbarin.«

»Ich weiß.«

Brar ging durch den Flur ins Arbeitszimmer, in dem Annika vor mehreren aufgeklappten Büchern hinter ihrem Laptop saß. Das Headset, mit dem sie wohl vorhin eine Videokonferenz bestritten hatte, baumelte über der Seitenlehne ihres Stuhls.

»Oder ist es, weil es Fisch gibt?«, fragte er.

»Nur ein bisschen«, gab Annika zurück, ohne sich zu ihm umzudrehen, und lachte, aber er fand, dass es verhalten klang.

Er trat hinter sie und legte ihr eine Hand auf die Schulter. Selbst durch den Pullover hindurch fühlte sie sich kühl an. »Ist dir kalt?«

»Ein wenig. Und«, jetzt schob Annika den Stuhl zur Seite und drehte dann die Sitzfläche zu ihm. »Kopfschmerzen hab ich auch.« Sie rieb sich die Stirn.

»Wirst du krank?« Brar sah sie besorgt und prüfend an. Waren ihre Wangen nicht ein wenig gerötet? »Hast du dich erkältet?«

Für einen Moment schloss sie die Augen, dann sah sie wieder zu ihm auf. »Vielleicht. Vielleicht ist es auch nur … es war so viel Arbeit.«

Brar ging in die Knie und hockte sich vor sie. »Ja, das waren wirklich ein paar harte Tage. Für uns beide.« Annika tat ihm leid. Sie hatte auch ohne Halligarbeiten schon keinen reinen Achtstundentag. »Es wird besser werden. Ganz sicher.«

»Bestimmt«, murmelte sie.

»Was hältst du davon, wenn ich allein zu Ines Nahnsen gehe, und wir besuchen sie zusammen ein anderes Mal? Du machst dir einen ruhigen Abend. Vielleicht ein heißes Bad?«, schlug er vor.

Sie zog die schmalen Schultern zusammen. »Meinst du, das wäre in Ordnung?«

»Natürlich«, versicherte ihr Brar. »Weißt du, es tut mir leid, dass ich selbst so viel Arbeit habe und mich so wenig um dich kümmern kann.«

Kühl lagen ihre Finger an seiner Haut, als sie ihre Hand ausstreckte und ihm über die Wange strich. »Ich hab den Aufwand unterschätzt«, sagte sie leise.

»Ich auch«, räumte er ein.

»Möglich«, sagte Annika knapp und zog ihre Hand weg. Dann lächelte sie ein wenig und zog sich die Strickjacke fester um den Körper. »Es ist kälter geworden, seitdem wir angekommen sind. Ein heißes Bad klingt traumhaft.«

Ein leises »Pling« ertönte aus Annikas Computer.

»Soll ich dir eins einlassen, bevor ich gehe?«

»Nein, lass mal, das ist sicher die E-Mail, auf die ich schon gewartet habe. Da muss ich mich heute noch kümmern.« Sie seufzte.

»Bis später!« Brar beugte sich vor, um sie zu küssen, doch der Kuss verrutschte halb, weil sie sich schon wieder zurück zum Schreibtisch drehte.

Sie lachten beide kurz und verlegen, bevor Brar hinunterging, um sich die Schuhe anzuziehen. Er hätte ihr so gern von der Uferschnepfe erzählt, aber … Ein andermal, dachte Brar.

Brar lehnte sich zurück und lächelte Ines Nahnsen an, die auf die Steingutform mit den letzten in Knoblauchbutter gebackenen Kartoffeln deutete. »Nein, danke, das wäre meine dritte Portion! Ich kann nicht mehr. Aber es war wirklich ausgezeichnet!«

Und das war eigentlich noch untertrieben. Die letzten Wochen vor der Abreise und auch hier auf der Hallig war kaum Zeit für aufwendiges Kochen gewesen.

Ines Nahnsen dagegen hatte auf und in ihrem alten Herd Köstlichkeiten zubereitet, auf die Brar gar nicht gefasst gewesen war. Als Vorspeise hatte sie frische Muscheln in Sherry und dazu selbstgebackenes Brot gereicht, und als Hauptgang hatte sie eine gebackene Scholle mit besagten Knoblauchkartoffeln aus dem Ofen gezaubert. Für Annika wäre das nichts gewesen. So viel stand fest. Ein ganzer Fisch. Kein Filet. Für Brar war es ein Hochgenuss gewesen.

Ines Nahnsen klemmte sich eine Strähne ihres glatten kurzen Haars hinter das Ohr und schob ihren Teller zurück.

»Ich glaube, der Rest von heute wird morgen noch ein schönes Mittagessen für mich ergeben.« Sie schwenkte ihr Weinglas in der Hand, und es sah so aus, als würde sie sich selbst in der Spiegelung beobachten. »Schade, dass Annika nicht mitgekommen ist. Aber ich verstehe gut, dass Sie beide in den letzten Tagen viel Arbeit hatten.«

»Ja, erst das Packen in Kopenhagen und hier wieder alles auspacken, und Annika konnte nur zwei Tage Urlaub nehmen.«

Ines Nahnsen hatte Annikas Gedeck ganz beiläufig abgeräumt, als er sie entschuldigt hatte. »Sicher kommt sie gern ein andermal«, hatte Brar noch versichert.

»Natürlich«, hatte Ines Nahnsen freundlich geantwortet. »Ich hab es schon gemerkt, wenn sie mir die Post brachte. Immer auf dem Sprung, immer in Eile.« Sie zwinkerte. »Großstädter brauchen eine Weile, bis sie mit der Hallig verwachsen.«

»Vielleicht«, sagte er leichthin, dann gab er sich einen Ruck. »Lassen Sie mich jetzt wenigstens abräumen.«

»Auf keinen Fall!« Ganz energisch sprang Ines Nahnsen auf. Eine flirrende Energie ging von ihrem schmalen Körper aus, die er sehr bewunderte. Ganz offenbar hielt das Leben auf der Hallig wirklich jung. »Sie bleiben auf der Bank sitzen und stehen mir nicht im Weg.« Sie zwinkerte ihm noch einmal zu, schenkte ihm aus der Weinflasche nach, die er mitgebracht hatte, und hielt dann ihr Glas hoch. »Wie wäre es, wenn wir uns beim Vornamen nennen? So halte ich es mit allen Halligwarten. Wir bleiben beim Sie, aber ich bin Ines.«

Brar lächelte breit. »Sehr gerne! Ich bin Brar.« Er erhob sich von der Bank, um mit ihr anzustoßen.

»Ich weiß, dass Sie Brar sind.«

Eine sehr seltsame Formulierung, fand er, aber er schob sie kurzerhand darauf, dass Ines wohl wenig Gelegenheit hatte, viel mit anderen zu sprechen.

Sie tranken beide aus ihren Weingläsern, und Brar blieb unschlüssig stehen, nachdem er sein Glas wieder abgesetzt hatte. »Soll ich nicht doch einfach abwaschen?«

»Auf keinen Fall.« Ines stapelte ihre beiden Teller und das Besteck in die Spüle, dann stülpte sie Alufolie über Fisch und Kartoffeln, bevor sie beides in den Kühlschrank räumte. »Und schon ist alles fertig. Kann ich Ihnen noch einen Espresso anbieten?«

»Keine schlechte Idee.« Brar nickte dankbar. Ein starker Espresso war genau das, was er jetzt gebrauchen konnte. »Und es macht Ihnen gar nichts aus, hier so allein zu leben, Ines?«, fragte er im Plauderton.

»Aber nein.« Ines hob den Deckel der Kaffeedose ab. »Im

Gegenteil. Ich würde es gar nicht anders wollen. Haben Sie sich denn schon eingelebt?«

Nachdenklich trank Brar noch einen Schluck aus seinem Weinglas. »Das klingt jetzt vielleicht ein wenig seltsam, aber … aber ich hatte bisher gar nicht das Gefühl, mich einleben zu müssen. Ich kam an und fühlte mich sofort zu Hause.«

Ines warf ihm einen raschen Seitenblick zu, den er gar nicht deuten konnte. »Ich glaube, so ist das. Sobald man einen Fuß auf die Hallig gesetzt hat, weiß man einfach, ob man hierhergehört oder nicht. Ich glaube, wir sind oft von dem abgelenkt, was unser Umfeld für Anforderungen an uns stellt. Wann haben wir schon den Luxus, unserer inneren Stimme aufmerksam zuzuhören?«

»Wie wahr«, sagte Brar langsam. »Da ist etwas dran. Wir müssen arbeiten, Geld verdienen, und manchmal sind da noch andere Menschen um uns herum, die eigene Vorstellungen vom Leben haben … Es ist gar nicht so einfach.«

Ines schraubte den Espressobereiter zu und stellte ihn auf den Herd, bevor sie sich wieder setzte. »Meinen Sie Ihre Freundin?«

Überrascht von ihrer Direktheit sah er auf.

»Oh, das war vielleicht unhöflich«, räumte Ines zwar ein, sah ihn aber unverwandt an.

Vielleicht hätte er diese Frage als ausgesprochen unhöflich empfunden, hätte sie ihm jemand anderes gestellt. Nein, ganz sicher sogar, aber bei Ines war es etwas anderes. Er hatte noch nie einen Menschen getroffen, der ihm von Anfang an so sympathisch war. Er hatte bei ihr das Gefühl, als würden sie sich schon ewig kennen, auf eine Weise, die er gar nicht näher in Worte fassen konnte.

»Nein, gar nicht unhöflich. Nur ehrlich, und das weiß ich zu schätzen.« Er fuhr sich durch sein blondes Haar. »Ich habe wirklich das Gefühl, sie wird vielleicht länger brauchen, um sich hier einzuleben.«

Ines nickte knapp.

»Menschen, die gerne auf einer Hallig leben, sind anders«, sagte Ines, stand auf und ging hinüber zum Espressobereiter, der ächzend und brodelnd sein getanes Werk anpries. Schwungvoll goss sie seinen Inhalt in eine Tasse und stellte sie vor Brar hin. »Nicht besser, nicht schlechter, sondern einfach anders. Wir müssen Einsamkeit gut aushalten und uns selbst ein guter Freund sein.«

»Wie verbringen Sie Ihre Tage, Ines?« Brar rührte einen Löffel Zucker in seine Tasse, und der wunderbar würzige Kaffeeduft drang in seine Nase.

Sie schwieg einen Moment, so als müsste sie wirklich über seine Frage nachdenken. »Ich kümmere mich um die Schafe und die Hühner, ich beobachte das Meer, und das Meer beobachtet mich.« Ihr Lachen war breit und fröhlich. »Das klingt ein bisschen verrückt, was?«

»Gar nicht.« Brar blieb ernst, denn er verstand, was sie meinte. Das Meer war hier Bedrohung und Leben zugleich. Jedes Land unter bedeutete kräftige Salzwiesen als Futter für die Schafe und gleichzeitig, wenn die Wellen bis zum Halligrand schlugen, existenzielle Angst. Das hatte Klaus ihm erzählt, und er konnte sich das beklemmende Gefühl des steigenden Wassers gut vorstellen, ohne es bisher selbst erlebt zu haben. Er trank seinen Espresso, der wirklich köstlich schmeckte, in wenigen Schlucken aus.

Ines hob ihre schmalen Schultern. »Das Postschiff bringt mir Bücher aus der Leihbibliothek. Ich lese, koche, stricke und schwelge in der Vergangenheit, wie es sich eben für eine alte Frau gehört. Nicht sehr aufregend, was?«

»Es klingt nach einem guten Ausgleich zwischen Arbeit und Freizeit.«

Sie nickte. »Das stimmt. Früher war es härter hier. Früher, als die Hallig wirklich unseren Lebensunterhalt sichern musste, als der Holzschuppen noch unsere Toilette war, es keine Heizung gab, außer dem Bilegger, kein Telefon, kein Wasser, außer dem, was wir aus dem Fehting oder der Zisterne holten, als wir Kuhfladen im Sommer auf dem Warfthang trockneten und im Winter manchmal wochenlang vom Festland abgeschnitten waren. Heute dagegen ist das Leben hier beinahe ein Spaziergang.«

»Ich würde gern mehr von früher hören«, sagte Brar und lehnte sich über den Tisch.

»Ein andermal sehr gern.« Ihr Blick glitt zur Uhr über der Küchentür.

Er verstand den Wink und stand auf. »Schön, ich komme darauf zurück. Und das nächste Mal kommen Sie zu uns zum Essen. Ich werde versuchen, mich mit etwas ähnlich Gutem zu revanchieren.«

»Darauf freue ich mich sehr, Brar.« Sie stand ebenfalls auf und schlang ihre dünne Wolljacke enger um ihren Körper. »Ich hoffe, Sie nehmen es mir nicht übel, aber ich brauche meinen Schlaf.«

»Nein, das verstehe ich.« Brar griff seine Jacke vom Haken.

Als Ines die Haustür öffnete, starrte er einen Moment lang irritiert in die Dunkelheit draußen.

»Haben Sie keine Taschenlampe mitgebracht?«

Brar schüttelte den Kopf. »Stadtkind«, sagte er entschuldigend. »Ich werde mich bessern.«

Ines öffnete die Schublade der kleinen Kommode neben der Küchentür. »Hier, nehmen Sie diese. Die Batterien müssten gerade noch reichen, um sie nach Hause zu bringen.«

»Danke!« Brar schüttelte das Stablicht ein paarmal, dann wurde aus dem Flackern ein beständiger heller Strahl.

»Bis bald«, verabschiedete sich Ines.

Ganz automatisch beugte sich Brar vor und gab ihr einen Kuss auf die Wange. »Ja, bis bald!«

Erst, als er ein paar Schritte den Warfthang hinuntergegangen war, immer dem Lichtkegel der Lampe folgend, überkam ihn Verwunderung.

Er hatte sie auf die Wange geküsst. Das tat er sonst nie. Außer bei sehr guten Freunden. Es kannte Ines noch kaum, aber ihm hatte bisher jedes kleine Treffen auf der Hallig und auch jetzt das gemeinsame Abendessen und die Unterhaltung gutgetan. Er wusste nicht, was es war, was ihn mit dieser fremdem alten Frau verband.

Er hielt noch einmal kurz inne und sah zurück zur Sönkenswarft, dann beschleunigte er seine Schritte.

Lena

Vielleicht, überlegte Lena, kurz bevor die Wellenkönigin mit einem sanften Ruck am Pier von Südfall anlegte, hätte sie sich ankündigen sollen. Sie hätte anrufen können oder eine E-Mail schreiben, schoss ihr durch den Kopf, als sie von Bord stieg.

Sonnenschein und das klare Wetter waren trügerisch, denn warm war es schon lange nicht mehr. Auch wenn der Herbst auf dem Festland bereits deutlich sichtbar war, schien er hier noch ein bisschen weiter weg, die Büsche noch leuchtend grün und das Gras saftig.

»In drei Stunden?«, rief Lena dem Kapitän zu, der nur lächelnd nickte und die Hand zum Gruß hob.

Warum sie ihr Kommen nicht angekündigt hatte, konnte sie gar nicht genau sagen. Vielleicht wollte sie Brars Überraschung sehen, vielleicht wollte sie wissen, ob er sich noch an sie erinnerte.

Lena waren in ihrem Leben nach der Begegnung mit Brar so viele Menschen begegnet, dass sie ihn hätte vergessen können, dass die Erinnerung an ihn hätte verblassen können, so dass er nur noch ein vager Gedanke wäre, der kaum mehr als ein Schulterzucken auslöste, aber so war es eben nicht.

Von all den Menschen, die ihr begegnet waren, hatte sie Brars Gesicht am klarsten vor Augen. Also zumindest den Studenten mit dem kantigen Gesicht, den klugen braunen

Augen und dem zerzausten blonden Haar. Ob er sich verändert hatte?

Sie schlug den Weg zur Bredenswarft ein. Er schlängelte sich durch die Salzwiesen und vorbei an kleinen Grüppchen von Schafen zum Nordende der Hallig.

Nur noch ein paar Schritte den Warfthang hinauf, dann stand Lena auf dem gepflasterten Hof der Warft, vor den bescheidenen Backsteingebäuden, gerade als eine junge Frau mit halblangen, aschblonden Haaren die Tür des Haupthauses öffnete und überrascht auf der Schwelle stehen blieb. Auch Lena hielt inne.

Ein fröhliches Lächeln erschien auf dem Gesicht der jungen Frau. »Hallo! Sie kommen bestimmt von Japsand.«

Lena nickte wortlos, gab sich dann einen Ruck und ging eilig auf sie zu. »Ja, Lena Hansen«, sagte sie und räusperte sich. »Einfach Lena. Freut mich«, setzte sie hinzu.

»Ja, wir sind uns doch schon einmal begegnet … in Kopenhagen. Am Hafen.«

Für den Bruchteil einer Sekunde schien die Welt ganz stillzustehen. Neulich noch hatte sie an die Begegnung mit Brar am Hafen gedacht. Das Gesicht der Frau war ihr entfallen, aber hier war es wieder. Annika, Brars Freundin. Sie hatte die Tatsache schlichtweg verdrängt, dass Brar nicht allein hergekommen war.

»Du willst bestimmt zu Brar.« Annika nickte ihr zu.

»Ja … ich …« Reiß dich zusammen, Lena, befahl sie sich. »Ich habe Kopenhagen gegen Husum getauscht und Japsand … ich muss ein paar Unterlagen mit Brar durchgehen. Ich hätte vorher … ich hätte mich ankündigen sollen.«

»Ach, Unsinn!« Annika lächelte ihr so freundlich zu, dass

es Lena einen Stich versetzte. »Schön, dass jemand sich mal hierher verirrt! Das freut mich wirklich.«

Zu Lenas Überraschung griff Annika noch einmal nach ihrer Hand und drückte sie fest, bevor sie sie wieder losließ. »Brar ist im Stall. Und ich muss leider«, sie sah auf ihre Armbanduhr, »ich habe gleich eine Videokonferenz. Du musst unbedingt mal zum Abendessen kommen! Wir freuen uns sehr über Gäste.«

Noch einmal hob sie die Hand. Diesmal um Lena zuzuwinken, bevor sie wieder im Haus verschwand.

Lena ließ den Henkel ihres Rucksacks von ihrer Schulter gleiten und schüttelte ganz leicht den Kopf. Das Zusammentreffen mit Brars Freundin hatte sie für einen kurzen Augenblick völlig aus dem Konzept gebracht.

Als sie im nächsten Moment ihren Namen hörte, hob sie den Kopf. So wie er sie hätte auch sie ihn überall wiedererkannt. Er hatte sich nicht verändert. Sein Haar war so blond wie eh und je, und seine Augen waren immer noch tiefbraun. Er trug eine dunkelgrüne Arbeitslatzhose, ein schwarzes T-Shirt darunter, und seine Beine steckten in schmutzig gelben hohen Gummistiefeln.

Er wischte sich seine Hände an dem Lappen ab, dessen Ecke er in eine der Gürtelschlaufen seiner Hose geschoben hatte.

»Lena!« Nichts Fragendes lag in seiner Stimme. Er sagte ihren Namen so selbstverständlich und mit so großer Freude, dass ihr ein kleiner Schauer über den Rücken lief.

Lena lächelte. »Brar«, sagte sie schlicht.

Einen Moment lang sahen sie sich nur an. Und da war es wieder. Dieses Gefühl, wie bei ihrer ersten Begegnung. Lena fühlte dieselbe Faszination, dieselbe Verwirrung wie eben damals. Es hatte sich nicht abgenutzt, war nicht verblasst. Sie war aufgeflammt, wie es Streichhölzer manchmal tun, wenn sie neuen Sauerstoff bekommen, nachdem die Flamme fast schon verloschen ist.

Zu ihrer Überraschung beugte er sich vor, als er sie erreicht hatte, und küsste sie auf eine Wange. Seine Lippen waren warm.

»Du arbeitest für Japsand? Das ist ja eine Überraschung! Willst du nicht hereinkommen?«

»Danke, gern. Ich … Japsand schickt mich. Wir müssen noch den Papierkram durchgehen, den ich bei meinem letzten Besuch schon für dich dagelassen habe.«

»Kein Problem – ich wollte gerade eine Pause machen. Ich richte nämlich den Stall her. Ich glaube, ein paar Schafe würden diesem Teil der Hallig guttun.«

»Die Hühner, die ich auf den Salzwiesen gesehen habe, reichen dir nicht?« Lena lachte. »Und der Küstenschutz? Und die Vögel und all die Reparaturen und Instandhaltungen?«

»Ich kriege eben nie genug.« Brar lächelte ihr munter zu. »Und die Hühner brauchen noch einen kleinen Zaun. Ich laufe jeden Abend mit Haferflocken über die halbe Hallig.« Er lachte.

»Und du hast ja auch Hilfe«, sagte Lena leichthin.

Brar öffnete die Haustür und trat dann zur Seite, um Lena hineinzubitten. Er lächelte unbeirrt, aber eine kleine Falte war zwischen seinen Augenbrauen aufgetaucht.

»Möchtest du eine Tasse Tee? Oder kann ich dir etwas zu essen anbieten? Wir hatten heute Mittag eine wunderbare Gemüsesuppe.«

»Oh, nein danke, eine Tasse Tee reicht völlig.«

»Na, dann setz dich.« Brar deutete auf den Küchentisch am Fenster und stellte dann einen Wasserkessel auf den Herd.

Wenig hatte sich in dieser Küche verändert. Es war beinahe so, als wäre Klaus noch da. Einzig die blaukarierte Tischdecke verriet den anderen persönlichen Geschmack der aktuellen Bewohner, ebenso wie die breite Bahnhofsuhr über dem Herd.

Brar trat einen Schritt in Richtung Treppenhaus. »Annika, möchtest du auch Tee?«

Doch von oben blieb es still.

»Annika ist zurzeit ziemlich ausgelastet.« Brar hob die Schultern.

»Ich … wir haben uns ja schon kennengelernt. Sie sagte vorhin, sie hätte noch eine Videokonferenz.«

Brars Lächeln wurde verlegen. »Ja, stimmt. Das hab ich ganz vergessen. Ich bin gleich wieder da. Ich hole nur schnell die Papiere aus dem Arbeitszimmer.«

Eine Stunde und zwei Tassen warmen Tee später schob Lena das letzte Dokument zurück in seine Klarsichthülle und heftete es sorgfältig ab.

»Und? Erzähl«, sagte Brar und lehnte sich auf dem Stuhl zurück. »Wie bist du zu Japsand gekommen? Wie ist es dir ergangen?«

»Kurzfassung oder die lange Version?«

Brar lachte. »Ich wünschte, wir hätten Zeit für die lange, aber so«, er deutete auf die Uhr, »fürchte ich, werden wir uns mit einer mittleren Version begnügen müssen und all die spannenden Details nachholen.«

Warum Lenas Herz ausgerechnet jetzt einen Hüpfer machte, wusste sie nicht.

Rasch hob sie ihre Tasse zum Mund und trank den letzten Schluck lauwarmen Tee, der sich noch darin befand.

»Zufall«, sagte sie nachdenklich. »Manchmal glaube ich, das Beste im Leben passiert immer dann, wenn wir es nicht erwarten, wenn wir gar nicht damit rechnen. Ich wollte mich, nachdem ich mich vor drei Jahren von meinem Freund getrennt hatte, auch beruflich neu orientieren und Kopenhagen verlassen. So schön die Stadt ist, und die Arbeit mit den Jugendgruppen im Aquarium hat mir auch sehr viel Spaß gemacht, aber ich sehnte mich nach Natur. Raus aus der Stadt.« Sie lächelte. »Und dann schickte mir eine gute Freundin die Stellenanzeige von Japsand. Zu einem Zeitpunkt, an dem ich schon ganz viele Bewerbungen hinter mir hatte. Ich bewarb mich also bei Japsand und war schneller in Husum, als ich es mir hätte erträumen können. Ja, und jetzt betreue und besuche ich alle Außenposten, die wir so betreiben. Am häufigsten Südfall, weil das die einzige Station ist, die ganzjährig besetzt ist. Und es macht mir Spaß, auch wenn mein Job weniger praktisch ist, als ich es mir wünschen würde. Trotzdem kann ich viele Ideen umsetzen und … eines Tages vielleicht sogar meinen größten Traum. Wer weiß?«

Jetzt sah auch Lena zur Uhr. Unerbittlich schob sich der Zeiger in Richtung Abfahrt. Schade, dachte sie.

Auch Brar runzelte die Stirn. »Bevor ich dich zum Anleger bringe … deinen Traum will ich noch hören!«

»Na, schön. Ich hoffe, dass ich eines Tages mit den anderen Projekten so viel Geld zur Seite legen kann, um aus Südfall einen dauerhaften Posten zu machen. Ich würde gern Jugendgruppen anbieten, das Leben auf der Hallig kennenzulernen. Wir haben hier ein einzigartiges Biotop, und wenn mehr Menschen es besuchen könnten, vielleicht wären dann auch in Zukunft mehr Menschen bereit, sich für Umwelt- und Naturschutz einzusetzen? Das wäre mein Traum. Und am liebsten«, sie hielt inne und seufzte, »am liebsten würde ich dann auch gern hier auf Südfall sein. Es müssten ein oder zwei Stellen sein, um ein freiwilliges soziales Jahr anbieten zu können, und ein kleines Gästehaus müsste errichtet werden. Es sollten nicht mehr als zwanzig Jugendliche zur selben Zeit hier sein.« Sie konnte es alles schon vor sich sehen, dafür allerdings würde man den Stall ausbauen müssen, das Dachgeschoss des Haupthauses, es bräuchte Bäder und noch eine Großküche …

»Große Pläne«, sagte Brar, und es lag Bewunderung in seiner Stimme. »Aber auch hohe Kosten.«

»Ja, so weit sind wir noch lange nicht«, sagte Lena leichthin und wischte ein paar Krümel vom Tisch. »Aber träumen darf man immer. Das ist gratis.«

»Wohl wahr.« Brar zog mit dem Zeigefinger das Muster der Tischdecke nach, dann sah er auf und Lena direkt in die Augen. »Ich bin sehr froh, dass wir uns wiedersehen.«

»Ich auch«, sagte Lena leise und erwiderte seinen Blick.

Ein kleiner Moment, dachte Lena, ein sehr kleiner Moment, aber zwischen ihnen würde er wichtig bleiben, das spürte sie.

»Und, habt ihr euch hier schon eingelebt?«, brach Lena schließlich das Schweigen zwischen ihnen.

»Ich … wir …« Brar zog die Augen etwas zusammen und sah an ihr vorbei. »Wir sind noch dabei«, sagte er ausweichend, blickte wieder zur Uhr und stand dann auf. »Ich glaube, es wird Zeit. Wenn du das Postschiff verpasst, musst du am Ende noch hierbleiben. Ich bring dich zum Anleger.«

Lena erhob sich ebenfalls. »Mach dir keine Umstände«, wehrte sie ab, doch sein Lächeln wurde wieder breiter.

»Unsinn, ein kleiner Spaziergang tut mir gut, und auf dem Rückweg kann ich gleich nach meinem Uferschnepfenpaar sehen.«

»Oh«, sagte Lena andächtig. »Auf Südfall gibt es wirklich ein Uferschnepfenpaar? Ich glaube, ich habe seit Jahren keines mehr gesehen.«

»Ich konnte meinen Augen auch kaum trauen. Leider schaffe ich es jetzt nicht mehr, dir ihren Brutplatz zu zeigen, aber das nächste Mal, wenn du kommst, führe ich dich dorthin.«

Lena strahlte. »Gern!«

Brar holte tief Luft und hielt ihr die Haustür auf, nachdem Lena sich wieder in ihre Daunenjacke gekuschelt hatte.

»Vielleicht«, sagte er lächelnd, »vielleicht kommst du auch einfach mal als Freundin zu Besuch.«

Ines

Ines drückte die Stalltür zu und lehnte sich dann einen Moment dagegen. Die Tiere waren versorgt, aber die Arbeit war ihr an diesem Tag nicht so einfach von der Hand gegangen.

Dabei hatte sie den gestrigen Abend viel besser überstanden, als sie es gedacht hatte. Wahrscheinlich war es sogar gut gewesen, dass Brars Freundin nicht mitgekommen war, auch wenn sie im ersten Moment Sorge gehabt hatte, den Abend mit Brar allein zu verbringen.

Eigentlich hatte Ines die Küche noch am Abend aufräumen wollen, aber stattdessen hatte sie nach der Verabschiedung von Brar lange einfach nur im Hausflur gestanden, sich die Arme gerieben und versucht, an nichts zu denken, und war dann ins Bett gegangen.

Sie schloss die Augen und lauschte ihrem eigenen Atem. Er klang, als wäre der Weg vom Stall durch den Flur eine Marathonstrecke. Und vielleicht, auch wenn es räumlich keinen Sinn ergab, traf es doch emotional zu. Das meiste in ihrem Leben hatte sie bei der Arbeit im Stall entschieden oder auf dem Weg zur Haustür.

Damals mit ihrer Mutter zusammen den Verkauf des Nordteils der Hallig an Japsand zum Beispiel und –

Sie brach den Gedanken ab. Das hatte sie all die Jahre sorgfältig geübt. Das konnte Ines gut. Sie hatte dafür in ihrem Kopf einen großen, alten Sekretär, den sie sich vorstellte. Nussbaum. In ihrer Vorstellung fuhr Ines die Maserung des

Holzes entlang. Sie kannte jedes Astloch und jede Ader. Allein kraft ihres Willens drehte sie den Schlüssel im Schloss der alten, kleinen Schublade. Sie ruckelte und zuckelte, dann schob Ines ihren Gedanken hinein und die Schublade schwungvoll wieder zu. Und weg war der Gedanke. Ein Gedanke von vielen, den sie nicht denken wollte, den sie lieber wegsperrte. Zu schmerzlich. Und am Ende war der Gedanke dort bei dem größten aller ihrer Geheimnisse gut aufgehoben.

War das verrückt? War sie eine verrückte alte Frau mit einem spinnerten eingebildeten Sekretär im Kopf?

Sie schluckte. In ihre Überlegungen tickte sich leise die Küchenuhr, und mit jeder Sekunde gewöhnte sie sich etwas mehr an den Gedanken, dass sie Brar in Zukunft häufiger sehen würde.

Es ist, wie es ist, dachte Ines. Am Ende, und ich bin ja wirklich beinahe am Ende angekommen, lacht mich das Leben noch einmal richtig aus.

Sie schluckte. Dann gab sie sich einen Ruck. Es half ja nichts. Auf, auf. Die Küchenarbeit jetzt würde ihr guttun.

Ein Lächeln glitt über ihr Gesicht, und sie musste an ihre Mutter denken, die immer gesagt hatte: »Schäfchen, während du da herumsitzt und grübelst, kannst du auch was tun und dabei grübeln. Und dann merkst du vielleicht, dass du mehr tust und weniger grübelst. Wie klingt das?«

Als sie noch kleiner war, hatte Ines immer geantwortet, dass das klänge wie eine ganz faule Idee, nur um Ines arbeiten zu lassen.

Später, sehr viel später, als ihr jeder Knochen ihres Körpers wehtat und jeder Schritt sie Überwindung kostete, begriff sie die Gnade, die in diesem Rat lag.

Denn Ines hatte es am eigenen Leib erfahren. Ihr hatte es geholfen.

Hätte ich damals, nach all dem, was ich erlebt hatte, nicht angefangen auf der Hallig anzupacken, ich wäre wohl nie gesund geworden, dachte Ines. Vielleicht hätte ich den Rest meines Lebens in einer Anstalt verbracht.

Also spülte Ines Teller, Besteck, Gläser und Pfannen, trocknete alles sorgsam ab, stellte alles an seinen Platz, bevor sie sich Teewasser aufsetzte und durchs Fenster in einen grauen Himmel blickte.

Amrum, April 1967

Ich gebe es zu, in den letzten drei Wochen kam ich nicht wirklich dazu, etwas in mein Tagebuch zu schreiben. Zwar hatte ich letzte Woche einen halben Tag frei, aber nachdem ich einen Brief an meine Eltern geschrieben habe und nach ein paar Seiten in dem Roman »Die Hüter des Hauses« von Shirley Ann Grau sind mir einfach die Augen zugefallen. Schade, denn ich finde das Buch spannend. Es spielt in Amerika, in den Südstaaten, und das Leben der Menschen dort ist sogar noch härter als meines. Das tröstet mich. Ich werde es Mutter mitbringen, wenn ich im Herbst heimfahre, falls ich es bis dahin ausgelesen habe, was ich nicht glaube, denn mein Leben besteht nur noch aus Arbeit.

Herbst. Das ist noch so lange hin!

Ich bin von der Hallig harte Arbeit gewohnt, aber sie ist dort anders. Ich muss für niemanden lächeln, wenn ich nicht will, nicht knicksen – ich glaube, das würden die Schafe komisch finden –, und ich weiß, wann die Arbeit getan ist und mein Tag sich dem Ende zuneigt.

Hier im Hotel Dünenblick, das übrigens fast immer ausgebucht ist, entscheidet jedoch die alte Frau Jensen darüber, ob ich genug gearbeitet habe.

Mein Tag beginnt um sechs in der Wäscherei, wo ich morgens helfe, bevor ich mit Sigrid und Birgit zusammen die Frühstückstische eindecke. Servieren müssen wir zum Glück nicht, das machen die Kellner, die inzwischen angereist sind, aber nach unserem eigenen Frühstück müssen wir natürlich beim Abräumen helfen. An zwei Tagen habe ich in der Küche geholfen, weil eine der Hilfen krank war, aber sonst putze ich am Vormittag die Gästezimmer, die Etagenbäder, beziehe Betten (was viel anstrengender ist, als ich jemals gedacht hätte. Nach meinem ersten Tag haben meine Arme so gezittert, dass ich abends nicht beim Personalessen bedienen konnte), und dann helfe ich wieder in der Wäscherei.

Mittags haben wir meist eine Stunde Pause, während die Gäste essen. Doch eine wirkliche Pause ist es nicht, denn wir müssen wieder die führenden Angestellten bei Tisch bedienen. Frau Jensen meint, das schärft die Manieren und den Charakter. Birgit dagegen, die Einzige hier, der ich mich von Anfang an verbunden fühlte, weil meine Mutter mit ihrer Mutter befreundet ist, sagt, es würde vor allem ihre Wut auf Frau Jensen schärfen.

Und darüber muss ich jedes Mal lachen, denn mir geht es ähnlich. In der Zeit, die uns dann noch bleibt, müssen wir selbst essen und unsere Uniformen wiederherrichten. Kaum zu schaffen.

Nachmittags helfe ich meist mit Birgit in der Wäscherei. Hier wird täglich gewaschen, sonst kämen wir mit der Bettwäsche nicht hinterher. Aber ehrlich, das ist mir sogar lieb. Lucie, die Wäscherin, ist eine rundliche, ältere Frau aus dem Ort, und sie ist immer sehr nett zu uns. Für sie zu arbeiten macht Spaß, denn meist lässt sie uns am Nachmittag eine kleine Pause machen, und ganz oft hat sie zum Tee noch einen Keks für uns oder ein Stück Kuchen.

Ich glaube, ich mag die Arbeit in der Wäscherei deshalb so gern, weil ich dabei in Ruhe von der Hallig träumen kann. Ich denke dann an die Salzwiesen, an den Wind in den Gräsern oder an die frühe Morgensonne, die in den Tautropfen glitzert.

An meinem ersten Tag in der Wäscherei hat mich Lucie beiseitegezogen und gesagt: »Wenn du die Arbeit hier lieber magst als oben auf den Zimmern, dann empfehle ich dir, immer etwas enttäuscht zu gucken, wenn dich die alte Jensen zu mir schickt.« Sie hatte mir zugezwinkert.

Später habe ich begriffen, was sie meint. Die »alte Jensen«, wie hier alle die Hausdame hinter ihrem Rücken nennen, glaubt nämlich auch, dass vor allem ungeliebte Tätigkeiten den Charakter stärken. Und nun glaubt sie, ich würde es in der Wäscherei hassen, und dirigiert mich beinahe jeden Tag dorthin.

Diesen Trick muss ich mir unbedingt merken, denn mich hat die alte Jensen besonders auf dem Kieker, eben weil ich eine der Neuen bin. Außerdem gefällt ihr nicht, dass ich von der Hallig komme. Das würde man mir ansehen, hatte sie eines Morgens zu mir gesagt. Ich hätte grobe Züge und wäre nicht sehr ansehnlich. Dabei ist das nicht wahr.

Natürlich, ich bin keine Prinzessin, aber hässlich bin ich sicher nicht. Ich habe die blauen Augen meines Vaters geerbt und den hellen Teint und das dunkle Haar meiner Mutter.

Aber ich habe mir brav angehört, was sie alles über mich gesagt hat, geknickst und genickt. Das hat mir Sigrid geraten. »Sieh zu Boden, wenn sie mit dir spricht, sag brav *Ja, Frau Jensen* und denk dir einfach deinen Teil.«

Und so versuche ich es. Obwohl, und das muss ich auch sagen, immer wieder Wut in mir aufsteigt. Doch ich schlucke sie tapfer herunter.

Trotzdem, ach Tagebuch, vielleicht wird diese Wut eines Tages aus mir herausbrechen!

Morgen übrigens muss ich Lotta ersetzen, das Mädchen, das sonst in den Zimmern der jungen Jensens (so nennen wir Arno und seine Schwester Josefine) aufräumt und saubermacht, denn Lotta hat sich auf der steilen Treppe in den Waschkeller den Fuß gebrochen und sitzt jetzt mit einem Gips in der Küche, wo sie in den nächsten Tagen Gemüse schälen muss. Ein gebrochener Fuß, der mit einem Gips versorgt ist, heißt ja nicht, dass man faul herumsitzen muss. »Ein junges Mädchen sollte sich nicht ans Nichtstun gewöhnen!«, hatte die alte Jensen zu Lotta gesagt, nachdem Karl Lotta vom Doktor abgeholt hatte und sie auf Krücken ins Hotel zurückgehumpelt war.

Lotta tut mir leid, aber Lotta hat mir gesagt, sie wäre gar nicht unfroh. Da die alte Jensen sich gerade mal wieder mit unserem Koch Herrn Ulrich überworfen hat, kommt sie selten in die Küche, und Lotta hat ihre Ruh.

Aber ich weiß noch nicht, ob ich mich freue, für die Jensens zu arbeiten. Ich bin doch froh, dass ich gerade im Hotel weiß, wo es langgeht.

Die große Freitreppe in der Mitte des Hotels führt bis in den dritten Stock. Schade, dass kaum jemand die geschwungene Treppe hinaufgeht. Alle nehmen den neuen Aufzug, der ihr gegenüber im dritten Stock ankommt.

Für mich und die meisten anderen Angestellten sind sowohl die breite Freitreppe als auch der Fahrstuhl tabu.

Entweder wir nehmen eine der Seitentreppen, die auch bis ins Dachgeschoss führen, oder den alten Wäscheaufzug. Letzteres versuche ich zu vermeiden, denn er versagt oft seinen Dienst. Einmal hatte ich bald eine halbe Stunde lang festgesessen, bis Karl mich befreien konnte.

Als ich gestern die Seitentreppe bis in den dritten Stock hinaufging, klopfte mein Herz, das muss ich zugeben. Ich lief den Flur im Westteil des Hotels an den Suiten vorbei. Hier auf dieser Etage war der breite rote Teppich im Gang neuer und noch weicher. Mit jedem meiner Schritte versank ich ein wenig mehr darin. Das war angenehm und merkwürdig zugleich. Ich hatte nicht gewusst, dass es Teppiche gibt, die so weich sind. Vielleicht waren die Läufer in den anderen Etagen auch einmal so weich gewesen, bevor unzählige Schritte sie abgelaufen hatten.

Der Eingang zum Privatbereich der Jensens lag gleich links der großen Freitreppe, im Ostteil des Hotels, und ich hatte keine Ahnung, dass die Wohnung, die sich hinter der verschnörkelten Holztür befand, so groß war. Im Gegensatz zum Rest des Hotels war die Wohnung sehr modern und geschmackvoll eingerichtet.

Mit Blick auf die Dünen und das Meer gingen zwei große Salons ineinander über. Im ersten stand ein alter schwarzer Flügel, im zweiten eine sehr filigrane Sitzgruppe aus Holz und dunkelrotem Samt vor einem breiten Kamin. Auf dem knarrenden alten Parkettboden lagen kostbare Teppiche.

Zur Linken des breiten Flurs befand sich eine kleine Küche, ein sehr modernes Bad, drei großzügige Schlafzimmer und geradezu am Ende des Flurs ein Arbeitszimmer mit einem Holzbalkon, von dem aus man sowohl den Küstenwald als auch das Meer sehen konnte.

Es war ganz und gar still in der ganzen Wohnung. So still, dass ich kurz die Luft anhielt, als ich die Tür hinter mir schloss.

»Guten Morgen«, sagte ich leise in die Leere und bekam natürlich keine Antwort.

Gerade als ich die Küche betrat, hörte ich den von Lotta beschriebenen Gong des Speiseaufzuges, mit dem die Hotelküche das Frühstück nach oben schickte.

Rasch öffnete ich die Klappe und entnahm dem altmodischen Gefährt ein großes Tablett, das ich auf dem Servierwagen abstellte und dann quietschend ins Speisezimmer schob.

Nur ein Mitglied der Familie Jensen schien sich gerade im Hotel zu befinden, denn unter der silbernen Haube verbarg sich nur ein Teller mit einem sonnengelben Rührei, das mit Schnittlauch garniert war, eine Scheibe Weißbrot, eine kleine Kanne Kaffee und ein Kännchen mit warmer Milch.

Unschlüssig blieb ich neben dem Servierwagen stehen und betrachtete den gedeckten Tisch.

Wer auch immer von der Familie Jensen da war, ich hoffte, es wäre nicht der Alte, denn er war wohl wenig freundlich.

Wurde jetzt von mir erwartet, dass ich jemanden weckte?

Ich kramte den kleinen Zettel, den mir Lotta zugesteckt hatte, aus meiner Schürzentasche. Nein.

»Frühstück servieren, während Frühstück Betten aller anwesenden Familienmitglieder machen. Dienstags und freitags frisch beziehen. Dann in den Salons Staub wischen, saugen, Bad putzen. Mittagessen servieren. Während des Essens Arbeitszimmer putzen. Dann abräumen. Am Nachmittag in der Küche bereithalten, Familie hat immer viele Wünsche. Bad einlassen für Josefine, Papiere durchs Hotel tragen für Arno, Arnos Frau Emilia die Haare bürsten oder hochstecken. Manchmal Kleidung für sie säubern oder ausbessern. Der Alte will um drei einen Cognac im Musikzimmer und die Tageszeitung. Seine Frau hab ich noch nie gesehen. Was die vielleicht noch will, weiß ich nicht. Viel Glück!«

Nicht besonders vielversprechend, fand ich. Im Hotel zu arbeiten war die eine Sache. Aber es war ganz sicher nicht mein Traum, jemals das Dienstmädchen einer reichen Familie zu werden. Ich verzog gerade das Gesicht und rollte mit den Augen, als ich hinter mir eine amüsierte Stimme hörte: »Sie sind aber nicht Lotta?«

Jetzt riss ich die Augen weit auf. Keine Frage, all meine Grimassen hatten sich in der silbernen Servierhaube gespiegelt. Ich holte tief Luft und spürte, wie meine Wangen warm, nein heiß wurden. Augen zu und durch, dachte ich, drehte mich um, knickste artig und sagte: »Nein, Herr Jensen, ich bin Ines. Lotta ist leider krank.«

Das war also der junge Herr Jensen, Arno Jensen. Der, der das Hotel führte. Der junge Herr Jensen ist vielleicht Ende zwanzig. Er hat ein sehr klares eckiges Gesicht und schöne blaue Augen. Seine Haut ist leicht gebräunt, und seine Haare sind braun wie meine, aber heller mit ein paar blonden Strähnen. Für meine Begriffe war er übrigens ziemlich leger gekleidet mit einer hellbraunen Cordhose und einem weißen Hemd.

Auf seinen Lippen lag immer noch ein leichtes Lächeln. »Ines«, wiederholte er meinen Namen. »Knicksen musst du für mich nicht. Nur mein Vater besteht darauf, aber er ist nicht hier, also …«

Er ging an mir vorbei und setzte sich an den Platz, den ich für ihn gedeckt hatte.

»Kaffee?«, fragte ich und wollte schon nach der Kanne greifen.

Doch er schüttelte den Kopf. »Danke, das mache ich selbst. Keine Zeitung heute Morgen?«

»Es war keine im Aufzug.«

»Macht nichts«, murmelte er und goss sich erst Milch in die Tasse, dann Kaffee.

»Soll ich Ihnen eine von der Rezeption holen?«, bot ich ihm an. Es wäre mir sehr recht gewesen. Kurz raus hier. Weg von der Peinlichkeit.

»Nein, ach«, er sah auf, »das muss nicht sein. Ich genieße einfach den Ausblick.«

»Und der Ausblick ist auch wirklich schön«, sagte ich und folgte seinem Blick.

»Du bist nicht von hier oder? Ich meine, von Amrum?« Jetzt sah er mich wieder an.

»Nein«, sagte ich leise. »Ich komme von Südfall.«

»Der Hallig?«, fragte er und stocherte ein wenig in seinem Rührei. »Hast du vorher in einem anderen Hotel gearbeitet?«

»Nein, ich habe in Husum Abitur auf der Handelsschule gemacht, und meine Eltern fanden es wichtig –« Ich brach ab. Was interessierte ihn das?

Doch Arno Jensen sah mich aufmerksam an. »Sie fanden *was* wichtig?«

»Dass ich ein wenig Lebenserfahrung sammele, bevor ich auf die Hallig zurückkehre.«

Er tippte sich ans Kinn. »Ich glaube, du bist das erste Zimmermädchen mit höherer Schulbildung im Dünenblick.« Arno Jensen bestrich das Weißbrot mit der Butter aus dem Schälchen und murmelte dann: »Was für eine Verschwendung.«

»Bitte?«, fragte ich. Ich glaubte, mich verhört zu haben.

»Schon gut«, sagte er ausweichend und musterte mich noch einmal sehr genau. »Gefällt es dir im Dünenblick?«

Ich zögerte wohl einen Moment zu lange, denn das Lächeln schlich sich zurück in seine Mundwinkel.

»Natürlich«, sagte ich knapp.

»Glaube ich nicht.« Er lachte jetzt sehr breit. »Mir auch nicht.«

Ich runzelte verwirrt die Stirn. Gern hätte ich nachgefragt, wie er das meinte, aber es schien mir unangebracht. Doch vielleicht war es auch überflüssig. Für einen Moment konnte ich tief in seine Augen schauen. Ich sah Schmerz und Verletzlichkeit. Unglück.

Dann wandte er sich rasch ab. »Ach, vielleicht könnte ich doch eine Zeitung bekommen?«, fragte er, statt mir eine Antwort zu geben. Ich knickste automatisch, drehte mich um und verschwand in Richtung Wohnungstür.

Was für eine seltsame Begegnung, dachte ich auf dem Weg nach unten. Der restliche Tag verging mit den Aufgaben, die mir Lotta beschrieben hatte, bis auf die Tatsache, dass mich Arno Jensen am Nachmittag nicht brauchte, mir sagte, ich müsse im Arbeitszimmer nicht aufräumen und er habe auch sonst keine Wünsche.

Da ich mich, während er zu Mittag aß, kurz nach oben in mein Zimmer geschlichen hatte, um mein Buch zu holen, konnte ich den ganzen Nachmittag am Küchentisch in Ruhe lesen.

Erst am Abend hörte ich das metallische Schleifen des Speiseaufzuges wieder, legte rasch meinen Roman weg und deckte dann den Tisch im Esszimmer.

Nach seinem Abendessen räumte ich ab und verließ dann auf Zehenspitzen die Wohnung, während Arno Jensen wieder in seinem Arbeitszimmer verschwand.

Brar

Zweimal in der Woche wanderte Brar mit dem frühen Morgenlicht über die Hallig. Erst am Ufer entlang – ein strammer Spaziergang, bei dem er mit Argusaugen das Ufer inspizierte. Wo würde er in den nächsten Tagen die Küste befestigen müssen, wo waren schon aufgeschüttete Befestigungen nachzubessern?

Danach bummelte er etwas langsamer die Nistplätze ab. Welche Zugvögel bereiteten sich schon für die Winterreise vor? Wer war schon abgeflogen? Wie viele Lachmöwen, Säbelschnäbler und Austernfischer konnte er zählen?

In der ersten Woche auf Südfall hatten Annika und er noch jeden Morgen zusammen gefrühstückt. Doch in den nachfolgenden Wochen war das Ritual eingeschlafen. Annika stand noch früher auf als er, ging eine Runde joggen und saß, wenn er aus der Dusche kam, meist schon mit ihrem Haferbrei und dem Kaffee am Schreibtisch.

»Es ist praktischer so. Dann habe ich meine Arbeit getan, wenn du dich am Nachmittag oder Abend an den Computer setzt.«

»Eigentlich«, hatte Brar geantwortet und fühlte, wie sein Lächeln etwas Trauriges bekam, »mag ich es ja, dass wir uns ein Arbeitszimmer teilen.«

Annika versuchte zurückzulächeln. Zumindest hatte er das auf den ersten Blick gedacht, bis ihm auffiel, dass sie einfach nur die Mundwinkel nach oben zog. »Ich kann mich immer so schlecht konzentrieren, wenn ich dich tippen höre und du in deinem Notizbuch blätterst.«

Waren sie die ersten Wochenenden noch mit dem Auspacken, dem Ein- und Umräumen beschäftigt, erhoffte sich Brar an diesem Wochenende mehr Zeit mit Annika.

Auch wenn seine Arbeit kein echtes Wochenende kannte, denn zumindest die Hühner wollten jeden Tag versorgt werden, hatte er doch ein paar freie Stunden.

Und wenigstens am Sonntag hielten sie noch an der Tradition des gemeinsamen Frühstücks fest.

Er war vor Annika aufgestanden, hatte Kaffee gekocht und Brötchen aufgebacken, Rühreier gebraten, und gerade als alles fertig war und er die Tassen auf den Tisch stellte, gähnte Annika im Türrahmen herzhaft. Er gab ihr einen Kuss auf die Wange. »Setz dich. Alles fertig.«

»Wie lieb!« Sie glitt auf den Stuhl am Fenster und zog einen Fuß auf die Sitzfläche. Sie gähnte noch einmal und nahm dann die Kaffeetasse in beide Hände. Vielleicht, um sich daran zu wärmen. »Ich hab überlegt, Brar, ob wir heute nach Pellworm fahren wollen. Oder nach Amrum? Vielleicht können wir uns bei Ebbe von diesem Kutscher aus Nordstrand abholen lassen oder … ich weiß nicht. Es gibt doch bestimmt jemanden, der uns holen und bringen könnte?«

Brar deutete wortlos zum Fenster hinter ihr, bevor er sich ihr gegenübersetzte und in den Brötchenkorb griff.

Sie drehte sich um, und ihr Blick verfinsterte sich. »Oh«, sagte sie, und es klang missmutig. »Vorhin war es noch gar nicht so trüb.«

Tatsächlich war in der letzten Stunde grauer Nebel vom Meer auf die Hallig gekrochen, hatte das Ufer gefressen und begann nun schon am Schuppen zu nagen.

»Ich wäre so gern mal wieder unter Leuten –« Annika brach ab.

»Verstehe ich«, sagte Brar und wünschte sich, er könnte ihre Enttäuschung mildern, ihr etwas Gutes tun.

»Aber das ist hier so, was?« Annika biss einmal von ihrem Brötchen ab und legte es dann wieder auf den Teller. »Man ist ganz und gar vom Wetter abhängig.«

Brar hob die Schultern und ließ sie gleich wieder fallen. »Ich glaube, so spontan wie in Kopenhagen können wir hier nicht sein.« Er konnte doch nichts für das Wetter, dachte er, hatte aber trotzdem das Gefühl, sich dafür entschuldigen zu müssen.

»Wir könnten einen Spaziergang über die Hallig machen?«, schlug er vor.

»Macht dir das noch Spaß? Du läufst doch jeden Tag das Ufer ab, und es ist immer dasselbe.«

»Das gehört zu meiner Arbeit, Annika, und ich mag meine Arbeit.« Er hatte nicht verhindern können, dass sein Ton eine Spur Schärfe bekommen hatte.

»Und ich jogge jeden Morgen einmal herum«, fuhr Annika fort. »In meiner Freizeit würde ich gern etwas anderes machen.«

»Was schlägst du vor?«

Annika schob den Teller zurück. Sie hatte von ihrem Brötchen nur zweimal abgebissen und das Rührei gar nicht angerührt.

»Nichts.« Sie zuckte mit den Schultern und lächelte, aber fröhlich sah sie nicht aus, stellte Brar fest.

»Ich könnte dir zeigen, wo ich die Uferschnepfe gesehen habe. Das ist eine sehr schöne Stelle, dort, wo der breite Priel ins –«

»Kenne ich«, unterbrach ihn Annika knapp, dann wurde ihr Gesicht weicher. »Entschuldige. Es ist … es ist die ganze Arbeit. Ich habe wirklich viel um die Ohren. Ich glaube, ich gehe einfach mit einem guten Buch wieder ins Bett. Vielleicht tut mir das gut. Und heute Abend schalte ich mich dann via Internet zum Geburtstag meiner Schwester.« Ihr Blick wurde wehmütig, und sie stand auf. »Lass meinen Teller ruhig noch stehen. Ich lege mich noch einen Moment hin, und vielleicht habe ich nachher mehr Appetit.« Sie gab Brar einen flüchtigen Kuss auf das Haar, dann hörte er, dass ihre Schritte auf der knarzigen Treppe immer leiser wurden.

Danach frühstückten sie auch sonntags nicht mehr zusammen. Es ergab sich einfach nicht mehr.

Auch an den Abenden sahen sie sich selten. Wenn Brar spät ins Bett kroch, schlief Annika oft schon oder legte gerade ihr Buch zur Seite und knipste das Licht aus.

Letzte Woche hatte er neben ihr wach gelegen, auf ihren gleichmäßigen Atem gelauscht. Nur ein paar Zentimeter trennten sie, und doch schien sie ihm kilometerweit weg. Irgendwo in seinem Inneren wusste er, dass sie miteinander sprechen mussten. Nicht nur darüber, wer wann im Arbeitszimmer saß oder welche Suppe sie zu Mittag essen würden oder wer Ines Nahnsen die Post brachte, sondern darüber, ob sie hier eigentlich noch glücklich waren. Nein, ob Annika hier glücklich werden konnte – doch Brar fürchtete sich vor der Antwort.

Je mehr Tage vergingen, an denen er es nicht ansprach, desto schwieriger fand er es, überhaupt Worte zu finden.

Also saß er den Oktober über morgens allein in der Küche, hörte die Uhr ticken und brach anschließend zu seiner

Arbeit auf. Auch wenn er nicht jeden Tag das Ufer kontrollierte, die Vögel beobachtete er täglich. Der Herbst war die schönste Zeit, fand er. Fast jede Woche gab es neue Vogelarten zu sehen, die von weit oder nah auf die Halligen zogen, um sich auf ihren weiten Weg in wärmere Gefilde vorzubereiten oder einfach um zu rasten. Brar sah Lachmöwen, Säbelschnäbler, Eiderenten und Austernfischer. Manchmal in großen Zugverbänden, manchmal nur in kleinen Gruppen je nach Art.

Auf der großen Salzwiese unterhalb von Bredenswarft blieb er stehen und blinzelte in die Morgensonne. So wie die Gezeiten jetzt sein Leben bestimmten, empfand er auch den Zug der Vögel als Atem der Natur.

Er erinnerte sich daran, was er an der Universität in der Einführungsveranstaltung immer gesagt hatte: Das Leben ist das Meer. Und alles im Leben ist eine Welle. Große Wellen, kleine Wellen, alles in der Natur hat seinen eigenen Rhythmus.

Einen Rhythmus, den die Klimaveränderungen immer mehr aus dem Takt brachten, wie Brar am Zugverhalten etlicher Arten feststellen konnte. Eine Tatsache, die seine Arbeit hier umso wichtiger machte.

In den letzten Tagen hatte er sich oft gefragt, ob er Kopenhagen und seine alte Stelle als Dozent vermisste, aber die Antwort in seinem Kopf war immer ein ganz deutliches Nein.

Ganz und gar glücklich war er hier.

Aber genauso, wie sich jetzt gerade eine Wolke vor die Sonne schob, verdunkelte der Gedanke an Annika seine Freude.

Ihm war, als hätte er sich auf Südfall aufgeblättert und

immer mehr dem Leben entgegengestreckt, aber Annika dagegen zog sich immer mehr zurück, auch von ihm. Hatte er in der ersten Zeit noch geglaubt, dass sie sich eingewöhnen würde, war ihm mittlerweile so, als wäre sie hier nie wirklich angekommen, so, als würde sie über diese Hallig schweben, um bloß keinen Fuß darauf zu setzen.

Vielleicht war es das, was ihn bedrückte. Er hatte das Gefühl, dass sie ihm entglitt, dass sie sich immer weiter voneinander entfernten.

Seine Schritte wurden schwerer und langsamer, als er zum Haus zurückging. Er wusste, was ihn erwarten würde. Ein durchschwiegenes Mittagessen. Stumme Suppe, stilles Wasser.

Das einzige Geräusch war das Schaben der Löffel auf den Tellern. Annika war ganz oft in Gedanken bei ihrer Arbeit, und Brar stellte fest, dass selbst ihm langsam der Gesprächsstoff ausging. Egal, was er ihr von seinem Tag erzählen wollte, er tat es doch nicht, hatte er doch das Gefühl, er würde sie doch nur langweilen oder sie zu sehr von ihrer Arbeit ablenken, über die sie fortwährend nachdachte.

Sein Mantra der letzten Wochen war gewesen: Gib ihr Zeit.

Heute dagegen, am Tag, an dem er wirklich das Gefühl hatte, dass der Herbst langsam in den Winter überging, fragte er sich zum ersten Mal: Wie lange eigentlich noch?

Doch nachdem Brar seine Jacke über den Haken im Flur gehängt und die Küche betreten hatte, stand nur noch ein Gedeck auf dem Küchentisch bereit. Er nahm an, dass es seins war und Annika schon zu Mittag gegessen hatte. Das wäre allerdings sehr ungewöhnlich.

Auch wenn sie in den letzten Wochen weniger miteinander gesprochen, jeder sich in seine Arbeit vertieft hatte, das Mittagessen war ein festes Ritual geblieben.

Verwundert sah er einen Moment lang auf den Teller, als er jedoch ein Poltern auf der Treppe hörte, drehte er sich um.

Er war nicht überrascht, als er Annika vorsichtig Stufe um Stufe nach unten kommen sah, ihre Handtasche über der Schulter und den Griff ihres größten Koffers in beiden Händen.

»Der Kapitän der Wellenkönigin … ich hab seinen Namen vergessen. Auf jeden Fall«, sie stellte den Koffer neben die Küchentür, »auf jeden Fall nimmt er mich mit nach Husum.« Sie strich sich eine Strähne ihres Haares aus der Stirn.

Brar konnte sich nicht erinnern, wann er sie das letzte Mal geküsst hatte. Gestern? Vorgestern? Oder irgendwann in den letzten Wochen? Ein flüchtiger Kuss vielleicht beim Verlassen des Hauses? Er wusste es nicht mehr.

Annika machte einen Schritt auf ihn zu. »Du und ich«, sie schluckte, »nein, ich und die Hallig. Ich kann das nicht mehr.«

Brar nickte. Und wenn er ganz ehrlich war, dann hatte er das gewusst, als ihre Füße Südfall das erste Mal berührt hatten.

Ihre Augen hatten einen wässerigen Glanz, und Annika senkte kurz den Blick, bevor sie wieder aufsah. »Es tut mir leid, Brar. Ich habe mir das … ich weiß nicht … einfacher vorgestellt? Ich habe gedacht, ich könnte das aushalten. Durchhalten, dir zuliebe, aber … ich habe mich in mir getäuscht.« Sie machte eine kleine Pause. »Und vielleicht habe ich mich auch in … in uns getäuscht. Ich hatte geglaubt, wir wären stärker. Aber das sind wir nicht.« Ihre Stimme war leiser geworden. »Und Brar – ich – ich habe es in deinen Augen gesehen, als wir ankamen. Du liebst das hier.« Mit einer ausladenden Armbewegung schloss sie alles mit ein. Die Hallig, die beiden Warften, das Meer und den Himmel. »Du wirst mit mir in Kopenhagen niemals so zufrieden aussehen wie hier, wenn du in deine Gummistiefel schlüpfst. Mir ist klar geworden, dass ich dich an diese Hallig verloren habe und … und selbst wenn du irgendwann hier weggehst, wirst du Südfall im Herzen haben.«

Brar schüttelte ganz leicht den Kopf.

»Doch, Brar, doch. Südfall ist an dem Fleck in deinem Herzen gelandet, an dem ich vorher war. Wir werden nie wieder so zusammen sein wie früher in Kopenhagen.«

Er spürte ein feines, beständiges Stechen in der Brust. »Ich liebe dich, Annika«, sagte er ebenso leise.

Fast liebevoll sah sie ihn erst an und strich ihm dann über die Wange, aber nicht, wie man einen Geliebten streichelt, sondern eher nachsichtig. Eher so, wie man ein Kind berührt. »Nein, Brar, du empfindest Liebe für mich. Das ist ein Unterschied.«

Stirnrunzelnd schüttelte er noch einmal den Kopf. »Aber das sagte ich doch, ich liebe dich!«

»Das glaube ich dir ja, aber nicht so … nicht so, wie ich geliebt werden möchte. Ich mag dich sehr gern, und ich bewundere deine Leidenschaft für die Natur, aber …«

»Aber?«, fragte er nach und griff nach ihrer Hand, doch sie wehrte ab.

»Aber ich«, fuhr sie mit fester Stimme fort, »ich kann mit dieser Leidenschaft nicht leben, weil ich sie nicht so teile, nicht mit dir teile, verstehst du?«

Brar schwieg einen Moment. Er hatte erst widersprechen wollen, aber dann war ihm klar geworden, dass sie schlicht und einfach nur die Wahrheit sagte. Dass sie mutig war, Worte für das zu finden, was zwischen ihnen stand.

Dies hier war ein Abschied. Und Annika, das wurde ihm bewusst, war entschlossen genug, ihn zu vollziehen. Es gab kein »aber bleib doch« oder »lass uns darüber reden«. Brar verstand in diesem Moment, dass es Unterschiede gab, die Worte und sogar Liebe nicht überbrücken konnten.

Wie lange sie noch voreinander standen und nichts sagen und nur dem Echo dessen nachspürten, das sie einmal füreinander empfunden hatten, wusste er nicht.

»Ich bring dich zum Anleger«, sagte er schließlich, und seine Stimme hallte seltsam im Flur, so als wäre Annika schon weg und er allein. »Ich will dich nicht unglücklich machen.« Er holte tief Luft. »Und … und ich selbst will auch nicht unglücklich sein.«

Annika nickte und zwinkerte eine Träne weg. »Ich habe den Rest meiner Sachen gepackt. Ich glaube, du wirst sie mir nachschicken müssen.«

»Ich bringe sie dir nach.« Er nahm ihren Koffer, und Annika öffnete die Tür.

»Wie du meinst, Brar.«

Auf der Schwelle blieben sie einen Augenblick lang zögernd stehen. Brar beugte sich zu ihr hinunter und küsste ihre Wange. »Wir haben es versucht.«

Diesmal griff Annika nach seiner Hand und drückte sie für einen Moment sehr fest, bis sie ihn wieder losließ. »Das haben wir, Brar, das haben wir wirklich. Und daran werde ich mich erinnern.«

Lena

Als sie vor ein paar Jahren nach Husum gekommen war, um für Japsand zu arbeiten, hatte sie bei der Wohnungssuche auf Anhieb Glück gehabt.

Gleich die erste Wohnung, die ihr der Makler präsentiert hatte, nicht weit vom Schloss und mitten im Zentrum, hatte es ihr sofort angetan. Von außen mochte das Haus ein schmuckloser zweistöckiger Klinkerbau in einer schmalen Gasse unweit des Hafens sein, aber das neuausgebaute Dachgeschoss bestand aus zwei gemütlichen Zimmern und einer windgeschützten halb überdachten Terrasse, auf der Lena jeden Morgen ihren Kaffee trank und das rege Treiben von Fischerbooten, Fähren und Touristenschiffen beobachten konnte.

Ihr Vermieter, ein rundlicher freundlicher Anwalt mit Brille, der ursprünglich aus Bayern kam, hatte seine Kanzlei direkt unter der Wohnung, und sobald er die Bürotür am späten Nachmittag hinter sich zuzog, war das Haus herrlich ruhig.

Trotzdem tat es gut zu wissen, dass im ersten Stock noch eine nette junge Familie wohnte, die für Lena gern mal ein Paket annahm, wenn sie nicht da war, oder verlässlich ihre vielen Zimmerpflanzen pflegte, wenn sie übers Wochenende ihre Mutter in Aventoft, dem kleinen Ort an der dänischen Grenze, in dem Lena geboren worden war, besuchte.

»Jetzt fehlt nur noch der passende Mann«, hatte ihre Mutter gesagt, als Lena ihr die Wohnung gezeigt hatte.

Wie immer, wenn ihre Mutter solche kleinen spitzen Bemerkungen machte, lächelte Lena einfach darüber hinweg. Denn ganz ernst meinte das ihre Mutter zum Glück nicht. Lena war die Jüngste von vier Mädchen, und ihre drei älteren Schwestern hielten ihre Mutter mit reichlich Enkelkindern auf Trab.

Lena pustete in ihren noch heißen Morgenkaffe. Frühlingssonne glitzerte schräg auf den Booten im Hafen. Brauchte sie einen Mann? Wünschen ist etwas anderes als brauchen, dachte sie und trank vorsichtig einen Schluck aus ihrer Tasse.

Wenn sie sich etwas wünschte, dann einen Mann, der ihre Unabhängigkeit respektierte. Jemanden, der dieselbe Nähe zur Natur spürte wie sie, jemanden, der ihre Träume teilte oder den sie davon begeistern konnte.

Sie dachte an Lasse, den sie nach der Trennung von Morten kennengelernt hatte. Er war in Kopenhagen geblieben, als sie für Japsand nach Husum gezogen war. Lasse wollte als Arzt an einem Klinikum mit vielen Wochenenddiensten auf keinen Fall eine Fernbeziehung führen und hatte sich von ihr getrennt.

Auch Lenas Freundinnen hatten ihren Jobwechsel nicht verstanden. Wäre jetzt nicht die Zeit für Kinder und ein Haus und einen Garten?

Und wann ist die Zeit für mich und meine Träume, die ich immer auf die lange Bank geschoben habe, hatte sie gefragt.

Es war nicht so, dass sie sich keine Familie wünschte, aber eben mit dem richtigen Mann. Mit dem Mann, mit dem sie teilen konnte, was sie bewegte. Und noch war Zeit. Zeit für ihr eigenes Leben. Wäre sie geblieben, die Uhr wäre abgelaufen, ohne dass sie ihren Träumen auch nur einen Schritt näher gekommen wäre. Sie hätte wie die letzten Jahre Lasses Leben mitgelebt, wäre in der Stadt geblieben und hätte Natur nur auf ein paar Wochenendausflügen gesehen. Vielleicht wäre sie an der Uni geblieben oder hätte eine Stelle in einem Museum ergattert. Das hätte schön sein können, aber gereicht hätte ihr das nicht.

Das Klingeln ihres Smartphones unterbrach ihre Gedanken. In dieser Woche vertrat sie Knut, ihren Chef. Und das bedeutete, dass Lenas Arbeitstage noch länger wurden und das Telefon noch früher klingelte als sonst.

Sie warf einen Blick auf die Uhr. Nein, das konnte doch noch nicht das Telefoninterview für den »Husumer Tagesboten« über den Vogelzug in diesem Jahr sein? Oder war das etwa schon der Bewerber für die Vogelschutzstation auf Pellworm?

»Lena Hansen, Japsand e.V.«, meldete sie sich knapp und nahm noch einen kleinen Schluck Kaffee zum Wachwerden.

»Oh«, hörte sie am anderen Ende. Und diese Stimme hätte sie überall erkannt.

»Brar«, sagte sie fragend. »Alles in Ordnung auf Südfall?«

»Oh ja. Die Warft guckt ordnungsgemäß aus dem Wasser.«

Lena fand, dass seine Heiterkeit nicht ganz überzeugend klang. »Na, dann gibt es doch keinen Grund, bei Japsand anzurufen«, sagte sie und lachte dennoch.

»Ich … Lena, ich will dich nicht abbügeln, aber … Ist Knut zu sprechen?«

»Du musst leider mit mir vorliebnehmen, Knut hat eine Woche Urlaub. Ich verstehe auch nicht, wer ihm das erlaubt hat, aber so ist es«, sie seufzte und ließ sich auf ihren Schreibtischstuhl unter ihrem Dachflächenfenster fallen, »und jetzt halte ich die Stellung bei Japsand. Also, wenn du heimfahren willst und deine Entlassungspapiere brauchst, dann musst du eine Woche warten.«

»Nein, nein, ich will nicht kündigen, aber ich muss tatsächlich ein, zwei Tage nach Hause fahren. Zum einen muss ich das Leitschaf für meine kleine Herde holen, das hatte ich schon lange mit Knut abgesprochen, und zum anderen –«

»Bist du noch da?«, fragte Lena in sein abruptes Schweigen.

»Ja, ja, ich … Annika bleibt nicht auf der Hallig. Ich bringe ihr noch ein paar Sachen und ich … Wäre das möglich? Ein, zwei Tage?«

»Sicher, Brar. Sicher.« Lena schluckte. »Und es tut mir leid. Eine Trennung ist wirklich … na ja … es tut mir leid.«

»Danke«, kam es zurück, und seine Stimme klang warm. »Weißt du, Liebe ist nicht immer die Antwort, wenn man von ganz unterschiedlichen Dingen träumt.«

Lena nickte. »Wem sagst du das. Pass mal auf, ich telefoniere ein wenig herum und melde mich bei dir. Ich weiß nicht, ob ich Klaus so kurzfristig wieder auf die Hallig bringen kann. Er hat ja gerade erst seine neue Stelle angetreten, aber sein Vorgänger … na, ich kläre das.«

»Danke Lena, ich … ich weiß das wirklich zu schätzen.«

»Du kannst mich irgendwann mal auf die Hallig einladen. Ich erwarte eine ausführliche Führung und ein wunderbares Essen. So in der Art. Dann sind wir quitt.«

Diesmal klang sein Lachen wieder fröhlich, und Lena atmete auf.

»Wird gern gemacht. Alles!«

Sie legte auf und das Telefon zur Seite. Dann entnahm sie ihrem Stiftebecher einen Bleistift.

Sie selbst hätte große Lust, die Hallig für ein paar Tage zu hüten. Aber ginge das, während Knut im Urlaub war? Nachdenklich tippte sie sich mit dem Stift gegen die Unterlippe.

Amrum, Mai 1967

Heute habe ich es Birgit und Sigrid erzählt.

Wir alle hatten den Nachmittag gemeinsam frei und wollten eigentlich einen langen Spaziergang am Strand entlang machen, doch kurz nach dem Mittagessen zogen über dem Meer aus Richtung Westen Wolken auf. Sigrid hat mich ausgelacht, als ich ihr sagte, dass ich den Regen schon riechen könne.

»Schau mal aus dem Fenster«, sagte sie lachend, während wir das Geschirr in die Küche trugen und Benno, dem Spüljungen, in das Becken stapelten.

»Na«, sagte Benno, den ich gern mochte. Er kratzte sich nachdenklich den zarten Bartflaum, den er auf seiner Oberlippe züchtete. »Die Ines hat recht«, bekräftigte er meine Rede. Genau wie ich war er ein Halligkind. Von Langeneß. Ich weiß nicht, warum, aber wir erkannten uns überall. Wir sind anders, sagte meine Mutter mir, bevor ich auf die Schule kam, vergiss das nicht.

Und es stimmt einfach. Wie genau anders, weiß ich nicht. Anders einfach. Vielleicht, weil wir noch dichter an den Gezeiten leben.

Auf jeden Fall behielt ich recht. Noch bevor wir unsere Uniformen ausgezogen hatten, schüttete es wie aus Kübeln.

»Dann bleiben wir eben hier«, sagte Birgit, ließ sich auf mein Bett fallen und klopfte auf die dünne Matratze neben sich. »Setz dich, Ines, und erzähl uns, was du uns sagen willst.«

Sigrid hatte sich den Hocker aus dem Bad geholt. Sie hatte elegant die Beine übereinandergeschlagen und zündete sich eine Zigarette an. Ohne die Uniform und in ihrem eleganten Kostüm sah sie tatsächlich aus wie die reiche Hotelerbin, die sie ja war.

Ich runzelte die Stirn und klappte das Fenster auf. »Die alte Jensen riecht das!«

Sigrid lachte und zwinkerte mir zu. »Genau, deshalb rauche ich ja auch bei dir.«

Ich rollte mit den Augen, sagte aber nichts. Vor allem auch, weil ich ihr nicht böse sein konnte. Ich mag sie viel zu sehr. Seit meinem ersten Tag hier war sie für mich ganz selbstverständlich eingestanden, hatte mich aus so manchem Fettnäpfchen geholt, als ich noch nicht so gut eingearbeitet war, und dafür war ich dankbar.

»Also, was jetzt, Ines?«, fragte Birgit noch einmal neugierig.

Ich blieb am offenen Fenster stehen und genoss den Frühlingsregenduft.

»Arno Jensen hat mich gefragt, ob ich seine Sekretärin werden möchte.« Ich machte eine kleine Pause.

Birgit riss die Augen auf und holte scharf Luft durch die Nase. »Was?«

Sigrid dagegen presste fest die Lippen zusammen und schwieg.

»Ja, eine Woche habe ich jetzt oben bedient, und er sagte, es wäre eine Schande, wenn ich so gar nichts mit meinem Abitur auf der Handelsschule anfangen und nur den Staub wegwedeln würde. Ich könnte für ihn und das Hotel eine große Hilfe sein.«

»Jetzt wünsche ich mir gerade, ich hätte nicht mit vierzehn die Schule verlassen«, sagte Birgit finster und runzelte die Stirn.

Sigrids Schweigen kam mir merkwürdig vor. Ich sah sie an und versuchte, ihren Blick aufzufangen, doch sie wich mir aus. »Glückwunsch«, sagte sie schließlich und drückte ihre Zigarette auf ihrer Untertasse aus.

»Mehr sagst du nicht?« Birgit hob ihre sanft geschwungenen Augenbrauen.

Endlich sah Sigrid auf und mich an. »Du wirst das nicht hören wollen, Ines, aber … ich hab kein gutes Gefühl dabei.«

Ich blinzelte überrascht. »Warum nicht?«

War das Mitleid in ihrem Gesicht?

»Ich sage es nur ungern, aber … alles, was wir in der letzten Zeit von dir gehört haben, war … Arno sagt, Arno findet, Arno hat …« Sie zündete sich eine neue Zigarette an und sagte dann leiser. »Mach dich nicht unglücklich, Ines. Das ist alles, was ich sagen will. Mach dich nicht unglücklich, er ist verheiratet. Und … er –« Sie presste die Lippen aufeinander. »Mich stört einfach, dass er sich nie gegen seinen Vater durchgesetzt hat. Er sagt immer nur zu allem Ja und Amen.«

»Er bleibt seinen Prinzipien treu und achtet seine Eltern.« Ich verschränkte die Arme vor der Brust. Warum ich das so dringende Bedürfnis hatte, ihn zu verteidigen, weiß ich gar nicht.

Sigrids Gesicht hellte sich ein wenig auf. »Ich will nur, dass du auf dich aufpasst, ja?«

»Natürlich«, versicherte ich ihr. »Ich freu mich einfach über meine neuen Aufgaben. Morgen sagt er es der alten Jensen.«

»Gott, da wäre ich gern dabei!« Birgit prustete laut los. Und dann kicherten wir zu dritt und hielten uns die Bäuche.

Der Regen trommelte den ganzen Nachmittag unvermindert gegen die Scheiben und auf das Dach. Erst als es Zeit wurde, wieder in unsere Uniformen zu schlüpfen, klarte der Himmel auf, bevor die Dämmerung einsetzte.

Als der letzte Gast den Speisesaal verlassen hatte, sammelte ich mit Sigrid die Tischwäsche ein, warf sie in den Wäschewagen, um danach frisch gewaschene und gestärkte Tischtücher wieder aufzulegen, frische Servietten zu falten und für das Frühstück einzudecken.

Eigentlich keine Arbeit für ein Zimmermädchen, sagte Sigrid immer und rümpfte die Nase, wenn sie dafür eingeteilt wurde. Im Hotel ihres Vaters war das Aufgabe der Kellner, aber hier im Dünenblick kamen die Kellner meist aus dem Ort und gingen abends nach Hause zu ihren Familien. Deshalb blieben derlei Arbeiten an uns Zimmermädchen hängen.

»Und die Kellner bei deinem Vater bleiben einfach länger?«, fragte ich verwundert.

»Aber nein, Dummchen.« Sigrid lachte. »Es ist alles eine Frage der Organisation, aber mit der alten Jensen wird sich nie etwas ändern. Sie sagt doch immer nur, dass sie das schon immer so gemacht hätten. Sie geht nicht mit der Zeit und die Familie Jensen auch nicht.«

»Wie meinst du das?«

»Sieh dich doch um. Das Hotel ist altbacken. Hier müsste dringend mal renoviert werden. Die Möbel sehen aus wie zu Zeiten meiner Großmutter.«

Ich nickte und schob den Wäschewagen zum Lastenaufzug. »Aber das Hotel ist trotzdem immer ausgebucht.«

»Wer weiß wie lange noch.« Sigrid hob ihre Schultern. »Am östlichen Zipfel von Norddorf mit Blick auf die Marsch wird gerade ein großes Hotel gebaut. Mit eigenem Schwimmbad.«

»Mit Schwimmbad?«, wiederholte ich fassungslos.

Sigrid nickte und drückte auf den Knopf, auf dem »Keller« stand. Mit einem Ruck setzte sich der Aufzug in Bewegung.

»Ja, mit einem Schwimmbad. Und der überwiegende Teil der Zimmer wird ein eigenes Bad haben.«

Ich nickte, obwohl es kaum vorstellbar war. Wir hatten zu Hause nicht mal ein eigenes Bad. Die Toilette war im Schuppen auf dem Hof, ansonsten hatten wir Nachttöpfe, und zum Baden stellten wir samstags den Zuber in die Küche.

Schon das Etagenbad im Dünenblick für die Hausmädchen empfand ich als luxuriös.

»Und wer soll dort Urlaub machen? Wie viele reiche Menschen gibt es denn, die nach Amrum wollen?«

»Keine Reichen. Wirtschaftswunder!«

Davon war hier und auf Südfall noch nicht viel angekommen.

Als Sigrid mein zweifelndes Gesicht sah, lächelte sie mir zu, während sie dem Wäschewagen einen Stoß gab, damit er über die kleine Schwelle zwischen Aufzug und Kellerflur hüpfte. Danach griff ich wieder zu und schob ihn in Richtung Wäscherei.

»Ich vergesse immer, dass es anderen viel besser geht«, murmelte ich. »Trotzdem kann ich mir kaum vorstellen, wer sich ein Zimmer mit eigenem Bad leisten soll.«

»Mein Vater baut auch gerade um. Wer ein Hotel hat, muss sich immer wieder anpassen. Menschen und ihre Wünsche verändern sich. Die Jensens dagegen ruhen sich einfach nur darauf aus, was vor dreißig Jahren Ahs und Ohs wert war. Und bisher sind sie damit durchgekommen, weil sie keine richtige Konkurrenz hatten und lange das größte Hotel hier im Norden auf der Insel waren. Ich glaube, deshalb hat mich mein Vater hierhergeschickt.« Sigrid strich sich durchs Haar. »Damit ich sehe, was passiert, wenn ich mal müde werde und nicht mehr mit der Zeit gehe.«

»Und dein Vater will, dass du euer Hotel später mal übernimmst?«

Sigrid nickte. »Ich hab zwar einen älteren Bruder, aber … Georg interessiert sich nicht für das Hotel. Er hat die letzten drei Sommer hier gearbeitet, und er will lieber kochen. Sein Herz schlägt für gutes Essen. Also hat Vater ihn nach Paris geschickt. Vielleicht stelle ich ihn später in der Hotelküche ein. Mal sehen, ob er gut ist.« Sigrid zwinkerte. »Und meine Schwester Sonja hat letztes Jahr geheiratet. In eine Hotelfamilie nach München. Sie kommt ganz sicher nicht zurück. Also bleibe ich übrig.«

»Und … und willst du mal heiraten?« Ich sah zu, wie Sigrid die Tischwäsche in eine der schweren Maschinen sortierte.

»Vielleicht«, sagte sie ausweichend. »Man wird sehen.« Sie drückte das letzte Tischtuch hinein und sah mich dann an. »Also, wenn ich ehrlich bin, dann eher nicht. Es sei denn, ich finde jemanden, der sich nicht einmischt und mich das Hotel führen lässt. Und du?«

Ich lehnte mich gegen den Tisch, auf dem wir jeden Morgen die Bettwäsche falteten, und sah auf meine Hand. »Ich weiß nicht. Ja, nein, vielleicht. Ich … ich war noch nie verliebt. Und das klingt komisch, aber … es ist so. Ich –« Ich brach ab. Das würde albern klingen, wenn ich es aussprach.

»Ja?«, sagte Sigrid, aber so fest und so freundlich, dass ich doch nicht anders konnte, als es auszusprechen: »Ich liebe das Meer. Ich bin am glücklichsten auf Südfall. Ich fahre gern mit meinem Vater zum Fischen hinaus, ich treibe gern die Schafe über die Wiesen. Ich möchte eigentlich nichts anderes als auf der Hallig leben.«

Sigrid hob ihre Hand und strich mir so unvermittelt über die Wange, dass ich zusammenzuckte. »Du Arme. Du hast Heimweh, nicht wahr?«

Ich nickte. Tränen stiegen in mir auf, doch ich schluckte sie herunter. »Vielleicht, wenn ich meine Eltern bitte, darf ich nächstes Jahr auf der Hallig bleiben. Kommst du nächstes Jahr hierher zurück?«

»Vielleicht.« Sie griff nach meiner Hand und drückte sie kurz. »Ich würde gerne sehen, was aus dem Dünenblick wird.« Mit Schwung drehte sie sich um die eigene Achse. »Es ist ein schönes Hotel oder … es wäre ein schönes Hotel, wenn die Jensens etwas hineinstecken würden. Vielleicht«, sie kicherte, »vielleicht, wenn ich eines Tages genug Geld erwirtschaftet habe, kaufe ich es den Jensens ab.«

Ich lachte. »Warum nicht?«

»Eben.« Und so, wie sie das sagte, konnte ich mir gut vorstellen, dass es eines Tages genau so kommen würde.

Brar

Der Regen schien von allen Seiten zu kommen und nahm Brar die Sicht, als er von Bord des Postschiffes stieg, sich noch einmal umdrehte und dem Kapitän winkte, bevor er sich die Kapuze seiner Öljacke über den Kopf zog.

Eben auf dem Meer war es noch trocken gewesen, und erst kurz vor Südfall hatte der Regen ganz plötzlich eingesetzt, als hätte jemand irgendwo einen Wasserhahn aufgedreht.

»Alles in Ordnung auf Südfall. Hühner guter Dinge. Wo ist dein Leitschaf?«

Zu Brars Überraschung war es nicht Klaus' Stimme, die aus dem Regentreiben zu ihm drang, sondern Lenas.

»Was machst du denn hier?«, fragte er verblüfft und blinzelte, während sich Lenas eckiges Gesicht aus den Tropfen schälte. Sie lächelte ihn freundlich an.

»Klaus konnte doch nicht kommen, daher bin ich eingesprungen.« Sie lachte. »Keine Sorge, ich hab auch im letzten Jahr Klaus schon zweimal vertreten. Ich weiß, was zu tun ist.«

»Daran habe ich keinen Zweifel.« Und den hatte Brar sicher nicht. Sie war wohl einer dieser Menschen, die egal in welcher Lage kein Aufheben machten, sondern einfach das taten, was getan werden musste. Er drückte ihre Hand. »Danke! Das ist sehr nett von dir.«

»Nein.« Ihr Lächeln wurde beinahe verlegen. »Ich hab zu danken. Und wo ist denn nun dein Leitschaf?«

Brar wischte sich Tropfen von der Wange. »Noch im Stall. Ich bekomme es nächste Woche gebracht.« Er ließ den Blick schweifen. »Alles noch da«, sagte er. Und tatsächlich. Nichts hatte sich verändert. Natürlich hatte er das auch nicht erwartet, aber ein warmes Gefühl, wieder am richtigen Platz zu sein, durchflutete ihn.

»Ich weiß, was du meinst. Ich bin so gern auf Südfall. Fast …«, Lena warf einen kurzen Blick über ihre Schulter in Richtung Bredenswarft und brach dann ab.

»Fast?«, hakte er nach.

»Ach, ich wünschte, ich könnte bleiben. Trotz der Arbeit waren die drei Tage beinahe wie Urlaub.«

Brar lachte hell auf. »Das sagst du nur, weil du in diesen drei Tagen keinen Küstenschutz betrieben und Steine geschleppt hast.«

Das Nebelhorn der Wellenkönigin tutete ungeduldig. »Ja, ja!«, rief Lena und winkte ebenfalls. »Ich komme sofort!« Und zu Brar gewandt: »Du hast ja keine Ahnung … das Nordwestufer ist jetzt wieder tippitoppi! Man sieht sich!«

Mit einer Mischung aus Erstaunen und Ungläubigkeit sah Brar ihr nach, während sie den Anleger hinunterlief. »Na, dann doppelt danke!«

Sie rief ihm noch etwas zu, aber er verstand es nicht. Eine Windböe riss es ihr aus dem Mund und trieb ihren Satz Richtung Meer.

Er winkte dem Schiff nach, als es ablegte, und ging dann eilig den Weg zur Warft hinauf und floh vor dem immer stärker werdenden Regen rasch ins Haus, wo er seinen Rucksack abstellte.

Beinahe hätte er aus Gewohnheit nach Annika gerufen, doch dieser Gedanke zog schnell vorbei.

Allein.

Auch wenn sie beide zum Schluss in Kopenhagen überwiegend in seiner Wohnung zusammengelebt hatten, hatte Annika ihre Wohnung niemals aufgegeben. Vielleicht hatte auch das dazu beigetragen, dass sie sich auf der Hallig in so kurzer Zeit auseinandergelebt hatten. Vielleicht hatten sie sich nie wirklich ganz aufeinander eingelassen?

Er entledigte sich seiner Öljacke und hängte sie, bevor er in die Küche trat, im Gästebad an den Duschkopf, damit das Wasser nicht die Dielen im Flur ruinierte. Eine heiße Tasse Tee wäre jetzt genau richtig. Zu seiner Überraschung fand er auf dem Küchentisch einen abgedeckten halben kleinen Marmorkuchen, an dem ein zusammengefalteter Zettel lehnte. Neugierig klappte er ihn auf.

»Habe gestern Abend gebacken, und eigentlich wollte ich dir den Ganzen lassen, aber ich dachte, das ist zu viel für einen, deshalb hab ich die Hälfte gegessen. Alles Liebe, Lena«

Lächelnd faltete er den Zettel wieder zusammen und schob ihn automatisch in die Hosentasche. Wie nett!

Er hatte keinen Hunger gehabt, als er das Schiff verlassen hatte. Zu sehr nagten die Trennung und das seltsame Wiedersehen mit Annika noch an seinen Nerven. Doch der Anblick des Kuchens ließ ihm das Wasser im Mund zusammenlaufen.

Brar hatte in Husum einen Wagen gemietet, ihre restlichen Kisten eingeladen und war fast in einem Zug und mit nur zwei kleinen Pausen nach Kopenhagen durchgefahren.

Annika hatte sich bedankt, und er hatte auf ihrer Couch übernachtet, am nächsten Morgen seine Eltern besucht und später noch einen alten Freund, der ihm zur Übernachtung ebenfalls seine Couch überlassen hatte.

»Du bist wieder fei«, hatte Annika zum Abschied gesagt.

»Ich war mit dir nie unfrei«, gab er zurück, und beinahe klang es trotzig.

»Doch«, hatte Annika lachend erwidert. »Doch, du hast es nur nie gemerkt.« Sie hatte ihn lange angesehen. »Weißt du, wären wir noch zusammen, du wärst mir zuliebe nach einem Jahr wieder nach Kopenhagen zurückgegangen. Jetzt kannst du noch etwas länger auf Südfall bleiben.«

Daran hatte er noch gar nicht gedacht.

Er goss schwungvoll das heiße Wasser über das Teesieb und legte dann den Deckel auf die blau-weiß gestreifte Kanne.

Mit dem Brotmesser, und das hätte Annika in den Wahnsinn getrieben, schnitt er zwei großzügige Stücke Kuchen ab und setzte sich dann mit einer Tasse Tee und dem Teller an den Küchentisch. Regen trommelte gegen die Scheiben, und er war dankbar, dass Lena die Heizung aufgedreht hatte.

Allein. So wie Ines Nahnsen, schoss ihm durch den Kopf.

Genau wie sie.

Er würde sich daran gewöhnen, dachte er. Ganz sicher.

Eigentlich, und dieser Gedanke tat ihm fast ein bisschen weh, eigentlich hatte er ja die ganze Zeit schon nach seinem eigenen Rhythmus gelebt.

Mit dem ersten Bissen vom Marmorkuchen waren alle schweren Gedanken augenblicklich verflogen, denn der Kuchen schmolz weich und süß in seinem Mund.

Wie lieb von Lena.

Ines

»Das ist ein … ein … äh … schönes Schaf«, sagte Ines langsam und tätschelte dem Tier den Kopf.

Brar lachte. »Es ist ein altes Schaf, wollten Sie sagen, nicht wahr?«

Erleichtert stimmte Ines in das Lachen mit ein. »Ja, das ist es. Ich schätze, es hat noch zwei, drei gute Jahre. Wie heißt es?«

»Ich habe es Ella getauft. Es hört eh nicht wirklich, auf keinen Namen.« Wie auf Kommando blökte Ella empört. »Aber ich glaube, es ist ein gutes Leitschaf für meine kleine Herde.«

»Ja, das wird Ella wohl sein.« Ines richtete sich auf. »Sie wissen, wie man sie schert?«

Brar wischte sich die Hände an einem alten Handtuch ab, das er sich in die Gürtelschlaufe steckte. »Nein, ich war da ein wenig … also, ich hab auf Ihre Expertise gehofft. Vielleicht können Sie mir das beibringen?«

Ines nickte. »Ja, das könnte ich, aber ich mache das schon längst nicht mehr selbst. Der alte Hinrichs kommt je nach Wetter meist irgendwann im Juni nach Südfall und schert alle meine Schafe. Ich bin sicher, er zeigt es Ihnen gern, und Sie können an meinen Schafen üben.«

»Das ist sehr freundlich. Was machen Sie mit all der Wolle?«

»Spinnen natürlich. Wenn ich ganz viel übrig habe, stopfe

ich schon mal ein paar Kissen damit, aber das meiste verspinne ich zu Wolle, die ich entweder selbst verstricke oder auf dem Markt in Husum verkaufen lasse. Die Leute sind verrückt danach.« Sie schüttelte den Kopf. Manchmal konnte sie gar nicht glauben, wie viel Städter für ein Knäuel Hallig-Wolle zahlten. »Der Winter ist lang hier mit viel Zeit für Handarbeiten.«

»Das glaube ich. Und nachdem Sie mir jetzt so fachkundig mein Leitschaf altgeredet haben, darf ich Sie jetzt zum Mittagessen ins Haus bitten?«

»Gern!« Ines lächelte und ging Brar hinterher. Auf dem Hof allerdings blieb sie stehen und sah stirnrunzelnd in den Himmel.

Brar, der wohl ihr Zögern bemerkt hatte, ging zu ihr zurück und folgte ihrem Blick. »Ist etwas?«

Ines deutete auf die schmalen weißen Wolkenstreifen am Horizont. »Schlechtwetter«, sagte sie schlicht und schnupperte in die kühle Nachmittagsluft. »Es wird kalt werden.«

»Wirklich? Heute Morgen im Radio haben sie gesagt, das schöne Wetter soll sich die ganze Woche –«

Ines unterbrach ihn. »Pah. Wetterbericht. Für diesen Tag und den Tag danach glaube ich ihnen. Alles andere können die nicht vorhersagen. Nein, nein, das sieht nicht gut aus. Halten Sie die Nase in den Wind, Brar, was riechen Sie?«

Er schloss die Augen, und Ines nutzte den Moment, ihn genau anzusehen. Weder Augen noch Nase kamen ihr bekannt vor, aber die Gesamtheit seiner Züge war ihr seltsam vertraut.

Rasch wandte sie sich ab. Der Schmerz, der in ihr aufstieg, drohte übermächtig zu werden. Ab in den Gedankensekretär mit diesen Gefühlen.

»Ich rieche Tang und Algen«, sagte Brar langsam. »Aber da ist noch etwas anderes.« Er öffnete die Augen wieder, und Ines sah rasch zur Seite.

»Es riecht salzig und … und kalt.«

»Eis«, sagte Ines leise. »Sie können das Eis riechen. Der Wind bringt seinen Duft aus dem Norden mit.«

»Es riecht wie im Winter, bevor der erste Schnee nach Kopenhagen kommt.«

»Genau. Das Wetter kann man natürlich sehen. Vor allem aber kann man es spüren. Mit allen Sinnen, bevor es kommt. Es ist der Duft des Windes, das Vibrieren eines Gewitters weit entfernt auf See.«

»Das macht das lange Leben auf der Hallig?« Brar hielt ihr seinen Arm hin, und sie hakte sich ein.

»Ja und nein. Manche Menschen leben ihr Leben lang hier und sind trotzdem blind dafür.« Ines dachte kurz an ihre Schwester. Und dann fiel ihr ein, dass Brars Schaf hieß wie ihre Großnichte, die Tochter der Tochter ihrer Schwester, die irgendwo in Berlin lebte, ihre letzte Verwandte war und zu der sie keinen Kontakt hatte. Sie fühlte einen kühlen Schauer über ihre Schultern laufen. Wollte sie es anders haben?

Brars Küche war angenehm warm. Ines zog ihre dicke Wolljacke aus und hängte sie über die Stuhllehne. Der Tisch war mit zwei kleinen Tellern und Gläsern gedeckt.

»Setzen Sie sich! Ich habe eine japanische Miso-Suppe vorbereitet und Sushi selbst gemacht.«

»Sushi?«, fragte Ines überrascht.

»Ja, das ist frischer Fisch in Reis –«

Ungeduldig unterbrach sie ihn. »Ich weiß, was das ist, aber … das kann man selbst machen?«

Brar lachte laut und fröhlich. »Ich schon.«

Zuerst jedoch stellte er auf die Teller zwei Schalen mit der dampfenden Suppe und setzte sich dann Ines gegenüber.

Sie nahm den Löffel, den er ihr reichte, in die Hand und schwenkte ihn nachdenklich über ihrer Schale.

»Ich dachte«, fing sie an, »ich dachte, als Sie nach Kopenhagen aufbrachen, Sie kämen vielleicht nicht mehr zurück.«

Sein Lächeln wurde etwas schmaler. »Ich …« Er legte seinen Löffel zur Seite und lehnte sich zurück. »Wenn ich ehrlich bin, dann gab es diesen einen Moment. Ich stand bei Annika im Wohnzimmer. Mir hatte sie gesagt, dass sie ihre Wohnung untervermieten wolle, während wir auf die Hallig zogen. Aber als ich dann zu ihr kam, um ihr ihre Sachen zu bringen, und überlegte, ob mir die Beziehung wichtiger ist als die Hallig, und begriff, dass sie sich drei Monate offengelassen hatte, bis der Untermieter eingezogen wäre, da … da war mir klar, dass sie sich auch nicht darauf eingelassen hatte. Nicht mit allem, nicht völlig. Sie hatte nicht nur einen Spaltbreit Hintertür, nein, sondern das war ein Durchgang komplett ohne Tür. So, als wäre ihr von vornherein klar gewesen, dass sie nicht mit mir auf Südfall bleiben würde. Das hat mich so sehr verletzt, dass jeglicher Zweifel wie weggewischt war. Ich habe ihr ihre restlichen Sachen gegeben und mich verabschiedet.« Er strich sich mit einem Finger über das Kinn.

Ines kannte diese Geste so gut, dass ihr Anblick sie schmerzte. Rasch tauchte sie den Löffel in die Suppe und begann zu essen. »Köstlich«, murmelte sie, und das war es wirklich. Seltsam vertraut wie eine heiße Brühe an einem kalten Tag und gleichzeitig exotisch.

»Herrje«, sagte Brar und lachte über sich selbst, »ich weiß gar nicht, warum ich Ihnen das erzähle.«

»Das macht die Hallig«, sagte Ines leichthin. »Hier begreift man schnell, dass man sich seinen Nachbarn öffnen muss, damit man sich nicht einsam fühlt.«

»Vielleicht ist da was dran. Jedenfalls«, auch Brar begann zu löffeln, »jedenfalls war mir dann so klar, dass ich auf Südfall bleiben würde, dass ich meine Wohnung aufgelöst habe. Mein Untermieter war außer sich vor Freude. Meine Eltern nicht so sehr. Südfall wäre so weit weg, dabei … lustigerweise hat meine Mutter viel Zeit auf Amrum verbracht, als sie jung war.«

»Ach«, sagte Ines. Ihr war, als würde ihre Kleidung plötzlich enger werden und der Raum heißer.

»Haben Sie ihr ganzes Leben auf Südfall verbracht?«, fragte Brar interessiert und beugte sich vor.

»Die meiste Zeit schon«, sagte Ines knapp und fragte sich, was sie sagen sollte, würde er weiter fragen. Die Wahrheit?

Nein. Auf keinen Fall. Dafür war es zu früh. Oder viel zu spät. Je nachdem, von welcher Warte aus man es betrachtete.

»Haben Sie nie den Duft der großen weiten Welt geschnuppert?«

Ines schob ihre Schale zurück. Der Appetit hatte sie verlassen. »Doch«, sagte sie schließlich ausweichend. »Nein, also … weite Welt sicher nicht. Ich habe lange Jahre in einem Hotel auf einer benachbarten Insel gearbeitet. Jeweils in der Sommersaison. Das Geld war knapp damals.«

»Würden Sie mir von damals erzählen?«

Ines fühlte kleine Schweißperlen auf ihrer Stirn, und ihre Gedanken überschlugen sich. Was würde sie erzählen können und wie?

»Gern«, sagte sie und zog die Schale wieder zu sich heran. »Aber das ist eine Geschichte für einen Abend und ein Glas Wein.«

Ihr Zögern schien Brar nicht bemerkt zu haben, denn seine Stimme klang einfach erwartungsfroh. »Ja, wunderbar! Die Einladung nehme ich gern an. Morgen?«

Ines nickte matt. Immerhin würde sie dann genug Zeit haben, darüber nachzudenken, was genau sie ihm berichten konnte, ohne allzu viel preiszugeben.

»Dann waren Sie wahrscheinlich auch noch nie in Kopenhagen?«, plauderte Brar weiter.

»Doch.« Sie hatte überraschenderweise ihre Schale doch leer gegessen. Brar nahm sie ihr aus der Hand und holte eine Platte mit köstlich aussehendem Sushi aus dem Kühlschrank. All die kleinen Röllchen gefüllt mit Lachs, Thunfisch oder Avocado hatte er kunstvoll verteilt und stellte noch zwei Schälchen mit Dips dazu. »Das grüne ist –«

»Wasabi und sehr scharf. Ich weiß. Wenn ich in Husum bin, esse ich gerne im Bamboo Garden.«

»Das ist ein guter Tipp ….« Brar lächelte.

»Und woher können Sie so gut Sushi rollen?«, fragte Ines, nahm eines der Avocadoröllchen, tunkte es in Sojasoße und schob es sich in den Mund. Es war köstlich. Sogar besser als im Bamboo Garden.

»Ich hatte einen japanischen Mitbewohner in Kopenhagen. Er hat es mir beigebracht. Wenn Sie wollen, zeige ich es Ihnen. Es ist gar nicht schwer.«

»Das wäre lustig.«

Überrascht starrte Brar sie an. »Wirklich?«

»Sicher!«, sagte Ines entschieden. »Ich esse Sushi gern, und wenn ich dafür nicht immer nach Husum fahren muss, umso besser!«

Brar lachte. »Na, dann … aber, was hat Sie nach Kopenhagen verschlagen?«

Du hast mich dahin verschlagen, hätte Ines fast gesagt. Einen Moment lang hatte sie das wirklich überlegt. Vielleicht war es ihr so ergangen wie Brar in der Wohnung seiner Freundin.

Es gab solche Momente im Leben, in denen alles offen, alles möglich war. Sie waren ganz kurz und fühlten sich beinahe unbeschreiblich an. Aber das lag in der Natur der Sache. Sie waren eben kurz. Und dann war wieder alles beim Alten. Dann übernahmen die Vernunft oder die Konventionen oder all die Verpflichtungen, in die das Leben einen verwickelt hatte, wieder die Oberhand.

»Ich weiß gar nicht. Ich wollte verreisen, und da kam mir eine Städtetour nach Kopenhagen gerade recht. Eine schöne Stadt. Ich habe mich dort sehr wohl gefühlt.«

Brar nickte. »Ich liebe meine Heimat auch. Zwar nicht die Stadt meiner Geburt, ich kam in Husum zur Welt, aber die Stadt, in der ich aufgewachsen bin.«

Ines biss sich auf die Lippe, aber es kostete sie Überwindung, nichts zu sagen.

Sie war dreimal nach Kopenhagen gereist, das letzte Mal vor vier Jahren. Brar hatte damals an der Universität einen Vortrag gehalten. Ines hatte ganz spontan einen Zug gebucht und ein Hotel. Der alte Freerichs hatte sie mit der Kutsche abgeholt und dann mit dem Auto zum Bahnhof gebracht.

Er war der Einzige, der hier in der Nähe außer Ines die ganze Wahrheit kannte und noch lebte. Auf der ganzen Fahrt sagte er nichts, fragte nur zum Abschied, ob sie es Brar sagen wolle.

Ines antwortete nicht. Sie stieg einfach in den Zug und hörte sich Brars Vortrag über seinen Sommer in Spitzbergen und die dort heimische Vogelwelt an. Das Auditorium war voll, und als Brar am Pult erschien, stockte Ines für einen Moment der Atem. Lange hatte sie ihn nicht mehr gesehen. Aus einem schlaksigen Jungen Anfang zwanzig war ein Mann mit breiten Schultern, einer tiefen Stimme, einem kantigen Gesicht und etwas zu langem blonden Haar geworden, der voll Begeisterung und mit viel Witz vom Polarkreis, den Tieren, dem Wetter, der Schönheit und all den kleinen absurden Details seiner Reise berichtete.

Ines hatte damals gebannt jedem seiner Worte gelauscht. Ebenso wie die anderen Zuhörer hatte er sie mitgerissen in seine Welt. Tatsächlich hatte sie die Natur, die sie unter diesen klimatischen Bedingungen immer für eher spärlich gehalten hatte, als überraschend reichhaltig und zauberhaft erlebt. Sicherlich auch dank der schönen Fotos, die er in der Zeit dort gemacht hatte und die ein Projektor hinter ihm auf die Leinwand geworfen hatte.

Nach dem Vortrag war er auf der Bühne geblieben, beantwortete Fragen und plauderte mit den Anwesenden.

Ines hatte in der Nähe der breiten Eingangstür zum Saal gestanden und ihn beobachtet. Doch dieses Gefühl, das alles möglich wäre, dass sie alles sagen könnte, war nicht wiedergekommen. Irgendwann hatte sie sich losgerissen, war zurück zu ihrem Hotel gegangen und hatte geweint. Das erste Mal seit vielen, vielen Jahren hatte sie hemmungslos in dieses zart nach Zitrone duftende Kissen in ihrem Zimmer geschluchzt. Und alles war in diesem Moment wieder da gewesen. Jeder Schmerz in ihrem Leben. Noch am selben Abend hatte sie ihre Sachen gepackt und war am nächsten Morgen ganz früh heimgefahren.

»Hast nichts gesagt«, hatte der alte Freerichs festgestellt, ihr auf die Kutsche geholfen und sie bei Ebbe zurück nach Südfall gebracht.

»Das Sushi ist wirklich gut«, sagte Ines, nahm sich eine Rolle mit Thunfisch und blickte Brar direkt an.

»Freut mich. Was wir heute nicht essen, bringe ich morgen Abend mit. Und natürlich noch eine Flasche Wein.«

Morgen Abend, dachte Ines und sah an Brar vorbei aus dem Fenster. Vielleicht auch nicht, denn diese weißen Wolken dort hinten konnten Sturm bedeuten.

Brar

Die Sturmwarnung kam, nachdem er Ines verabschiedet hatte. Brar hatte sie nach Hause bringen wollen, aber sie hatte dankend abgelehnt. Ganz wohl war ihm bei dem Gedanken nicht, dass sie nur im Schein der Taschenlampe den schmalen Weg nach Sönkenswarft zurückging, aber dann machte er sich klar, dass sie wahrscheinlich sehr viel sicherer auf diesem Weg war, als er es je sein würde. Ines kannte hier jeden Stein und jede Unebenheit.

Nach dem Wetterbericht schaltete er das Radio aus und blieb noch einen Augenblick an der Treppe stehen, die nach oben ins Schlafzimmer führte. Der Wind drückte schon jetzt gegen die breiten Fenster im Wohnzimmer, pustete durch die Fugen, und wann immer die Kälte auf das von der Heizung warme Holz der Möbel, der Dielenböden oder der Treppe traf, knisterte und knackte es, als würde jemand durch das ganze Haus laufen.

Brar war nicht ängstlich, aber er konnte sich gut vorstellen, dass diese Geräuschkulisse für jemanden, der sich dieses Phänomen nicht sofort erklären konnte, sicherlich bedrohlich klang. Wie hätte sich Annika bei diesem Wetter gefühlt? Sicher wäre sie mehr als nur besorgt gewesen. Das Telefon klingelte durchdringend, und Brar machte kehrt und ging zurück in die Küche, wo er das Mobilteil auf dem Küchentisch hatte liegen lassen.

Für einen winzigen Moment glaubte er, es wäre Annika,

doch dann hörte er Ines' klare Stimme, und es überraschte ihn, wie jung sie klang.

»Das wird wohl nichts morgen Abend«, sagte sie knapp.

»Leider«, sagte er und setzte sich halb auf die Tischkante. »Wie schlimm wird es werden?«

Ines schwieg einen Moment. »Land unter, aber ich glaube, wir werden es gut überstehen. Ich denke, Sie sollten trotzdem das Nötigste nach oben in den Schutzraum schaffen. Es könnte eine Weile dauern. Und geben Sie den Schafen und den Hühnern ordentlich Futter und Wasser.«

»Das mache ich«, versicherte er. »Und wollen Sie nicht auch hierherkommen? Wenn ich das richtig verstehe, dann hat Sönkenswarft keinen Schutzraum, nicht wahr?«

»Ich habe ein Dachgeschoss. Das reicht mir. Und auch die Flut von 1962 hat Sönkenswarft gut überstanden, während überall sonst Verwüstung war.«

»Das müssen Sie mir erzählen!«

»Ich kann ihnen nicht viel erzählen, Brar. Ich war in der Schule. Als ich nach Hause kam, stand die Hallig noch. Eine Verwandte meines Vaters von der Hallig Hooge hat eine Zeit lang bei uns gewohnt, während ihr Haus, das von der Flut stark verwüstet war, wiederhergerichtet wurde. An mehr erinnere ich mich nicht. Also glaube ich, dass wir auch dieses Stürmchen heil überstehen.«

Ines klang so wenig besorgt, dass Brar sich gleich ein wenig leichter fühlte.

»Haben Sie schon einmal ein Hochwasser erlebt, Brar?«

»Ab und an läuft auch Kopenhagen mal voll. Sturm kenne ich gut, aber Land unter auf einer Hallig noch nicht.«

»Das wird schon.«

Brar verabschiedete sich und legte auf.

Am Nachmittag des nächsten Tages war schließlich alles getan. Brar hatte, bevor die Flut kam, die Tiere versorgt, war das Halligufer abgelaufen, hatte einen riesigen Schwarm Lachmöwen beobachtet, die kreischend in Richtung Festland flogen, und sein kleines Boot am Anleger noch einmal festgezurrt.

»Ein bisschen Spiel, ein bisschen fest«, hatte ihm der alte Fischer von Pellworm geraten, dem er das kleine flotte Motorboot abgekauft hatte.

Was immer das auch heißt, hatte Brar gedacht und gehofft, als er ein letztes Mal über seine Schulter zum Anleger blickte, dass er alles richtig gemacht hatte.

Er gähnte herzhaft, als er den Warfthang hinaufstapfte. Die Nacht war kurz gewesen. Der Wind hatte inzwischen deutlich aufgefrischt. War er erst ein leises Raunen gewesen, das um das Haus gestrichen war, hatte er im Laufe der Nacht an Kraft gewonnen und war zum Heulen angeschwollen.

Regen hatte sich dazugesellt, hatte auf die Dachflächenfenster geklopft, war gegen Morgen zu einem feinen Niesel geworden. Und jetzt gerade, als Brar zum Haus zurückkehrte, schwoll er wieder an.

In der Diele wischte er mit einem alten Handtuch das Wasser von seinem Ölzeug, bevor er es in die Dusche zum Trocknen hängte.

Klaus hatte ihm eingeschärft, den Pegelstand im Auge zu behalten. Es gab eine Tabelle für die regelmäßigen Meldungen nach Husum. Früher wohl per Telefon, ging das heute bequem per E-Mail. Und einmal mehr war Brar froh über seine schnelle Satellitenverbindung.

Wenig später trug er eine Thermoskanne mit heißem Tee, eine Tasse, eine Schale mit Crackern und eine Flasche

Wasser nach oben in das große Arbeitszimmer neben dem Schlafzimmer, das gleichzeitig als Schutzraum diente. Sollte die Hallig, also auch die Warft überflutet werden, würden die Stahlpfeiler, die diesen Raum trugen, ihn und seine Bewohner beschützen, selbst wenn das Haus um ihn herum zusammenbrechen würde.

So weit sollte es aber nun wirklich nicht kommen. Klaus hatte ihm erzählt, dass in all den Jahren, in denen Vogelschutzwarte auf der Hallig Dienst taten, das Wasser nicht einmal weiter als bis an den gepflasterten Hof gestiegen war. Anders als Sönkenswarft, auf der Ines wohnte, war Bredenswarft fast einen halben Meter höher aufgeschüttet worden, und das machte sich bei Land unter durchaus bemerkbar.

Trotzdem war er froh, dass es zur Not im Stall ein Boot mit einem Außenbordmotor gab. Für alle Fälle. Keinen dieser Fälle wollte sich Brar ausmalen.

Fröstelnd rieb er sich die Hände, bevor er sich in seinen Schreibtischstuhl fallen ließ, und beugte sich dann unter den Tisch am Fenster, um die Heizung etwas weiter aufzudrehen.

Auch hier oben drückte der Wind Regen gegen die Scheiben und Kälte durch die Ritzen.

Brar sah sich zufrieden um. Das große Arbeitszimmer war als Eckzimmer mit einem kleinen Erker und Fenstern nach zwei Seiten das schönste Zimmer auf der ganzen Warft.

Annika hatte er den Schreibtisch eingerichtet, von dem aus sie nach Westen blicken konnte, über die Halligspitze aufs Meer. Aber die Aussicht hatte sie nicht gemocht. Zu eintönig waren ihr Meer und Horizont.

Brar dagegen konnte sich kaum sattsehen und ertappte sich immer wieder dabei, von seinem Computer aufzusehen. Niemals sah das Meer gleich aus, und immer wieder aufs

Neue vom Farbwechsel, von Wind und Wellen, den Wolken und den Vogelschwärmen am Horizont fasziniert, musste er sich manchmal wirklich dazu zwingen, wieder auf den Computermonitor zu sehen.

So unterschiedlich sind Menschen, dachte er.

Annika, die auf Südfall richtig blass geworden war, hatte in Kopenhagen wieder wie früher ausgesehen. In ihr Gesicht war die Farbe zurückgekehrt, ihre Augen hatten geglänzt, und in ihren Bewegungen lag wieder die freudige Energie und Aufregung, in die er sich einmal verliebt hatte. Wehmut war in diesem Augenblick in ihm aufgekommen. Wehmut darüber, dass es keine gemeinsame Zukunft geben konnte, wenn zwei Menschen so unterschiedlich waren.

Das Klingeln des Telefons unterbrach seine Gedanken, und er griff dankbar nach dem Mobilteil. »Hallig Südfall, Bredenswarft, Brar Hamkens«, meldete er sich ausnahmsweise, statt nur seinen Namen zu sagen, wie sonst.

Ein fröhliches Lachen war die Antwort. »Das macht der Sturm, was? Versuchst du ihm mit einer vorschriftsmäßigen Meldung entgegenzutreten?«

Brar lachte ebenfalls. »Vielleicht Lena. Eine schmale Hoffnung, dass er dann gnädig mit mir ist. Was kann ich für dich tun?«

»Oh, ich wollte nur horchen, ob es dir gutgeht da draußen. Ich habe schon die anderen Stationen abtelefoniert und abgefragt, und dich habe ich mir bis zum Schluss aufgehoben.«

Brar setzte sich, nahm einen Bleistift aus der Schublade und tippte damit auf die Schreibtischunterlage. Eine Angewohnheit, die er sich nicht abgewöhnen konnte. Wenn er telefonierte, brauchte er etwas in der Hand. Manchmal kritzelte er auf der Schreibtischunterlage herum, manchmal tippte er nur rhythmisch mit dem Stift auf das Holz.

»Ist das ein Kompliment, der Letzte auf der Liste zu sein, oder eher das Gegenteil? Ich überlege noch.«

»Nimm es als Kompliment. Die anderen wollte ich abarbeiten, damit ich mit dir länger plaudern kann, wenn es sich ergibt.«

Überrascht sah Brar auf und wedelte mit dem Bleistift in der Luft. »Das ist ein schönes Kompliment, Lena! Wie sieht es in Husum aus?«

»Stürmisch. Sicherheitshalber habe ich alle Pflanzen von meiner kleinen Dachterrasse ins Wohnzimmer evakuiert. Ich meine, ich bin ja Sturm gewohnt, aber ein bisschen aufregend ist es dann doch jedes Mal.«

»Ja«, Brar räusperte sich. »Hier auch.« Er sah aus dem Fenster. »Das Meer habe ich so aufgewühlt noch nicht gesehen. Und es treiben fast schwarze Wolken auf die Warft zu.«

»Steigt das Wasser schon?«

»Die Flut wird erst in zwei Stunden erwartet. Also warte ich jetzt einfach auf die Dinge, die da kommen. Ist ein komisches Gefühl.«

»Das glaube ich.« Er hörte Lena seufzen. »Trotzdem würde ich das gern mal auf der Hallig erleben. Klingt das sehr merkwürdig?«

Brar lachte leise. »Nein, gar nicht. So hab ich auch immer gedacht, als ich noch auf dem Festland war.«

Lena atmete hörbar ein. »Du und ich … also … hach, wie sage ich das?«

»Immer freiheraus«, gab Brar zurück, und er hatte eine ungefähre Ahnung, was sie vielleicht sagen wollte. »Meinst du, weil wir uns schon früher mal begegnet sind?«

Sie klang beinahe erleichtert, als sie fortfuhr. »Ja, ich … das … ich wollte nicht, dass das merkwürdig zwischen uns ist.« Ihr Lachen klang verlegen. »Jetzt mache ich es erst recht merkwürdig, oder?«

»Gar nicht«, beeilte sich Brar zu sagen. Hatte die Heizung den Raum so schnell erwärmt, oder was war das warme Gefühl sonst, das sich um seine Schultern legte? »Ich finde es schön, dass wir uns wieder begegnet sind, Lena. Ich habe mich oft gefragt, wie es dir ergangen ist.« Nach einem kurzen Moment fügte er hinzu: »Und ob du glücklich bist.«

Lena hatte er nie ganz vergessen. Das kleine Grübchen am Kinn, als sie damals in der Cafeteria gelacht hatte, konnte er nicht vergessen. Vorher und auch nie wieder in seinem Leben war ihm eine Frau begegnet, die ihn sofort in ihren Bann gezogen hatte.

»Glücklich«, wiederholte sie langsam. »Glück ist … na ja … ein weites Feld, nicht wahr?«

»Wie meinst du das?«

Sie schwieg einen Moment. »Ich hab immer das Gefühl, man ist nie in allen Belangen im Leben gleichzeitig glücklich. Entweder, man hat einen Menschen gefunden, mit dem man Glück spürt, aber oft liegt dann etwas anderes im Argen. Zukunft, Beruf … was weiß ich. Oder man hat seinen Traumjob und kommt trotzdem abends in eine leere Wohnung.«

»Ah, ich verstehe, was du meinst.« Brar tippte sich mit dem Bleistift ans Kinn.

»Ja, ich weiß, dass du das verstehst, weil –« Sie brach ab.

»Weil ich das gerade habe, meinst du?«, setzte er ihren Gedanken fort. »Das ist wahr. Ich versuche gerade, das Glück auf der Hallig alles andere überwiegen zu lassen, während ich mich erhole und nach vorn sehe.«

»Dann ist die Trennung von Annika endgültig?«

Brar hatte den Eindruck, dass diese Frage sie Überwindung gekostet hatte.

»Ja«, sagte er schlicht. »Und jetzt brauche ich …«

»Zeit?«, warf sie leise ein.

»Genau. Zeit. Sagt mein Vater immer. Zeit heilt alle Wunden. Ob das stimmt, werde ich wahrscheinlich erst sagen können, wenn ich hundert bin.«

»Ich jedenfalls bin froh, dass es dich nach Südfall verschlagen hat.«

»Ich auch«, sagte er schnell. »Du, und ich glaube, ich habe mich noch gar nicht für den Kuchen bedankt.«

»Kuchen?« Erst klang sie verständnislos, dann jedoch lachte sie. »Ach, der Marmorkuchen. Gern. Ich bin wirklich keine große Bäckerin, aber das Rezept von meiner Mutter ist unschlagbar einfach und lecker.«

»Oh, ja, er war wirklich gut. Ich könnte jetzt gut ein Stück vertragen.«

Sie plauderten noch ein wenig, dann legten sie auf. Der Wind brauste unvermindert um die Hallig, und wenig später begann das Wasser langsam zu steigen. Es kroch über das Ufer, über die grünen Wiesen, über den Weg zur Bredenswarft. Die Wellen, die hochschwappten, sich auftürmten und weiß bekrönt von Gischt wieder zusammenbrachen, schienen Brar wie Hände zu sein, die sich nach ihm ausstreckten.

Er hatte keine Angst, aber großen Respekt vor der Kraft des Meeres und des Windes, der Regentropfen gegen die Fensterscheiben peitschte und Brars neues Boot auf den Wellen hin und her warf.

In langsamen Schlucken trank er den heißen Tee aus der Thermoskanne, streckte seine Beine aus und drückte seine

Fußsohlen gegen den Heizkörper unter dem Fenster. Als man auf Bredenswarft gebaut hatte, hatte man die Heizungsanlage im Dachgeschoss über dem Stall untergebracht, so dass er auf Wärme nicht verzichten musste. Das war ein Vorteil. Ines dagegen hatte jetzt nur noch ihren Ofen in der Küche.

Dann musste er noch einmal an Lena denken. Er dachte an ihr Grübchen am Kinn und die Sommersprossen auf ihrer Nase. Als er sie wiedergesehen hatte, war er überrascht gewesen. Sie schien sich kaum verändert zu haben. In ihren Augen blitzte dieselbe Unternehmungslust wie damals. Damals, als sie ihm sagte, dass es jemanden in ihrem Leben gab, damals, als er sich auf den ersten Blick in sie verliebt hatte. Er hatte sie nie vergessen. Es waren zwischendurch vielleicht immer mal wieder ein paar Wochen vergangen, aber irgendwann hatte sich unweigerlich ihr Gesicht, das auch über die Jahre in seiner Erinnerung nie blasser geworden war, in seine Gedanken geschoben, und er hatte jedes Mal wehmütig gelächelt. Sie war auf eine herbe Weise schön, fand er. Ihm schien ihr schlanker Körper immer vor Energie ein klein wenig zu vibrieren, und ihr eckiges Gesicht war sehr klar. Weicher machten es ihre großen Augen und das wellige dunkelbraune Haar, dass ihre Züge umfloss.

»Sie klingen traurig, Brar«, stellte Ines wenig später am Telefon fest, nachdem er sie angerufen hatte, um ihr den Pegelstand durchzugeben. Das gehörte zu seinen Pflichten, aber er tat es gern, merkte er zu seiner Überraschung. Nein, er hatte sich sogar auf das Telefonat mit Ines gefreut.

»Traurig«, wiederholte er nachdenklich. »Ja, und nein. Ein bisschen vielleicht.«

»Wegen Annika?« Ines' Stimme klang am Telefon sehr samtig.

Einen Moment zögerte er, doch dann sagte er: »Ich habe ein schlechtes Gewissen, glaube ich.«

»Warum das denn?« Beinahe verblüfft hörte sich ihre Frage an.

Ihr direktes Nachfragen, so ganz ohne Umschweife, störte ihn kein bisschen. Zwar kam Brar grundsätzlich gut mit beinahe jedem aus, aber mit Ines war das etwas Besonderes.

Sicherlich machte das die Hallig, sagte er sich. Sie wussten beide, dass sie bis zu einem gewissen Grad aufeinander angewiesen waren.

»Schwer zu beschreiben«, begann er und goss noch etwas Tee in seine Tasse. Der Dampf verbreitete zarten Duft nach Yasmin im Arbeitszimmer. »Ich hatte geglaubt, die Trennung würde mir mehr ausmachen, mich mehr belasten, aber … sie macht mich zwar traurig, aber bei weitem nicht so, wie ich gedacht hätte. Beinahe denke ich –« Er stockte, doch ihr Schweigen, in das er Verständnis interpretierte, ermutigte ihn doch dazu, weiterzusprechen. »Ich denke, es ist nicht fair Annika gegenüber? Oder ist das ein zu abstrakter Gedanke?«

In die kurze Stille danach konnte er Ines' Küchenuhr ticken hören.

»Zwei Möglichkeiten«, sagte Ines knapp. »Entweder, Sie haben Annika gar nicht so geliebt, wie Sie immer glaubten, oder Sie haben vielleicht von Anfang an gespürt, dass sie nicht auf diese Hallig passte, und haben sich nach und nach von ihr verabschiedet, weil Ihnen klar war, dass Sie Ihren Traum nicht aufgeben wollten. Am Ende laufen beide Möglichkeiten darauf hinaus, dass Sie sich nicht genug geliebt haben.«

»Einer muss für den anderen etwas aufgeben, nicht wahr? Sonst geht es nicht.«

»Im Idealfall gibt niemand etwas auf, sondern beide haben denselben Traum. Aber«, sie lachte kurz auf und klang dann wieder völlig ernst, »was weiß ich schon? Ich war einmal in meinem Leben verliebt, und es ging nicht gut aus.«

»Würden Sie mir davon erzählen?«, bat Brar, und gerade, als er glaubte, sie würde nein sagen, hörte er ihre Stimme, die zugleich seltsam rau und weich klang: »Gern. Ich rufe Sie gleich zurück, ich koche mir nur noch eine Tasse Tee, ja?«

Amrum, Juli 1967

Ich bin eine faule Schreiberin. Das war ich wohl immer. Manchmal kritzele ich Tag um Tag hier hinein, fülle Seite um Seite, und dann wieder fasse ich Stift und Büchlein wochenlang nicht an.

Es ist gar nicht so, dass ich nichts zu erzählen hätte – mein Leben ist so belanglos oder erlebnisreich wie das eines jeden anderen Menschen, denke ich, aber manchmal fehlt es mir an Zeit und manchmal an Worten.

Man muss sehr klar denken, damit das, was man aufschreibt, auch Jahre später noch einen Sinn ergibt. Denn das ist ja mein Ziel, dass ich später noch einmal zurückblättern und verstehen kann, warum ich mich wie fühlte.

Vielleicht bin ich im Moment auch besonders schreibfaul, weil ich den ganzen Tag schon anderes schreibe. Seitdem ich kein Zimmermädchen mehr bin, sondern Arno Jensens Sekretärin, erledige ich all seine Korrespondenz, und er hat begonnen, mich in die Buchhaltung einzuarbeiten, damit ich ihm das später abnehmen kann. Eigentlich ist das die Aufgabe seiner Schwester Josefine, aber sie hat so gar kein Interesse an Zahlen, macht viele Fehler und ist oft unkonzentriert.

Sie ist ein reizender Mensch, nur eben keine gute Buchhalterin. Einmal im Monat kommt sie für eine Woche aus Hamburg angereist und geht die Bücher durch, doch wenn sie weg ist, beginnt Arno mit allem wieder von vorn, weil nichts stimmt.

Ich mag Josefine. Sie ist sehr hübsch, trägt meist einen frechen Pferdeschwanz und sehr kurze Röcke, bei denen der alten Jensen immer der Atem stockt. (Und das freut mich!) Und sie ist freundlich. Wirklich freundlich. Nicht aufgesetzt nett zu mir, sondern herzlich. Wenn Josefine da ist, scheint mir das Hotel leichter, fröhlicher und ein bisschen bunter. Sie bringt Leben mit, und ab und an kommt auch ihr Verlobter Conrad. Er lebt die meiste Zeit in Kopenhagen und studiert Tiermedizin. Oft kann er nicht da sein, aber wenn er in seinem Opel Rekord Cabriolet angebraust kommt, ist Josefine im siebten Himmel. Sein Wagen ist schwarz und sehr elegant. Josefine bindet sich dann ein Tuch in ihr Haar, und sie fahren über die Insel. Sie liebt ihren Conrad sehr, das kann man sehen.

Gestern hat mir Josefine ein paar ihrer alten Kleider geschenkt, was ich sehr nett finde. Zwei knielange Etuikleider mit dazu passenden kurzen Jäckchen. Eins in Dunkelblau und eines in Dunkelrot. Und mehrere Röcke und Blusen und Jacken, die sie nicht mehr braucht. Jetzt sehe ich ein bisschen mehr wie eine echte Sekretärin aus.

»Ich denke mir, auf einer Hallig gibt es nichts, oder?«, hatte sie mich mit aufgerissenen blauen Augen gefragt, während ich alle Kleidungsstücke anprobierte, die sie mir nacheinander aufs Bett gelegt hatte.

»Doch. Es gibt viel Meer, viel Himmel, Schafe, Kühe und Hühner.«

»Und willst du dahin zurück?«

»Natürlich. Im Oktober, wenn das das Hotel schließt, gehe ich zurück.«

»Nein, Dummchen«, sie lachte, »ich meine, irgendwann willst du zurück, für immer? Das hat Arno mir erzählt.«

Ich nickte. »Irgendwann will ich zurück. Wenn ich genug Erfahrungen hier gesammelt habe. Ich will zurück und mit meinem Vater fischen gehen. Vielleicht übernehme ich eines Tages die Fischerei, wenn mein Vater zu alt dafür ist.« Ein Gedanke, den ich selten zu Ende dachte, denn mir schien die Überlegung, dass mein Vater, der tagaus, tagein die schweren Kisten mit den Fischen ablud, das Schiff reparierte und die Netze flickte, irgendwann dafür zu schwach sein könnte, völlig absurd.

»Faszinierend«, sagte Josefine leichthin und strich sich über ihr sorgsam aufgetürmtes Haar, dann pfiff sie anerkennend. »Das Kleid steht dir wirklich gut! Nächstes Mal bringe ich dir noch ein paar Blusen mit, die ich nicht mehr trage.« Sie lehnte sich auf meinem Bett zurück, stützte sich auf ihre Ellenbogen und sagte, begleitet von einem Seufzen: »Ich wünschte, ich müsste nicht nach Hamburg zurück und könnte stattdessen mit Conrad hier sein.«

»Ich dachte, du bist gern in der Stadt?«

»Ja, schon, aber hier auf Amrum haben Conrad und ich mehr Zeit füreinander.« Sie schloss die Augen, und ihre langen Wimpern flatterten über ihren Wangen. »Ich wünschte, Vater würde mich Conrad endlich heiraten lassen. Dann könnte ich mit ihm in Kopenhagen endlich ein eigenes Leben beginnen.«

Ich habe mir angewöhnt, möglichst wenig von dem, was Josefine sagt, zu kommentieren. Ich halte es für klüger, nicht zwischen die Fronten zu geraten. Und Fronten gab es in dieser Familie mehr als genug. Oft genug hörte ich mit an, wie Arno und sein Vater am Telefon stritten. Meist ging es um das Hotel, manchmal um Arnos Frau. Ich versuche dann immer, wegzuhören, aber leicht ist das nicht.

Also nickte ich nur, als Josefine mir ihr Leid klagte.

Unvermittelt öffnete sie ihre Augen wieder und sprang vom Bett auf. »Ich hab gleich noch eine Verabredung, aber willst du nicht mit uns zu Abend essen?«

Sie bemerkte mein Zögern. Mein Platz war unten, jetzt allerdings am Tisch der alten Jensen, des Oberkellners, des Kochs und des ersten Beikochs.

Ich schüttelte den Kopf.

»Ach, komm schon. Iss mit Arno und mir. Ich sage in der Küche Bescheid. Es ist immer so traurig, wenn nur –« Sie biss sich auf die Lippe. »Ich wollte eigentlich Emilia aus Hamburg mitbringen. Aber Emilia … Emilia findet immer eine Ausrede, um nicht auf Amrum sein zu müssen. Ich glaube, sie hasst die Insel, und Arno ist jedes Mal unglücklich, wenn ich allein komme und seine Frau nicht im Auto sitzt.«

»Fährt er deshalb immer ein Wochenende im Monat nach Hamburg, um bei seiner Frau zu sein?«, fragte ich leise.

Josefine nickte leichthin und ging zur Tür. »Also keine Widerrede, heute Abend isst du mit uns!«

Den ganzen Nachmittag verbrachte ich wie üblich in meinem kleinen Büro, das die alte Jensen mir widerwillig vor ein paar Wochen freigeräumt hatte.

Das kleine Zimmer neben ihrem Büro hatte ein breites Fenster zur Hotelauffahrt hin. Vorher nur als Abstellkammer für allerlei Gerümpel benutzt, hatte Arno angewiesen, es mir mit Schreibtisch, einem der Aktenschränke aus seinem Büro, Telefon und Schreibmaschine einzurichten.

Zu Anfang tippte ich tatsächlich nur Briefe für ihn, dann aber bot ich an, ihm die Rechnungen aus der Küche ins Kassenbuch einzutragen, dann die Rechnungen der alten Jensen, die sie mir einmal in der Woche brachte, und in den letzten Tagen hatte mir Arno auf seine ruhige Art erklärt, wie die Gehälter aller Angestellten abgerechnet und angewiesen wurden. Wie er all das vorher nur mit Josefines Hilfe geschafft hatte, war mir nicht ganz klar.

Das war unfassbar viel Arbeit für einen, und er muss viele Abende und Nächte dafür aufgebracht haben.

Ganz langsam pendelte sich eine Routine zwischen uns ein. Morgens besprachen wir in seinem Büro kurz die anstehenden Aufgaben des Tages, dann ging ich an meine Arbeit. Zwischendurch sortierte ich seine Post und brachte ihm gegen Mittag die Korrespondenz, die nur er persönlich erledigen konnte. Am späten Nachmittag trug ich meine Mappe noch einmal zu ihm nach oben und ließ mir unterschreiben, wofür es seine Anweisung brauchte.

Und das klingt, als hätte ich unheimlich viel mit Arno Jensen zu tun, aber in Wahrheit wechselten wir kaum mehr als ein paar Worte, es sei denn, er erklärte mir eine neue Aufgabe. Dann hörte ich zu, machte mir Notizen und rief ihn später höchstens kurz an, wenn mir etwas unklar war.

Ganz selten einmal führten wir ein kurzes Gespräch, das diesen Namen auch verdient. So wie neulich, als ich in sein Büro trat und er nicht am Schreibtisch saß, sondern am Fenster stand und über das Meer sah. »Soll ich später wiederkommen?«, hatte ich leise gefragt und war langsam rückwärts in Richtung Tür gegangen.

»Nein, nein«, antwortete er rasch, aber ohne sich zu mir umzudrehen. »Ich stelle es mir auf einer Hallig sehr schön vor. Weit ab von allem.«

Ich wusste nicht recht, was ich darauf sagen sollte. »Ja, es ist schön.«

»Haben Sie Angst bei Sturmfluten, Ines?« Jetzt drehte er sich doch zu mir um und sah mich an.

»Manchmal«, gab ich zu. »Man kann es am Wind hören, wie schlimm es werden wird.« Er nickte mir leicht zu, und ich sprach weiter: »Der Wind … jeder Wind hat eine eigene Stimme. Manchmal brüllt er, und man weiß doch, dass er einem nichts tun wird.«

Er lächelte ganz leicht. Ah ja, ein schöner Vergleich. Ein bisschen wie mein Vater. Er brüllt und tobt und doch … tut er einem nichts.«

Ich dachte einen Augenblick darüber nach, was er gesagt hatte. »Dem Wind sehe ich das nach. Der Wind ist der Wind. Natur. Menschen dagegen …« Ich hob die Schultern. »Menschen haben die Wahl. Sie können besser sein, wenn sie es denn wollen.« Gleichzeitig dachte ich, dass ich das hätte nicht sagen dürfen. Damit war ich zu weit gegangen. Mir stand kein Urteil zu. Ich senkte den Kopf und ging rasch zur Tür.

»Ines«, hörte ich seine Stimme, als ich schon die Hand an der Klinke hatte. »Sie wollten mir etwas bringen?«

Ich starrte auf die Mappe in meiner Hand. »Nur die Zahlungsanweisungen zur Unterschrift.« Ich schluckte. »Es tut mir leid.«

»Aber nein«, er war hinter mich getreten und nahm mir den Pappordner aus der Hand, »ich möchte nicht, dass Sie das Gefühl haben, Sie könnten etwas nicht sagen, wenn wir beide allein sind.« Arno legte eine Hand auf meine Schulter und bedeutete mir, mich umzudrehen.

Aber ich konnte ihn erst nicht direkt ansehen. Erst als sich unsere Blicke trafen, wurde mir klar, dass er mir wirklich nicht böse war.

Mit Arno kann man gut ohne Worte sprechen, denke ich manchmal.

»Danke«, sagte er leise und hob die Mappe ein Stückchen an.

»Gern«, gab ich zurück. Es ging nicht um die Mappe, dachte ich. Nur, worum es sonst ging, weiß ich nicht genau.

In gewisser Weise erinnerte mich die Zusammenarbeit mit ihm sehr an die mit meinem Vater auf dem Fischkutter. Auch dort sprachen wir wenig. Es war ein stilles, aber achtungsvolles Miteinander.

Nachdem ich die letzte Rechnung abgeheftet, die letzte Zahlenkolonne addiert und das Kassenbuch für den heutigen Tag geschlossen hatte, blieb ich einen Moment neben meinem Schreibtisch stehen und sah aus dem Fenster, ohne wirklich zu sehen, was draußen passierte. War es klug, zum Essen nach oben zu gehen? Mir war, als würde ich mit der Annahme von Josefines Einladung eine Linie übertreten, die ich besser respektiert hätte.

Oder interpretierte ich zu viel hinein? Das sagte meine Mutter manchmal zu mir. Ich würde mir zu viele Gedanken machen.

Oben klopfte ich an die Tür zur Wohnung der Jensens, und Lotta öffnete mir mit einem verlegenen Lächeln. Ihr Fuß war inzwischen verheilt und sie wieder im Dienst.

Seitdem ich für Arno Jensen arbeitete, war sie zwar immer noch freundlich zu mir, blieb mir aber seltsam fern, so wie die meisten der Mädchen, bis auf Sigrid und Birgit.

Ich gehörte ja auch nicht mehr zu ihnen. Trotzdem tat es mir leid.

Kaum hatte ich den Flur betreten, hörte ich Josefines flinke Schritte auf dem Parkett. Wie immer war sie barfuß.

Ihr blondes Haar leuchtete in der Abendsonne, und der Rock ihres geblümten Sommerkleides bauschte sich um ihre schlanken Beine. »Komm herein, Ines! Arno steckt noch in seinem Arbeitszimmer, aber Lotta hat schon für uns gedeckt. Es gibt etwas Leichtes. Putenaufschnitt, Brot und Salat. Es ist so warm draußen, immer noch.«

Sie plauderte fröhlich über meine Verlegenheit hinweg, griff meine Hand und zog mich ins Esszimmer. »Arno! Jetzt komm endlich!«, rief sie laut durch die Wohnung. »Und danke, Lotta, geh nur, ich räume nachher alles in den Speiseaufzug.«

Lotta knickste sich hinaus, nachdem sie mir noch einen flüchtigen Blick zugeworfen hatte.

»Ein Glas Wein, Ines?«, fragte Josefine beiläufig und entkorkte gekonnt die Flasche, die auf dem Esstisch stand. Kondenswasser perlte daran herunter. Bei uns zu Hause wurde so gut wie nie Alkohol getrunken. Sicher, mein Vater trank ab und an mal einen Schnaps, meine Mutter dagegen fast nie. Wein gab es sehr selten, manchmal für Gäste.

»Warum nicht?«, gab ich nach kurzem Zögern zurück. Ich war erwachsen. Meine Eltern fanden, dass es Zeit für mich gewesen war, die Hallig zu verlassen, also konnte ich auch Wein trinken … oder nicht?

Ich glaube, Arno war genauso verlegen wie ich. Denn als er das Speisezimmer betrat, nickte er mir fast so schüchtern zu wie Lotta, und dann sahen wir aneinander vorbei.

Ich gehörte hier nicht her, auch wenn Josefine das nicht spüren konnte oder es ihr einfach egal war und sie sich darüber hinwegsetzte, Arno und mir war das sehr wohl klar.

»Wollen wir uns nicht setzen?«, fragte Josefine, gab mir ein Weinglas und tänzelte, als das Telefon klingelte in den

Flur. »Ich geh schon! Das ist sicher Conrad. Fangt schon mal ohne mich an.«

Zögernd setzte ich mich Arno gegenüber. »Das war nicht meine Idee mit dem Abendessen«, sagte ich und rutschte auf meinem Stuhl hin und her.

Echte Überraschung legte sich in seinen Blick, als er mich ansah. »Ist es Ihnen unangenehm, mit uns zu essen?«

Als Zimmermädchen hatte er mich geduzt, aber jetzt dagegen siezte er mich, und es klang in meinen Ohren immer noch befremdlich. Heute ganz besonders. Nervös knetete ich die Serviette, die ich vom Teller genommen hatte. Das Leinen war kühl und glatt und beruhigend. »Nein, nur … ich dachte –« Ich brach ab. Wie sollte ich das sagen?

»Sie dachten, es wäre unangebracht, weil Sie für uns arbeiten?«

Ich nickte.

»Nein!«, sagte Arno Jensen entschieden und wiederholte es sogar noch einmal. »Vielleicht«, er hob sein Weinglas, ohne daraus zu trinken. »Vielleicht wirke ich manchmal sehr verschlossen, aber … das hat nichts mit Ihnen zu tun.«

Josefine kam zurück, und ein breites Lächeln lag auf ihrem Gesicht. »Conrad kommt mir mit dem Auto entgegen. Wir treffen uns an der dänischen Grenze.«

»Er kommt den ganzen Weg aus Kopenhagen? Um diese Zeit?«, fragte Arno.

Josefine lachte und griff nach dem dünnen Schal, der über ihrem Stuhl lag. »Dummchen, nein, er ist heute Mittag losgefahren und schon auf halbem Weg, er hat von unterwegs aus angerufen. Jetzt muss ich mich beeilen, damit ich die Fähre noch erwische. Warte nicht auf mich, es wird spät werden … oder erst morgen!« Sie winkte in den Raum, als wären wir das Theaterpublikum und hätten gerade ihrem Monolog des Abends gelauscht. »Hach, meine Schuhe brauch ich noch! Wo hab ich meinen Kopf!«

Wir hörten giggelndes Lachen und hastige Schritte auf dem Parkett, dann fiel die Tür ins Schloss, und ich war mit Arno allein.

Arno trank einen Schluck aus seinem Weinglas. »Meine Schwester ist ein sehr unabhängiger Mensch.«

»Beneidenswert«, murmelte ich so leise, dass ich dachte, er würde mich nicht hören.

»Finde ich auch«, sagte er allerdings lächelnd.

»Kann ich Sie etwas fragen?« Ich hatte all meinen Mut zusammengenommen, denn diese Frage brannte in mir, seitdem er mir die Stelle als seine Sekretärin angeboten hatte.

»Natürlich.« Er hob eine Augenbraue.

»Warum haben Sie mich ausgewählt? Sie hätten eine Annonce in der Zeitung schalten können, nicht wahr? Und hätten sicherlich eine erfahrenere Angestellte finden können. Also, warum ich? Mehr als ein Abitur auf der Handelsschule habe ich doch nicht.«

»Sie machen sich doch gut hier oder nicht?«, beantwortete er meine Frage erst mit einer Gegenfrage, dann sah er mir wieder direkt in die Augen, und da war es wieder. Das Sprechen ohne Worte. Diesmal jedoch verstand ich ihn nicht, diesmal konnte ich seinen Blick nicht deuten. »Sie sind unglücklich hier. Das habe ich in Ihren Augen gesehen. Sie sind nicht gerne hier, nicht gern auf dieser Insel, nicht gern im Dünenblick. Vielleicht habe ich Ihnen deshalb die Stelle angeboten. Und nicht nur, weil mir die Arbeit zu viel wird. Sie sind nicht gern hier. Und ich bin es auch nicht.«

Seine Antwort erwischte mich seltsam unvermittelt. Eher

hatte ich damit gerechnet, keine Antwort zu bekommen oder eine ausweichende, aber eine ehrliche?

Ich hielt seinem Blick stand. Und, ich muss gestehen, während ich das hier schreibe, ich sehe gern in seine Augen. Kann man das so sagen? Es ist beruhigend und aufregend zugleich.

»Geteiltes Leid ist halbes Leid?«, fragte ich.

Da war es wieder. Dieses kleine Lächeln auf seinen Lippen. Es taucht immer dann auf, wenn ihn etwas wirklich amüsiert. So viel weiß ich jetzt.

»So ungefähr«, sagte er knapp und wischte mit der Hand über den Tisch. »Wo wären Sie jetzt lieber?«

»Zu Hause. Auf meiner Hallig.« Ich weiß gar nicht, warum ich einfach weitersprach, obwohl ich in diesem Moment dachte, es würde ihn gar nicht interessieren. »Ich würde um diese Zeit mit unserem Hund Piet noch eine Runde drehen, bevor ich den Schafstall ausmiste und später mit meinen Eltern zu Abend essen würde. Danach gehen meine Eltern spazieren, und ich sitze in der Abendsonne auf der Bank vor dem Haus, strecke die Beine aus und sehe über das Meer. Ich sehne mich nicht nach der Welt. Die Welt kommt zu mir. Die Welt ist im Wind. Im Sommer, wenn er von Süden kommt, bringt er Blütenduft mit. Ein Hauch Zitrone, eine Ahnung von Orange. Im Winter riecht er nach Schnee und Eis aus dem Norden und auch ein wenig nach Gewürzen. Kardamom. Piment.« Ich holte Luft. »Das klingt albern.«

»Gar nicht«, sagte Arno leise und lehnte sich zurück. »Hier riecht der Wind nach der Sonnenmilch vom Strand, nach Parfum und frischer Wäsche. Alles, was er mitbringt, lässt er vor der Insel. Übrig bleibt nur der Hotelwind. Leider.«

Überrascht sah ich ihn an. »Das stimmt. Wo wären Sie lieber?«

Jetzt zerknüllte er seine Serviette. Wir hatten wohl beide keinen Hunger, denn das Essen war noch unberührt.

»Ich weiß es nicht. Ich hatte nie Gelegenheit, darüber nachzudenken. Ich hatte keine Wahl. Ich wuchs auf und glaubte, die Hotels, die ich einmal erben würde, wären mein Leben, und ich würde es schon lieben lernen. Das klingt sehr undankbar, aber … Mein Vater bestand darauf, dass ich das Dünenblick allein übernehme, führe und leite, damit ich Erfahrung sammeln kann. Aber es interessiert mich nicht.« Er lachte kurz auf. »Hätte mich irgendjemand wirklich ernsthaft gefragt, was ich gerne tun würde in meinem Leben – ich wäre gern Gärtner geworden. Am glücklichsten war ich in Hamburg in unserem Garten. Die Rosen, der Lavendel … Na ja, nicht meine Wahl.«

Er tat mir leid. Ja, das war es. Ich empfand Mitleid. Ich würde eines Tages auf meine Hallig zurückkehren. Dann würde ich glücklich werden. Das war die Aussicht, die ich hatte.

»Und … ich weiß, das klingt … nun ja … ach, und wenn Sie einfach weggingen?«

»Mein Vater wäre am Boden zerstört, und meine Mutter ist eine kranke Frau, die eine solche Enttäuschung das Leben kosten könnte, und meine Frau –« Er unterbrach sich und zögerte. »Meine Frau hat keinen Gärtner geheiratet, sondern einen reichen Hotelerben.«

Ich hätte gerne gefragt, wo seine Frau war. Ob sie ihm nicht zur Seite stand, warum sie ihn allein ließ, aber, was verstand ich schon von der Ehe? Ich bin ein junges Ding, und ich war noch niemals verliebt.

Durch die offenen Fenster wehte Musik zu uns nach

oben. Im Ballsaal wurde eine Hochzeit gefeiert. Ein junges Paar aus Hamburg. Demnächst würde ich die Rechnungen für das Orchester und die Dekoration auf den Schreibtisch bekommen.

Ich kannte das Stück nicht, das gespielt wurde, aber zusammen mit dem Meer und dem dunkler werdenden Himmel erreichte mich eine sentimentale Stimmung.

»Ich habe gar keinen Appetit heute.« Arno Jensen schob seinen Teller zurück. »Und ich glaube, ich bin auch keine gute Gesellschaft.«

»Ich möchte auch nicht essen«, sagte ich. »Aber … ich habe lieber ehrliche Gesellschaft als … als eine Unterhaltung, die gar keine ist.«

Die ganze Zeit über hatte er mich angesehen, jetzt fühlte ich mich von ihm eindringlich gemustert. Mir war, als würde er meine Gesichtszüge eingehend betrachten, die Farbe meiner Augen prüfen, den Schwung meiner Nase, die Form meiner Lippen.

Dann senkte er den Blick, stand ganz unvermittelt auf und trat an das weit offene Fenster. Er atmete tief ein und drehte sich zu mir um. »Ich glaube, wir sind uns ein bisschen ähnlich. Josefine … sie kann kommen und gehen, wie es ihr passt. Sie ist frei. Sie wird die Hotels nicht erben. Auch wenn mein Vater darauf besteht, dass sie sich ihr Taschengeld mit ein bisschen Arbeit verdient … sie … sie wird irgendwann ihren Conrad heiraten, Kinder bekommen und glücklich sein.« Plötzlich straffte er den Rücken. »Herrje, ich … wie komme ich dazu, Ihnen das zu erzählen?«

Lag eine Spur Ärger in seinem Ton, oder täuschte ich mich? »Vielleicht, weil ich einfach da bin?« Eigentlich fragte ich das gar nicht. Eigentlich stellte ich das fest.

Oh, Tagebuch, das war eine seltsame Situation. So im Nachhinein, wenn ich darüber nachdenke, glaube ich fast, das war ein Wendepunkt. Von hier aus gab es nur zwei Richtungen, zwei Wege. Beide lagen im Nebel verborgen. So wie manchmal der Dunst die Hallig verschlingt. Nur, dass ich mich auf der Hallig blind zurechtfinden würde. Aber dies war Amrum. Und hier kannte ich mich nicht aus. Dies war eine Ansammlung von Menschen, die so völlig verschieden waren von meiner Familie, ganz besonders Arno Jensen, dass ich mich nicht traute, in die eine oder andere Richtung zu denken.

Wieder sah er mich an. Diesmal war es aber wohl nicht mein Gesicht, das ihn interessierte, diesmal hatte ich das Gefühl, dass er versuchte, in mich hineinzusehen.

»Ich sollte lieber gehen«, sagte ich deshalb, stand ebenfalls auf und ging zur breiten Doppeltür des Speisezimmers.

»Und ich glaube, wir sollten etwas essen.« Seine Stimme war tief und klang jetzt wieder beschwingter.

Unschlüssig blieb ich stehen und drehte mich langsam um. »Ist meine Gesellschaft Ihnen unangenehm?«

»Wie kommen Sie darauf, Ines?«

»Ich«, begann ich und brach dann doch ab. Schweigend setzte ich mich an den Tisch.

Wir haben dann wirklich gegessen, und es hat köstlich geschmeckt. Beim Essen haben wir geplaudert, über nichts von Bedeutung, aber es tat trotzdem gut.

Er hat ein sehr schönes Gesicht, finde ich, und wenn er lächelt, kann er gut verbergen, dass er unglücklich ist. Ich sehe ihn jetzt mit anderen Augen.

»Was würden Sie im Dünenblick ändern, wenn Sie könnten?«, erkundigte er sich schließlich, als wir die Teller satt zurückschoben.

»Ich würde es modernisieren«, sagte ich langsam. »Neue Möbel, frische Tapeten … ein bisschen mehr wie in den Zeitschriften, ein bisschen weniger Jahrhundertwende.«

Er lachte. »Das würde ich gern. Vielleicht wirft das Hotel dieses Jahr genug dafür ab. Wir sind bis zum Saisonende beinahe ausgebucht.«

»Und was machen Sie im Winter?«

Sein Gesicht verfinsterte sich. »Ich verbringe den Winter in Hamburg.« Hastig trank er noch ein paar Schlucke Wein. »Aber bis dahin ist es noch einige Zeit hin.«

Es war beinahe neun, als ich mich verabschiedete. Ich hatte das Gespräch rasch von der Schließzeit des Hotels wieder in andere Gefilde gelenkt, und wir hatten noch ein wenig über dies und das geplaudert.

Diesmal nahm ich auf dem Weg nach unten, ich hatte in meinem Büro den Schlüssel zu meiner Dachkammer vergessen, nicht die Hintertreppe, sondern die breite Treppe, die in die Lobby führte. Ich hatte gar nicht darüber nachgedacht, es war einfach der schnellste Weg in den Verwaltungstrakt.

Auf dem letzten Absatz stieß ich beinahe mit der alten Jensen zusammen, die mich missbilligend ansah. Gerade, als ich glaubte, sie würde kein Wort sagen, raunte sie mir doch ins Ohr: »Du bist und bleibst ein Halligmädchen, und ich behalte dich ganz genau im Auge. Glaub ja nicht, dass du hier eine Zukunft hast!«

Als sie sich wieder aufrichtete, lächelte sie so, als hätte sie mir ein wunderbares Kompliment gemacht, und ging an mir vorbei. Ich dagegen blieb einen Moment lang wie angewurzelt stehen.

Ines

Mit einer dampfenden Tasse Tee hatte sich Ines an den Küchentisch gesetzt und Brar zurückgerufen. Diesmal nicht auf die Bank unter dem Fenster, sondern auf den Stuhl gegenüber, damit sie das Wasser im Blick behalten konnte.

Nein, das würde kein gefährliches Land unter werden. Sie würde sich keine Sorgen machen müssen, aber trotzdem behielt sie das Meer lieber im Blick, wenn es sie schon besuchen kam und mit seinen Wellen an den Warfthang klopfte.

Sie schilderte ihm eben jenen Abend mit Arno, aber sie nannte Arno Peter, verlegte das Hotel von Amrum nach Pellworm und verfremdete sicherheitshalber einige Details. Aber die Unterhaltung mit Arno gab sie genauso wieder, wie sie sie an dem Abend auf Amrum in ihr Tagebuch geschrieben hatte.

»Auch wenn es so belanglos klingt, was wir zueinander sagten, ich glaube, das war der Abend, an dem wir uns verliebten«, schloss sie ihre Erzählung.

Sie hörte Brar am anderen Ende der Leitung tief Luft holen. Inzwischen war es dunkel geworden. Bredenswarft, von wo aus Brar mit ihr telefonierte, ragte als dumpfer Lichtpunkt aus dem Wasser, der immer dann flackerte, wenn der Sturm eine Regenbö daran vorbeitrieb.

Das blieb bei Land unter von der Hallig übrig. Zwei Hügel im Meer.

»Ich weiß«, setzte Ines noch hinzu, »es ist nichts passiert, aber …« Sie suchte nach Worten. »Vielleicht haben wir uns verliebt, weil wir begriffen, wie ähnlich wir uns waren.«

»Sagt man nicht immer, dass sich Gegensätze anziehen?«, warf Brar ein, und Ines fand, dass er nachdenklich klang.

»Kommt das nicht immer darauf an, welche Art Verbindung man sucht?«, sagte Ines gedankenverloren.

»Wie meinen Sie das, Ines?«

»Nun … wenn Sie Aufregung suchen, brauchen Sie jemanden, der anders ist als sie. Jemand, an dem Sie sich reiben können, jemand, der die Welt anders sieht. Aber wenn Sie sich nach Verbundenheit sehen, brauchen Sie jemanden, der sich ähnlich fühlt, jemanden, der Ihre Träume teilt.«

»Also haben Sie an diesem Abend jemanden gefunden, der Ihre Träume teilte.«

Bei dieser Bemerkung war ihr, als würde sich jedes Wort in ihr Herz bohren, alten Schmerz wieder heraufbeschwören. Eine Wunde, die sie schon lange verheilt wähnte und die trotzdem wieder aufriss.

»Ja, so war es. Aber wie es weitergeht, erzähle ich ihnen ein anderes Mal, Brar. Heute Abend bin ich zu müde. Das Wasser steigt nicht mehr. Und ich glaube, ich kann mich beruhigt in mein Bett legen.«

»Ja, ich wollte Sie auf keinen Fall aufhalten.«

»Schon gut, Brar. Es hat mir ja auch gefallen, Ihnen einen Schwank aus meinem Leben zu erzählen. Ich glaube, das machen wir alten Leute einfach gern.«

»Sie wirken auf mich gar nicht alt.«

»Das ist ein wunderbares Kompliment! Vielen Dank, Brar!« Ines verabschiedete sich und warf einen letzten Blick aus dem Fenster. Der Wind flaute langsam ab, das Heulen um das Haus wurde leiser. Das Wetter würde sie nicht am

Schlafen hindern, das wusste sie. Der alte Schmerz dagegen, den Brar seit seiner Ankunft geweckt hatte, wohl schon.

Ines richtete sich auf, und ihr Rücken knackte missmutig. Wie lange noch, dachte sie. Wie lange habe ich noch?

Schon ein paar Wochen vor Brars Ankunft hatte sie gespürt, dass etwas mit ihr passierte, dass sich etwas veränderte. Eine Leichtigkeit war von ihr gegangen. Sie hatte es erst auf das Wetter geschoben, dann auf die Jahreszeit, dann darauf, dass sie einfach schlecht schlief und das Haus so zugig war. Dann auf den Mond, dann … dann gab es nichts mehr. Die Schwäche blieb.

Sie hatte ihrem Arzt in Husum davon erzählt. Der dynamische, drahtige Mann Anfang vierzig hatte den Kopf schräg gelegt und sie mit einigen Untersuchungen malträtiert. Blutdruck, Nieren, Darm, Bauchspeicheldrüse. Aber natürlich war es das Herz. »Wissen Sie, Frau Nahnsen«, begann der Arzt, »das Herz ist ein toller Muskel, aber weil er jeden Tag ohne Unterlass schlägt, wird er irgendwann einfach müde.«

»Und was tue ich jetzt?«, hatte sie gefragt.

Er hatte ihr Tabletten aufgeschrieben, die ihr im Laufe der darauffolgenden Wochen tatsächlich etwas mehr Kraft gaben. Sie hätte nachschauen können, was es damit auf sich hatte, was genau das für ein Medikament war, aber sie wollte nicht. Was sie verstand, war, dass ihr die Pillen ein wenig Zeit schenkten, in der sie ordnen konnte, was geordnet werden musste. Offenbar befand das Schicksal, dass auch die Angelegenheit mit Brar geordnet werden musste, denn von allen Stellen, von allen Orten auf der Welt, die Ornithologen suchten, war er ausgerechnet auf Südfall gelandet. Nur wie sie ihn einordnen sollte, das wusste sie immer noch nicht.

Ihr war klar, was ihre Mutter gesagt hätte: »Sag ihm die

Wahrheit, Ines.« Aber nach all den Jahren fragte sich Ines, ob sie die Wahrheit eigentlich noch aussprechen konnte. Natürlich. Sie war ein Satz, wenn man es auf das Wesentliche reduzieren wollte, aber hinter diesem Satz steckten mindestens vier, nein fünf Menschen, die alle ihre eigene Geschichte hatten.

So einfach war es wirklich nicht. Aber, und das hatte Ines beschlossen, ihm die Geschichte zu erzählen, wenn auch etwas verfremdet, wäre ein guter Anfang, ein wichtiger Anfang.

Alles Weitere konnte sie ihm immer noch sagen, oder etwa nicht?

Langsam schlich sie die Stufen ins Badezimmer unter der Dachschräge nach oben.

Müde war sie. Sehr, sehr müde.

Brar

Brar wusste nicht genau, warum, aber es erfüllte ihn mit großer Freude, dass er Ines, diese starke alte Frau, immer besser kennenlernte. Sicherlich sorgte vor allem die räumliche Nähe auf der Hallig für dieses unsichtbare Band zwischen ihnen. Hier wuchs einfach zusammen, was irgendwie zusammengehörte, gehören musste, um zu überleben. Denn hier waren sie aufeinander angewiesen.

Und er war dankbar, dass sie ihn so sanft unterstützte, ohne ihn zu bevormunden.

Außerdem war er gespannt, was sie ihm noch aus ihrem Leben erzählen würde. Sicherlich war es damals hart für sie gewesen, die Hallig zu verlassen. Und dann das Hotel, all die neuen Eindrücke, ein fremdes Leben, ein neues Leben, ein Leben, das gar nicht zu Ines passte.

Kein Wunder, dass sie sich verliebt hatte. War Liebe nicht auch immer ein Halt?

Brar lauschte eine Weile auf das Brausen des Windes, es war leiser geworden. Aber das Meer, das jetzt gegen den Warfthang drückte, klang lauter und bedrohlicher als sonst. Das Land unter veränderte alle Geräusche auf der Hallig.

Im Frühling wäre das Land unter eine Katastrophe für die Vogelbrut gewesen, aber im Herbst kamen die Tiere damit gut zurecht.

Ihm fielen Ines' Worte ein, dass das Wasser nicht weiter

steigen würde. Wenn sie beruhigt ins Bett gehen konnte, dann sollte er es nun auch tun.

Noch einmal an diesem Abend ging er die Treppe hinunter, nahm die Öljacke vom Duschkopf im Gästebad, schlüpfte in seine Gummistiefel und zog sich die Kapuze über den Kopf, bevor er die Haustür öffnete.

Das Tosen des Windes war unfassbar laut.

Eigentlich waren es kaum mehr als ein paar Meter bis zum Pegelmesser, aber jeder Schritt kostete Brar unglaubliche Anstrengung, weil er sich gegen den Wind stemmen musste, der ihm Regentropfen entgegenschleuderte, die sich anfühlten wie Hagelkörner, wie Nadelstiche auf der Haut.

Noch drei Schritte, noch zwei, noch einer … geschafft. Brar beugte sich hinunter, während die Wellen den Warfthang hinaufrollten und sich fauchend und zischend an ihm brachen.

Brar blinzelte und wischte sich den Regen von der Stirn, bevor er den Pegelstand ablas und ihn auf dem Weg zurück ein paarmal murmelte, damit er ihn nicht vergaß.

Jetzt hatte er den Wind im Rücken, der ihn zum Haus zurückschob, so als wolle er sagen: Geh rein, ich hab hier draußen zu tun.

Die Haustür flog auf, die Klinke knallte gegen die Wand, und Brar konnte sie nur mit einiger Anstrengung wieder schließen.

Einen Moment lehnte er sich atemlos dagegen, während der Regen von seiner Jacke tropfte und eine kleine Pfütze zu seinen Füßen bildete.

Er allein gegen den Sturm.

Brar erwachte am nächsten Morgen noch vor dem Wetterbericht im Radio aus einem unruhigen Schlaf. Er hatte schlecht geträumt, war in der Nacht ein paarmal wach geworden und zum Fenster gegangen, um nach dem Wasserstand zu sehen. Abgesehen von den offiziellen Messterminen in der Nacht, zu denen er rasch in seine Gummistiefel geschlüpft war und im Bademantel die Pegelstände an der Auffahrt abgelesen und gewissenhaft in die Dokumentation eingetragen hatte, um dann wieder unter die warme Decke zu schlüpfen.

Ihm ging nicht recht aus dem Kopf, was Ines über die Liebe gesagt hatte. Man solle jemanden finden, der ähnliche Träume hatte.

Darüber dachte er noch nach, als er als Erstes in den Schafstall ging, um seine kleine Herde, die bisher nur aus fünf Tieren bestand, zu füttern. Sie empfingen ihn mit einem empörten Blöken, so kam es ihm jedenfalls vor, bis er sie versorgt hatte. Außerdem glaubte er, in ihren Augen einen sehnsüchtigen Blick zur Stalltür zu sehen.

»Nein«, sagte er laut, und die Schafe drehten ihre Köpfe zu ihm. »Nein«, wiederholte er. »Da draußen steht alles unter Wasser.« Dann lachte er laut. Am Ende seiner Zeit hier würde er hoffentlich nicht allzu wunderlich geworden sein. Nicht wie der alte Mann, den er manchmal im Fælledparken in Kopenhagen gesehen hatte, wie er ausgiebig mit den Tauben gesprochen hatte.

Als er aus dem Stall kam, stellte er fest, dass das Wasser begann abzulaufen. Langsam, aber stetig kroch es den Warfthang wieder hinunter und ließ grau-grüne Wiesen zurück.

Gerade noch rechtzeitig hob er das Telefon im Arbeitszimmer ab. »Und, wie sieht es aus?«, fragte Lena, ohne darauf zu warten, dass er sich meldete.

»Gut, gut«, gab er unbekümmert zurück. »Am Horizont reißt die Wolkendecke auf, und ich sehe tatsächlich Sonne.«

»Hier in Husum auch. Wintersonne auf meiner Dachterrasse. Zu schön.«

»Danke übrigens, dass du dich nach meinem Befinden hier erkundigst. Es kann doch recht einsam hier werden.«

»Das gehört zu meinem Job.« Lena klang ausweichend. »Und ich will ja nicht, dass du anfängst, seltsam zu werden, und nur noch mit deinen Schafen sprichst.«

»Zu spät«, sagte Brar und lachte.

»Oje. Dann muss ich wohl doch mal vorbeikommen.« Jetzt lachte auch Lena.

»War das nicht ohnehin geplant?«

»Stimmt.«

»Nächstes Wochenende?«, fragte Brar.

»Lieber das darauf. Am nächsten Wochenende kaufe ich mir endlich mein eigenes Boot. Davon habe ich schon sehr lange geträumt.«

»Glückwunsch!« Brar pfiff anerkennend. Sie plauderten noch ein paar Minuten über Boote und natürlich das kleine Motorboot, das Lena im Auge hatte und erstehen wollte, dann legte Brar auf. Wieder war es da, dieses warme Gefühl in seiner Brust. Hatte er das Lena zu verdanken?

»Ich bin froh, dass wir uns wiedergetroffen haben«, sagte er zum Abschied und hielt die Luft an. Diesmal wollte er es gesagt haben. Obwohl sie beide das schon einmal ausgesprochen hatten.

»Ich ja auch, Brar«, sagte sie jedoch so schnell, dass er erleichtert aufatmete.

Einen Moment schwiegen sie beide verlegen, fand er, dann legte er auf und machte sich seltsam beschwingt daran, endlich die Liste mit den Brutvögeln auf der Hallig zu aktualisieren.

Amrum, Oktober 1967

Oh Tagebuch, oh Tagebuch. Es ist nicht viel passiert. Und doch. Heute habe ich Arnos Frau gesehen. Sie ist so zart und so hübsch, dass mir der Atem stockte. Sie sieht aus, als hätte sie in ihrem Leben keinen Tag je Sorgen gehabt, sie sieht aus, wie ich mir eine Filmschauspielerin vorstelle.

Und all das lässt mich seltsam traurig zurück. Es ist dasselbe Gefühl, als würde man jemanden bei einer ganz besonderen Turnübung beobachten und wüsste genau, egal wie lange man trainieren würde, das könnte man nie erreichen, selbst wenn es ein sehnlicher Wunsch wäre.

»Ja, bitte?«, hatte sie gefragt.

Für einen Moment hatte ich ganz verblüfft vor der Eingangstür zur Wohnung der Jensens im Hotel gestanden.

Die Frau, die auf mein Klopfen hin geöffnet hatte – normalerweise klopfte ich, wartete und ging dann selbst hinein –, musterte mich nur kurz.

Ich dagegen starrte sie an. Sie ist schön. Auf eine sehr einnehmende Weise. Ihr blondes Haar war kunstvoll hochgesteckt, und in dem blassgrünen ärmellosen Etuikleid sah sie ein bisschen aus wie eine blonde Jackie Kennedy.

»Ich bin Ines«, sagte ich langsam, dann hatte ich mich wieder im Griff. »Ich bin Ines Nahnsen. Die Sekretärin. Ich habe einige Unterlagen, die –«

»Arno ist in seinem Arbeitszimmer.« Sie nickte zum Ende des Flures hin. »Aber an Ihrer Stelle würde ich da jetzt nicht hineingehen.« Mit einer Feile fuhr sie sich über einen für mich schon bereits sehr sorgfältig manikürt aussehenden Fingernagel ihrer rechten Hand.

In diesem Moment erst begriff ich, dass das Emilia war, Arnos Frau, sie war aus Hamburg angereist, ohne dass ich es mitbekommen hatte.

Emilia Jensen rümpfte ihre spitze Nase. »Rein oder raus?«, fragte sie ungeduldig.

Hinten wurden Stimmen laut. Gedämpft durch die Arbeitszimmertür, aber es klang nach einem Streit.

»Ich … ich komme später wieder.«

Und bevor ich noch etwas anderes sagen konnte, hatte sie die Tür vor meiner Nase wieder geschlossen.

Unschlüssig starrte ich auf die Holzmaserung, dann drehte ich mich um und kehrte in den Verwaltungstrakt zurück. Die Unterschriften würden eben warten müssen. Tragisch war es nicht.

In meinem Büro legte ich die Mappe wieder in den Korb, den ich mir als Ablage eingerichtet hatte, und spannte ein neues Blatt Papier in die Schreibmaschine. Aber statt mit meiner Arbeit fortzufahren, starrte ich aus dem Fenster.

Ein Gefühl der Enttäuschung hatte mich ergriffen. Es war so diffus, dass ich gar nicht genau sagen kann, wovon ich genau enttäuscht war. Traurig und enttäuscht.

Und wie immer in solchen Momenten sehnte ich mich nach Hause, sehnte ich mich auf die Hallig. Für einen Moment schloss ich die Augen und stellte mir vor, wie es war, mit meinem Vater auf See zu sein, das Schaukeln des Kutters unter mir zu spüren, den Wind in meinen Haaren, über mir das Kreischen des Möwenschwarms, der uns begleitete, um sich einen Anteil unserer Beute zu holen.

Ich dachte daran, wie es ist, ganz an der Nordwestspitze der Hallig zu stehen, am weitesten von Sönkenswarft entfernt, und dabei über das Meer zu sehen, das mich umgab, in all seinen unendlichen Schattierungen von Blau.

Auch hier auf Amrum ging ich gern am Strand spazieren, oft mit Sigrid oder Birgit, aber es war nicht dasselbe. Es ist dasselbe Meer, auf das ich sehe … und doch nicht. Es lindert mein Heimweh nicht, es lenkt mich nur davon ab.

Vor dem Fenster fuhr Karl in einem roten Cabriolet vor. Ich sah zu, wie er ausstieg, einmal wehmütig über die Karosserie strich, bevor er den Schlüssel Arnos Frau gab, die sich ein Tuch ins Haar gebunden und eine runde, dunkle Sonnenbrille aufgesetzt hatte.

Ich war neidisch, gestand ich mir ein. Weder sah ich so aus wie sie, noch hatte ich die Freiheit, irgendwo hinzufahren.

Ich blickte ihr nach, als sie Gas gab, der Kies knirschte unter den Reifen des Wagens und spritzte zur Seite wie das Wasser einer Pfütze.

Noch in meinen Neid versunken, zuckte ich zusammen, als hinter mir die Tür aufgerissen wurde. Ich fuhr herum und sprang so hastig auf, dass ich dabei beinahe meinen Stuhl umgestoßen hätte. In der Tür stand ein schwerer, großer Mann in einem grauen Anzug, der den Eingang fast vollständig ausfüllte. Ein mächtiger Bauch wölbte sich nach vorn, und breite Schultern stießen rechts und links an den Rahmen. Auf dem breiten Körper thronte ein kleiner, hochroter Kopf, und ich konnte bei diesem Anblick ein hilfloses Kichern gerade noch so unterdrücken. Zwar wirkte der Mann übermäßig einschüchternd, fast furchteinflößend, aber dieser kleine Kopf, den ein blondes schlechtsitzendes Toupet bedeckte, schien mir so deplatziert, dass es einfach nur komisch anmutete.

Kein Zweifel. Das war der alte Jensen. Der, vor dem sich alle versteckten, wenn sie konnten. Ich hatte schon gar nicht mehr damit gerechnet, ihm zu begegnen, er und seine Frau mussten gestern am späten Abend aus Hamburg angereist sein.

Ich zwang mich, nicht zu knicksen. Hausmädchen knicksten, Sekretärinnen nicht.

Eine Weile musterte er mich aus tiefbraunen, beinahe schwarzen Augen. Dann drehte er sich ohne ein Wort und überraschend elegant für seine Körperfülle um. Jetzt erst sah ich, dass sein Sohn hinter ihm stand. Der alte Herr Jensen griff nach seinem Arm und zog ihn in mein Büro, dann schloss er die Tür.

Ebenso wie er den Türrahmen ausgefüllt hatte, dominierte er den kleinen Raum, in dem mein Schreibtisch stand. Er blickte seinen Sohn wütend an.

»Ich habe«, donnerte der alte Herr Jensen, »das Hotel eigenhändig aufgebaut und Jahre lang ganz allein geführt. Niemals brauchte ich eine Sekretärin. Ich, mein Sohn, habe dieses Hotel groß gemacht.«

Er hat noch etwas gesagt, aber ich habe vergessen, was es war. Irgendetwas in der Art, dass Arno zu schwach wäre und bei allem Hilfe bräuchte.

Arno Jensen selbst stand neben mir, genau dort, wo sein Vater ihn hingeschoben hatte. Gleichmütig ließ er über sich ergehen, was sein Vater über ihn und das Dünenblick sagte, darüber, dass Arno mehr Geld ausgab als er selbst in seinem ganzen Leben und dass hier inzwischen mehr Menschen arbeiteten, als er jemals eingestellt hatte.

Arno verschränkte die Arme und legte den Kopf leicht

schräg. Der Zorn seines Vaters schien ihn nicht sonderlich zu erschüttern. Im Gegenteil. Beinahe mitleidig sah er diesen riesigen Mann an, der sich immer weiter in Rage redete, so sehr, dass das hochrote Gesicht tiefrot wurde, Schweißtropfen an diesem ungewöhnlich warmen Oktobertag auf seiner Stirn perlten, die sich der alte Herr Jensen schließlich mit einer fahrigen Bewegung von der Haut wischte.

Ja, das war es. Arno sah seinen Vater an, als wären die Rollen umgedreht, als würde er geduldig und beinahe liebevoll dem Trotzanfall eines Kindes beiwohnen. Sein Blick sagte: »Und? Fertig jetzt?«

Schließlich drehte sich der Alte auf dem Absatz um, verließ mein Büro und warf krachend die Tür hinter sich ins Schloss.

Arno Jensen neben mir seufzte auf. »Es tut mir leid«, sagte er zu mir gewandt. »Wenn er in dieser Stimmung ist, ist er leider nicht zu bremsen.«

»Nun«, sagte ich und holte tief Luft. »Er hat ja nicht mich angeschrien.«

Darüber mussten wir beide lachen. Und wir lachten eine ganze Weile. Wir lachten die Anspannung weg und den Zorn und den Ausbruch. Als wir uns wieder beruhigt hatten, sah ich nachdenklich zur Tür. »Ich kann es sogar verstehen. Die Welt, in der er jung war, ist untergegangen.« Ich räusperte mich und spürte, dass meine Wangen heiß wurden. »Tut mir leid. Ich wollte nicht … also, das ist nicht … es geht mich nichts an«, stotterte ich. »Ich habe nur laut gedacht.«

Arno Jensen sah mich seltsam von der Seite an. War da Erstaunen in seinem Blick?

»Du hast klug gedacht«, sagte er leise und verließ dann hastig mein Büro.

Später ging ich noch einmal mit all meinen Unterlagen und der Korrespondenz nach oben und dachte darüber nach, dass Arno mich geduzt hatte. War es ein Versehen? War es Absicht? War es die Stimmung, dieser Moment, in dem wir uns beide sehr nahe fühlten?

Ich blieb einen Moment vor der Wohnungstür der Jensens stehen. Mir war es einerlei, ob er oder sein Vater unterschrieben, aber die Wohnung war leer, und niemand öffnete auf mein Klopfen hin.

Ich dachte an Emilia, die im Cabrio weggefahren war.

Ich lebe hier in einer ganz anderen Welt, liebes Tagebuch. Und wenn Anfang November das Hotel geschlossen wird, dann darf ich endlich heim. Noch zwei Wochen.

Nur noch zwei Wochen.

Ines

Brar schlug den letzten Nagel, den Ines ihm nach oben reichte, in die Holzlatte und balancierte einen Moment auf der obersten Sprosse der Leiter. Er sah aus, fand Ines, als würde er sein Werk begutachten.

Der letzte Sturm hatte ihrem Holzschuppen ziemlich zugesetzt, und Brar hatte sich sofort bereiterklärt, die Reparatur zu übernehmen. Zwar hatte sie erst nichts davon wissen wollen, weil das bisher immer der alte Freerichs aus Nordstrand erledigt hatte, nur hatte er dieses Mal keine Zeit, und Brar sagte, er könne es nicht über sich bringen, den Schuppen tagelang in diesem Zustand zu lassen, zu groß war seine Sorge, dass Ines' Feuerholz feucht und unbrauchbar werden könnte. Und das fand sie wirklich nett von ihm.

Also hatten sie gemeinsam die Latten aus der hinteren Ecke des Schuppens geholt, Ines hatte die Kiste mit den Nägeln und dem Werkzeug aus der Abstellkammer gekramt, und Brar hatte sich gleich an die Arbeit gemacht.

»So, das war es.« Rasch kletterte er hinunter und sprang von der vorletzten Sprosse.

»Danke«, sagte Ines verlegen. »Das ist wirklich sehr freundlich!«

»Nicht der Rede wert.«

»Und zum Dank dann das Abendessen. In einer Stunde?« Ines sah auf ihre Armbanduhr. Genug Zeit für das Brathähnchen.

»Gern!«

Sie sah ihm nach, als er durch die Salzwiesen in Richtung Bredenswarft schlenderte. Heute wollte er noch die Vitrinen im Ausstellungsraum putzen, bevor er zurückkam. Ines hatte ihm Hilfe angeboten, aber er hatte lachend abgewehrt. »Sie haben genug auf ihrer eigenen Hallig zu tun!« Und das stimmte.

Wie immer verflog der Abend mit Brar nur so. Gerade eben noch hatten sie das Brathühnchen verspeist, eines von Ines' eigenen Hühnern, das sie gestern geschlachtet hatte, den Wein geöffnet und zwei Gläser getrunken, während Ines erzählt hatte, und schon war es neun Uhr durch. Ines fühlte, wie Kälte ihre Beine entlang nach oben kroch, stand rasch auf und warf noch ein Holzstück in den Ofen.

»Diese erste Saison im Hotel, dieses erste Jahr in der Fremde … heute glaube ich, dass es mir guttat. Es hat mich erwachsen werden lassen.«

»Bei mir war das ein Auslandsjahr während des Studiums. Ein Jahr in den USA, in South Carolina in einem Naturschutzgebiet. Vielleicht«, sagte Brar und schwenkte sein Weinglas, »muss man in diesem Alter einmal auf sich selbst angewiesen sein, um sich zu entdecken.«

Ines nickte. »Das denke ich auch. Damals habe ich das nicht verstanden, aber so sehe ich das heute.«

»Und, gingen Sie im nächsten Jahr zurück ins Hotel?«

Ines nickte langsam. »Ja, das kann ich wohl schon sagen, ohne zu weit vorzugreifen. Ich habe dort lange Jahre gearbeitet.« Sie machte eine kleine Pause. »Ich kam immer wieder zurück. Nicht, weil ich das Hotel so mochte, obwohl es mir ans Herz wuchs, sondern natürlich wegen des Mannes, den ich liebte. Aber dazu ein anderes Mal mehr.«

»Alles, was Sie erzählen, klingt so vertraut«, sagte Brar und richtete sich auf. Während sie erzählt hatte, hatte er sich auf den Tisch gestützt und sie aufmerksam angesehen.

Ines versuchte, sich ihre Bestürzung nicht anmerken zu lassen. Es klang vertraut? Hatte sie die Geschichte nicht genug verfremdet? Namen, Orte, alles war anders. »Wie meinen Sie das?«, fragte sie vorsichtig.

Brar lächelte und sah an ihr vorbei, so als würde er in seinem Kopf nach alten Erinnerungen graben. »Meine Mutter kommt auch aus einer alten Hotelfamilie. Amrum, wissen Sie? Sie spricht nie viel darüber. Meine Großeltern habe ich nie kennengelernt, aber auch mein Großvater soll sehr cholerisch gewesen sein, beträchtlich älter als meine Großmutter, die jedoch früh starb.« Er klopfte mit der flachen Hand auf den Tisch. »Jedenfalls … als ich klein war, starb auch mein Großvater. Ich habe vergessen, wie das Hotel hieß, das ihnen auf Amrum gehörte.«

Ich nicht, dachte Ines. Wie könnte ich das vergessen?

»Waren Sie einmal dort?«, fragte sie, und ihr Herz begann zu klopfen. Warum genau, war ihr gar nicht so klar.

Brar antwortete nicht gleich. »Ich war sehr jung. Achtzehn oder neunzehn, als meine Mutter einmal mit mir nach Amrum fuhr. Sie hatte etwas zu erledigen. Ich bettelte so lange, bis sie mich schließlich mitnahm. Während sie in Nebel auf dem Gemeindeamt war, spazierte ich am Strand entlang, bis ich schließlich einen Weg durch die Dünen einschlug, nach Norddorf bummelte und die Straße nach Nebel wieder zurück. Kurz hinter den Dünen kam ich an einer Ruine vorbei. Kaum mehr als ein paar Grundmauern. Baufahrzeuge parkten auf der Auffahrt. Ich erzählte später auf der Rückfahrt nach Kopenhagen meiner Mutter davon, und sie war über meinen Spaziergang nicht sehr erfreut. Ich habe nicht verstanden, warum. Schließlich sagte sie, dass das die Ruinen des Hotels gewesen wären, das einmal ihrer Familie gehört hatte. Ich fragte sie, was mit dem Hotel passiert sei und warum sie nie darüber sprach, aber eine Antwort habe ich nicht bekommen. Nur, dass es lange her wäre und es besser wäre, die Vergangenheit ruhen zu lassen. Sehr viel später einmal habe ich das Hotel gegoogelt und erfahren, dass es abgebrannt ist. Mehr habe ich nicht gefunden, aber auch nicht mehr danach geschaut.« Brar lächelte ganz leicht. »Vielleicht hat meine Mutter recht. Im Grunde ist es ihre Vergangenheit und nicht meine, und wenn sie ihre Vergangenheit begraben möchte, dann muss ich das wohl respektieren.«

Ines hatte, während er sprach, die ganze Zeit ihre Finger unter dem Tisch geknetet. Sie atmete aus, als er fertig war. »Wie geht es Ihrer Mutter?« Und weil ihr klar wurde, wie merkwürdig die Frage klingen musste, setzte sie rasch hinzu: »Ich meine, wie geht es ihr damit, ihren Sohn so weit weg von sich zu wissen?«

Brar, der für den Bruchteil einer Sekunde die Stirn gerunzelt hatte, entspannte sich wieder. »Sie hat am ehesten verstanden, dass es mich in die Welt zog. Solange ich mich regelmäßig melde und ab und an zu Besuch komme, ist sie glücklich, denke ich. Ich bin meinen Eltern sehr dankbar. Sie … sie sind großartige Eltern, wissen Sie?«

Da war er wieder, dieser unerträgliche Schmerz in Ines. Natürlich tat es gut zu hören, dass seine Eltern gut zu ihm gewesen waren. Auf der anderen Seite hätte sie sich gern die Hände auf die Ohren gelegt und gesummt, während er sprach.

»Meine Eltern haben mir immer das Gefühl gegeben, dass

alles möglich ist, dass ich schaffen kann, was ich mir wünsche. Das ist keine Selbstverständlichkeit. Die meisten Menschen, die ich kennengelernt habe, kamen nicht aus einer so glücklichen Familie, aber … das sind wir. Wir hängen aneinander.« Er lachte. »Als meine Mutter schließlich mit meiner kleinen Schwester schwanger wurde, waren wir komplett, das haben wir gespürt. Ich habe mich unglaublich gefreut und Sofia vom ersten Moment an geliebt. Aber ich schweife ab. Sagen Sie, Ines, wollten Sie nie weiter weg?« Er machte eine Handbewegung in Richtung Fenster und Meer hinter der Scheibe.

Ines zwang sich zu einem Lächeln. Sie hoffte, es sähe nicht zu gekünstelt aus. »Nein, nicht wirklich.«

Brar streckte die Arme aus und stand auf. »Ich glaube, es wird Zeit für mich. Die Tage hier beginnen immer sehr früh.«

»Wie wahr«, sagte Ines leichthin und erhob sich ebenfalls. »Mich freut es jedenfalls sehr, wenn Sie mich besuchen, Brar.«

»Wissen Sie, Ines, seitdem ich auf Südfall bin, ist meine Reiselust irgendwie abgeebbt.« Er lachte kurz, und es klang ungläubig. »So als wären all die Reisen, die ich unternommen habe, nur eine Suche nach Südfall gewesen.«

Ines lächelte ebenfalls. »Vielleicht ist das ja auch so. Vielleicht zog es Sie gar nicht in die Welt, vielleicht wollten Sie ankommen.«

»Möglich.« Er schlüpfte in seine gelbe Regenjacke, beugte sich zu Ines hinunter und küsste ihre Wange. »Bis bald! Ich find allein raus.«

Ines sah ihm nach und konnte seinen flüchtigen Kuss auf ihrer Wange noch sehr lange spüren. Zum ersten Mal fragte sie sich, ob sie sich ihm gegenüber fair verhielt. Hatte er ein Recht auf die Wahrheit?

Und was bedeutet das eigentlich? Die Wahrheit?

Hatte derjenige, der sie kannte, nicht auch ein Recht darauf, sie zu verschweigen? Was würde sich für ihn ändern, würde er alles wissen? Nichts, alles.

Vor weit mehr als dreißig Jahren hatte sie sich all die Fragen schon einmal gestellt.

Antworten hatte sie damals nicht gefunden, aber geglaubt, dass sie im Laufe der Zeit, wenn sie älter und klüger wäre, schon wissen würde, was zu tun war.

Jetzt war sie weit über siebzig und wartete immer noch auf die ihr versprochene Altersweisheit. Genau wie sie als Kind gedacht hatte, irgendwann automatisch erwachsen zu sein. Dass das jedoch ein Prozess war, hatte sie erst viel später verstanden.

Am nächsten Tag, nachdem sie mit der Stallarbeit fertig war, die Schafe auf die Weide getrieben und danach gefrühstückt hatte, setzte sie sich an den Küchentisch und griff nach dem Telefonhörer. Sie wählte und wartete.

»Kanzlei Aumüller«, meldete sich eine männliche Stimme.

»Ach, Herr Aumüller, das ist aber schön, dass ich Sie gleich persönlich erreiche. Ines Nahnsen hier.«

»Ah, Frau Nahnsen!« Der Anwalt klang erfreut. »Auf Südfall wieder alles trocken?«

»Oh ja, danke. Ich frage mich«, Ines räusperte sich, »ob Sie wohl demnächst ein bisschen Zeit für mich haben? Ich würde gern einige Angelegenheiten geregelt wissen, für den Fall, dass –« Sie brach ab. Wollte sie das aussprechen? Eigentlich nicht. Auch wenn ihr der Gedanke an den Tod nicht viel

Angst machte, das Sterben selbst bereitete ihr Unbehagen. Wie würde es sein? Hoffentlich schnell und schmerzlos.

»Gern«, sagte Herr Aumüller rasch und klang gleichbleibend freundlich. »Nächste Woche Dienstag? Da habe ich den ganzen Tag Zeit. Kommen Sie nach Husum?«

»Würde es Ihnen etwas ausmachen, zu mir zu kommen?«

»Gar nicht! Ich bin immer gern auf Südfall.«

»Wunderbar«, sagte Ines automatisch. Sie legten beide auf, nachdem sie den Gezeitenkalender studiert und eine Uhrzeit ausgemacht hatten.

Einiges war schon lange geregelt. Würde sie morgen umfallen, der alte Klaas von Pellworm würde die Schafe holen, der alte Freerichs aus Nordstrand die Hühner. Sönkenswarft würde an ihre Großnichte Ella aus Berlin gehen. Die Tochter der Tochter ihrer Schwester. Ella war übrig, nachdem ihre Schwester Anke und deren Tochter vor ein paar Jahren bei einem Autounfall ums Leben gekommen waren. Tragisch, dachte Ines und bedauerte es wieder einmal, dass sie sich von Anke – oder Anke von ihr – so entfremdet hatte.

Aber Ellas Erbe zu regeln reichte nicht. Nicht mehr, nachdem Brar hierhergekommen war.

Seufzend stand Ines auf. Ihre Hüfte schmerzte, wie immer, wenn das Wetter umschlug, feucht wurde.

Ihr Arzt hatte ihr gesagt, Wetterfühligkeit wäre eingebildet. Ines war das egal. Ob eingebildet oder nicht. Ihre Hüfte schmerzte. Und es war ihr recht, wenn sie das statt auf ihr Alter auf das Wetter schieben konnte. Sie war dankbar, dass der Rheumatismus ihrer Großmutter sich nicht an sie vererbt hatte, aber all die kleinen Zipperlein, die sie sonst hatte, reichten.

Einen Moment lang fasste sie sich an die Brust. Das Herz. Konnte man wirklich fühlen, dass der Muskel müde wurde?

Sie glaubte, ja. Seitdem Brar hierhergekommen war, hatte sie das Gefühl, ihre Zeit würde ablaufen.

Sie warf der tickenden Küchenuhr einen bösen Blick zu und ging dann in den Döns nach nebenan, um aus der untersten Schublade der alten Vitrine ihr Briefpapier zu holen.

Amrum, November 1967

Sigrid ist heute Morgen nach Sylt zu ihrer Familie abgereist, und wir haben versprochen, uns zu schreiben. Birgit ist gestern schon nach Hause gefahren.

Die letzten zwei Tage haben wir alle mitgeholfen, das Hotel winterfest zu machen. Was das genau hieß, wurde mir erst klar, als wir alle mit anpackten, nachdem der letzte Gast abgereist war. Alle Betten wurden abgezogen, die Möbel in den Gästezimmern, in der Lobby und im Ballsaal mit weißen Laken abgedeckt, um sie vor Staub und Feuchtigkeit zu schützen. Die letzte Wäsche wurde gewaschen, getrocknet und gemangelt, das Geschirr verstaut, Vorräte aufgebraucht oder haltbar gemacht und entweder sorgfältig in Regale im Lagerraum gestapelt oder im begehbaren Eisschrank eingefroren.

Herr Ulrich, der Koch, ist heute Morgen nach dem Frühstück abgereist, im Gepäck seine Messersammlung und die Lieblingspfanne. Nur der erste Beikoch, ein ruhiger, stiller Mann Ende fünfzig, dessen Name mir immer wieder entfällt, bleibt den Winter über hier, genau wie Karl und die alte Jensen. Irgendjemand muss das Haus beheizen, nach dem Rechten sehen und einen Blick darauf haben.

Ich stelle mir die Wintermonate hier sehr einsam vor und all die leeren Zimmer ein bisschen unheimlich.

»Die alte Jensen wird den Winter über zum Geist«, hatte Sigrid gekichert. »Ist sie nicht ein bisschen wie die Haushälterin aus *Rebecca*? Gruselig!«

Über den Film hatte ich nur etwas von den anderen gehört und das Buch nicht gelesen. Ich wusste aber, dass eine dämonische Haushälterin darin vorkam, die der Heldin das Leben schwer machte, daher konnte ich mir sehr gut vorstellen, was Sigrid meinte. Jetzt schloss ich meinen Koffer. Es wurde langsam Zeit. Karl würde mich in einer Stunde zum Hafen fahren.

Mein Büro habe ich gestern schon aufgeräumt, alle Papiere sortiert, letzte Korrespondenz abgeheftet. Ich würde zwei Wochen, bevor das Hotel wieder öffnete, anreisen, Lieferungen überwachen, Wareneingänge kontrollieren und abzeichnen und noch nötige Bestellungen tätigen.

Ich hatte mich gegen die alte Jensen durchgesetzt und diesen Part übernommen. Es war nur logisch, dass ich all diese Aufgaben übernahm, wenn ich auch diejenige war, die die Rechnungen überprüfte und die Buchhaltung führte.

»Und, macht dir deine Arbeit Spaß?«, hatte mich Sigrid gefragt, als wir vor ein paar Tagen nebeneinander auf ihrem Bett gesessen und geplaudert hatten.

»Spaß«, wiederholte ich entgeistert. »Ich weiß es nicht. Es ist komisch, weißt du? Ich kam als Zimmermädchen und gehe als Sekretärin.«

»Du gehst als leitende Angestellte«, sagte Sigrid und knuffte mich in die Seite. »Arno und du … ihr führt das Hotel zusammen, das ist dir schon klar, oder?«

»Aber nein!«, rief ich aus. »Ich –« Ich brach ab und hielt inne. Eine ganze Weile schwiegen wir zusammen. Sie hatte nicht ganz unrecht. Ich hatte schnell gelernt. Mittlerweile teilten wir die anfallende Arbeit einfach auf. Auch Josefines Aufgaben übernahm ich mittlerweile fast in Gänze.

»Du könntest auch auf Sylt bei uns arbeiten. Mein Vater ist sehr viel freundlicher als der alte Jensen.«

»Das glaube ich gern«, sagte ich abwesend.

Zwei, drei Jahre solle ich Erfahrung im Hotel sammeln, dann könne ich wieder auf die Hallig zurück, hatten meine Eltern mir gesagt. Und hatte ich nicht genau das vor?

Über diese Unterhaltung mit Sigrid dachte ich nach, während ich den Koffer schloss.

Ein Klopfen ließ mich aufsehen. »Ja, bitte?«, sagte ich fragend. Die Tür schwang auf, und Arno Jensen blieb auf der Schwelle stehen. Er hielt ein weißes Kuvert in der rechten Hand, während er mit den Fingern seiner Linken den oberen Rand des Umschlags entlangfuhr.

»Ich wollte Ihnen noch Ihr letztes Gehalt geben. Und den Weihnachtsbonus.«

Überrascht blinzelte ich ein, zwei Mal. »Aber … ich … einen Bonus?«

Er nickte langsam. »Seitdem Sie hier sind, ist die Arbeit im Hotel erträglicher geworden.«

Ehrlich, ich wusste gar nicht, was ich dazu sagen sollte. Stumm nahm ich ihm den Umschlag aus der Hand und murmelte: »Danke!«

Sein Blick fiel auf meinen Koffer. »Ich fahre zur Fähre, soll ich Sie mitnehmen?«

Unschlüssig sah ich meinen Chef an. »Karl wollte mich eigentlich bringen, aber erst in einer Stunde.«

»Wie Sie wollen«, sagte er, blieb aber noch in der Tür stehen.

»Ach«, sagte ich rasch, »ach, ich fahre mit Ihnen. Vielleicht ist mein Vater ja auch schon da, um mich abzuholen.«

Er nickte, trat zwei Schritte auf mich zu und griff nach dem Henkel meines Koffers. Als er sich vorbeugte, um ihn anzuheben, konnte ich sein Rasierwasser riechen. Herb, holzig und ein wenig nach Meer. Er hielt in der Bewegung ganz kurz inne, dann richtete er sich wieder auf.

Mein Herz klopfte so laut, dass ich glaubte, er müsse es hören.

Karl stand unten an der Rezeption und unterhielt sich mit einem der Portiers, der bereits auf seinem Koffer saß.

»Du hast einen Platz mehr im Auto«, sagte ich leichthin, als wir an ihnen vorbeigingen. »Herr Jensen nimmt mich mit.«

Arno Jensen fuhr zügig, aber er raste nicht wie Karl. Wir sprachen kein Wort auf der Fahrt durch den dunstigen Vormittag, aber es war kein unangenehmes Schweigen.

Er bremste schließlich ziemlich genau an der Stelle, an der ich vor neun Monaten auf Karl gewartet hatte, dann stieg er aus, lief um den Wagen herum und öffnete die Tür für mich, bevor er mein Gepäck aus dem Kofferraum holte.

Tatsächlich schaukelte der Kutter meines Vaters schon am Kai.

»Hab einen schönen Winter, Ines«, sagte Arno Jensen und reichte mir die Hand. Es klang beinahe neidisch, so als wüsste er, dass mein Winter schön werden würde und seiner nicht.

Nein, nicht neidisch, wehmütig ist ein besseres Wort.

»Gleichfalls«, murmelte ich und sah ihm nach, während er wieder einstieg und langsam auf die Autofähre rollte.

Mein Vater war vom Kutter gesprungen und schlenderte auf mich zu. »Soll ich deinen Koffer nehmen?«, fragte er wie immer statt einer Begrüßung. Mein Vater konnte weder gut begrüßen noch gut verabschieden. Meist brummte er irgendetwas in seinen Kragen, drehte sich um und ging weg, oder er kam eben auf einen zu und sagte etwas völlig anderes als das, was man erwarten würde.

»Danke«, sagte ich und lächelte ihm zu.

Doch statt meinen Koffer anzuheben, sah mich mein Vater sehr prüfend an, musterte das dunkelbraune knielange Kleid, das mir Josefine gegeben hatte, und den eleganten schwarzen Mantel. Dann schüttelte er den Kopf. »Das ist keine Kutter-Kleidung«, sagte er knapp.

Trotzig und ein wenig belustigt schob ich meine Unterlippe nach vorn. »Ihr habt mich in ein Hotel geschickt, da komme ich nicht als Halligfischerin zurück.«

Er lachte. »Auch wahr. Na, komm!«

Viel später erst, nachdem ich meine Mutter umarmt, mich umgezogen und Piet begrüßt hatte, setzte ich mich an den kleinen Schreibtisch in meinem Zimmer und entnahm meiner Handtasche das Kuvert, das Arno Jensen mir gegeben hatte.

Außer den Geldscheinen war noch ein kleiner Briefbogen darin. Neugierig klappte ich ihn auf.

»Vielen Dank für die schöne Saison, Arno« stand darauf.

Ich weiß nicht warum, aber ich faltete dieses Blatt Papier ganz klein zusammen und schob es in die Geldbörse, die ich in meiner Handtasche bei mir trug.

Südfall, Dezember 1967

Ich brauchte nicht sonderlich lange, um mich wieder an den Rhythmus auf der Hallig zu gewöhnen. Noch ein paarmal fuhr ich mit meinem Vater aufs Meer, dann holte er den Kutter für diese Saison herein, und wir zogen ihn diesmal mithilfe des alten und des jungen Freerichs von Nordstrand auf die Warft.

Der junge Freerichs, wir nannten ihn Freer, hatte schon lange ein Auge auf meine Schwester geworfen, aber Anke hatte gar kein Interesse an ihm oder überhaupt irgendeinem der Jungen hier in der Gegend. Sie wollte nach der Schule nach Berlin, das hatte sie mir schon gesagt, nur unseren Eltern noch nicht.

Der Rest des Novembers war schnell vergangen, aber der Dezember zog sich. Kurze Tage, an denen es kaum jemals richtig hell wurde, dazu waren manche davon frostig kalt.

Sigrid hat sich an ihr Versprechen gehalten – sie schrieb mir alle zwei Wochen, und ich schrieb zurück. Viel berichten konnte ich ihr nicht.

Einmal schickte sie mir ein sorgfältig ausgeschnittenes Bild aus dem Hamburger Tageblatt. Alles, was ich darunter lesen konnte, war: die Hamburger Hotelier-Familie Jensen.

Und dann nichts mehr. In der Mitte des Bildes sprengte der alte Jensen beinahe seinen Frack, seine Frau neben ihm sah aus wie eine ältere Josefine. Zart, zerbrechlich und neben seiner mächtigen Figur besonders schmal. Neben ihr Josefine in einem atemberaubenden Ballkleid und kunstvoll hochgesteckten Haaren, links neben dem alten Jensen stand Arno. Seine Frau Emilia hatte ihre Hand in seinen Arm geschoben und lächelte kokett in die Kamera. Arno war der Einzige, der nicht lächelte. Er sah aus auf dem Foto, als würde er nicht dazugehören, als hätte man ihn nur dazugestellt, weil er zufällig einen Frack trug.

Ich weiß nicht, warum mir Sigrid das Bild geschickt hat, sie hat kein Wort in ihrem Brief darüber verloren. Und gefragt habe ich sie auch nicht.

Kurz vor Weihnachten holten mein Vater und ich Anke aus Husum ab. Endlich Ferien. Sie würde nur die Feiertage mit uns verbringen, und dann würde sie der junge Freerichs wieder abholen und zurückbringen. Die Schule bot ein Winter-Lernprogramm für diejenigen an, die nach dem Abitur studieren wollten, und Anke war dabei. Sie war immer ganz vorne mit dabei, wenn es ums Lernen ging, im Gegensatz zu mir.

Aber, liebes Tagebuch, das war ein seltsamer Tag in Husum.

Ich bummelte, während wir auf Anke warteten, noch durch die Gassen, um ein paar letzte Weihnachtsgeschenke zu besorgen, als ich Arno Jensen schon von weitem sah und wie angewurzelt stehen blieb.

Er starrte mich einen Moment lang mit gerunzelten Augenbrauen an. Und mir fiel ein, dass er mich wahrscheinlich gar nicht so richtig erkannte. Natürlich sah ich nicht aus wie im Hotel.

Ich trug eine alte Hose und einen dicken Pullover, darüber altes Ölzeug, das einmal meinem Vater gehört hatte.

Als er auf mich zukam, lächelte er jedoch. »Ines«, sagte

er, und es klang fragend. Diesmal duzte er mich wieder. Ich duzte ihn nicht. Er hat es mir auch nie angeboten. Vielleicht hätte es ihn gar nicht gestört, aber ich traute mich nicht. Ich sagte einfach: »Ja«, und schob ein förmliches »Guten Tag, Herr Jensen« hinterher.

»So sieht also die Hallig-Ines aus.«

Ich sah verlegen zu Boden. Und er sah ja aus wie immer, was sollte ich also dazu sagen?

Mir kam es vor, als würden wir uns minutenlang anschweigen.

Dann räusperte er sich: »Bist du glücklich zu Hause?«

Ich nickte. Und merkte im selben Moment, dass das nicht die ganze Wahrheit war. Ich war glücklich zu Hause und hatte doch das Gefühl, dass mir etwas fehlte. Ganz merkwürdig.

»Schon«, sagte ich ausweichend. »Sie sind aber nicht froh in Hamburg?« Ich sah ihn an. Seine Augen schauten unglücklich aus wie eh und je.

»Nein«, gab er leise zurück. »Ich wünschte, es wäre März.«

»Ich dachte«, begann ich leise und fuhr dann doch fort: »Ich dachte, Sie sind auch im Dünenblick nicht froh.«

Für alle Umstehenden und alle Passanten müssen wir ein merkwürdiges Paar gewesen sein. Die junge Frau, die aussah wie ein alter Fischer, und der Mann in Anzug und Mantel.

»In diesem Jahr war ich etwas glücklicher dort.«

Eigentlich hatte ich ein Lächeln zu seiner Antwort erwartet, aber er sah mich ernst an.

Ich war in diesem Moment schrecklich verunsichert. Was wollte er mir sagen?

Und dann lächelte er doch. Ein bisschen wenigstens. »Hab noch einen schönen Winter, Halligfischerin.«

Ich wünschte, ich hätte etwas erwidert, aber ich blieb stumm, als er sich umdrehte und verschwand.

Vielleicht hätte ich meiner Mutter von dieser Begegnung erzählen können, vielleicht tue ich das auch noch. Ich weiß es nicht.

Aber ich habe das Gefühl, ich muss es allein verstehen. Vielleicht gibt es auch gar nichts zu verstehen?

Ach, Tagebuch, manchmal habe ich das Gefühl, die Welt um mich herum spricht eine Sprache, die ich gar nicht verstehen kann.

Lena

Als Lena von Bord ihres neuen Bootes sprang, das Tau in der Hand, das sie sogleich gekonnt um den Poller knotete, und Brar sah, hatte sie dasselbe Gefühl wie damals bei ihrer ersten Begegnung in der Uni-Cafeteria: diese Mischung aus Anspannung, Herzklopfen und Aufregung.

»Ich hätte dir geholfen!«, rief er lachend und kam auf sie zugelaufen, »aber fliegen kann ich nicht!«

»Schon gut, schon gut. Ich schaffe das schon.« Lena griff nach ihrer Tasche, die sie vor ihrer Abfahrt in Husum neben den Steuerstand geschoben hatte, und schwenkte sie unternehmungslustig. »Und ich habe Geschenke.«

»Das wäre nicht nötig«, wehrte Brar ab und begrüßte sie mit einer Umarmung.

»Warte erst mal ab. Ein bisschen Papierkram ist leider auch noch dabei.«

»Ach, ich freu mich trotzdem.« Brar zwinkerte ihr zu.

Gemeinsam folgten sie dem Weg vom Anleger aus. Am unteren Warfthang blieb Lena stehen und sah nachdenklich auf das Gebäudeensemble. Links das Haupthaus, mit der kleinen Wohneinheit, dem geräumigen Arbeitsplatz, den man einmal für drei Halligwarte eingerichtet hatte, nur, dass sich Japsand niemals drei Halligwarte auf einmal leisten konnte. Im Erdgeschoss befand sich außerdem noch der größere Ausstellungsraum, der mit Schautafeln sowohl einen kurzen Überblick über die Geschichte von Südfall gab, aber hauptsächlich die einzigartige Tier- und Pflanzenwelt darstellte. Dieser Raum wurde nur im Sommer geöffnet, wenn Brar einmal am Tag eine Touristengruppe über die Hallig führte, die entweder eine Kutschfahrt hierher gebucht hatte oder durch das Watt geführt wurde.

Geradezu das Stallgebäude und daneben der Schuppen. Lena seufzte, und Brar drehte sich zu ihr um. »Was hast du?«

»Ach.« Lena hob die Hand und senkte sie wieder. »Jedes Mal, wenn ich hier stehe, dann … ich wünschte mir, ich hätte mehr Geld. Ich wünschte, ich könnte –« Albern, dachte sie und sprach nicht weiter.

»Was wünschst du dir?«, hakte Brar beharrlich nach.

»Würde es nach mir gehen, ich würde das Stallgebäude ausbauen und Jugendgruppen aufnehmen. Ich habe dir ja schon davon erzählt. Aber das bleibt wohl immer ein Traum. Japsand wird nie genug Geld dafür haben. Oder wolltest du Geld spenden?« Sie lachte Brar an. »Sag mir doch, dass du zufällig aus einer sehr reichen philanthropischen dänischen Familie kommst.«

Brar lachte laut. »Reich leider nicht. Gut situiert nennt man das, glaube ich, aber ich fürchte, meine Eltern fangen lieber etwas anderes mit ihrem Geld an.« Er hob entschuldigend die Hände. »Bleibst du trotzdem?«

»Weil du es bist«, sagte Lena. Einen Moment lang sahen sich beide in die Augen. Dieses Braun, dachte Lena. Dieses tiefe, warme Braun. Dann wandte sie sich verlegen ab.

Dieses Wiedersehen war, als hätte sie ein altes Feuer wieder entzündet, dessen Glut nie wirklich verloschen war.

Nicht darüber nachdenken, Lena! Immerhin bist du so etwas wie seine Vorgesetzte, auch wenn hierarchische Strukturen das Letzte waren, worauf Japsand Wert legte.

Knut, der den Verein vor vielen Jahren gegründet hatte und ihn immer noch leitete, führte ihn im Grunde wie einen alten Familienbetrieb. Vielleicht hatte sich Lena deshalb sofort wohl gefühlt und am richtigen Platz.

»Ich freue mich, dass du dich frei machen konntest«, sagte Brar und öffnete die Haustür, um sie eintreten zu lassen. »Das Wohnzimmer sieht ein wenig chaotisch aus. Tut mir leid. Ich war die letzten Tage damit beschäftigt, das Ufer am Nordrand zu befestigen, und hatte wenig Zeit zum Aufräumen.« Sein Gesicht verfinsterte sich ein wenig. »Wir sind die Ersten hier, die einen Anstieg des Meeresspiegels zu spüren bekommen.«

Lena nickte. »Unter anderem deshalb bin ich auch gekommen. Jetzt beginnt es ja leider schon, dunkel zu werden, aber morgen früh würde ich gern ein paar Fotos machen. Ich bereite für unsere treuen Spender eine Broschüre vor, die zeigen soll, wie wichtig der Küstenschutz gerade hier ist.«

»Gute Idee«, pflichtete Brar ihr bei. »Komm, stell erst mal deine Tasche nach oben ins Gästezimmer, dann essen wir, und du kannst mir alles genauer erzählen.«

Zwei Stunden später lehnte sich Lena satt zurück, nachdem sie Brar dabei geholfen hatte, den Geschirrspüler einzuräumen, und zog einen Fuß auf den Küchenstuhl. »Das war köstlich, Brar! Ich hab schon lange keinen so guten Hering mehr gegessen.«

»Freut mich. Noch Wein?«

Lena hielt ihm ihr Glas hin. »Aber nur noch halbvoll, bitte.«

»Ich finde die Idee mit der Broschüre für die Spender sehr gut.« Brar trank einen Schluck aus seinem Glas.

»Danke!« Lena spürte, dass ihre Wangen warm wurden. Entweder vom Wein oder von Brars Zuspruch. »Ich hätte es nicht gedacht, aber das Organisieren macht mir auch Spaß. Mindestens so viel Spaß wie die Besuche bei all unseren Vogel- und Küstenschutzstationen. Ich wünschte nur, Japsand hätte mehr Rücklagen. Es gibt immer wieder Projektvorschläge, die wir schweren Herzens ablehnen müssen.«

»So wie deine mit dem Jugendzentrum auf Südfall?«, warf Brar ein.

»Ja, es ist ein Jammer. Aber vielleicht schaffen wir es, mit der Broschüre noch ein paar Förderpartner an Land zu ziehen. Knut ist gut darin, den Leuten das Geld aus der Tasche zu leiern. Und mit schönen Fotos sitzt das Portemonnaie vielleicht noch lockerer.« Sie hob den Fuß wieder vom Stuhl und beugte sich vor. »Hast du dich hier mittlerweile ganz eingelebt?«

Brar schwenkte sein Weinglas, als hätte er Cognac darin. »Ja. Es ging überraschend schnell, und jetzt, wo die Tage länger werden … ich … ich habe das Gefühl, ich will hier gar nicht mehr weg.«

Lena ließ den Blick durch die Küche schweifen. »Kann ich verstehen. Hier würde ich auch nicht mehr wegwollen.« Sie räusperte sich und sprach dann weiter, ohne nachzudenken: »All die Jahre habe ich mich gefragt, warum wir –« Fast erschrocken hielt sie inne. Sie hatte so etwas nicht sagen wollen, aber es war ihr einfach so herausgerutscht.

»Ich auch«, sagte Brar zum Glück sehr schnell, und sie atmete erleichtert auf.

Es brauchte keine Worte mehr. Zumindest in diesem einen kurzen Moment nicht. Fast zeitgleich hatten sie sich erhoben und standen nun dicht voreinander. Sie könnte sich auf die Zehenspitzen stellen und ihn einfach küssen. Aber was, wenn er dann zurücktrat? Etwas sagte wie: Ach, nein, also so empfinde ich nicht? Könnte sie damit umgehen, wenn er sie zurückweisen würde? Könnte sie das verkraften?

Und was war mit Brar? Küsste man einfach so einen Mann, der sich gerade von seiner Freundin getrennt hatte?

Und überhaupt, warum küsste *er* sie eigentlich nicht? Gab es darauf nicht nur eine Antwort? Nämlich die, dass er nicht dasselbe für sie empfand?

Rasch versuchte sie, aufsteigende Bitterkeit herunterzuschlucken. »Ich glaube, ich sollte zu Bett gehen. Es ist spät.« Es soll nicht sein, Lena. Du hast zu viel hineininterpretiert.

»Ja, wahrscheinlich.« Brar trat einen Schritt zurück. Lag Enttäuschung in seinen Worten? Auf jeden Fall aber eine deutliche hörbare Kühle. »Die Tage hier beginnen früh.«

Lena floh fast aus der Küche und die Treppe nach oben. Hier war der Moment gewesen, auf den sie gewartet hatte, und sie hatte ihn einfach so vergehen lassen. Im Gegenteil, sie hatte sich benommen wie eine Pubertierende, die endlich vor ihrem Schwarm stand. War sie bereit, sich wieder auf jemanden einzulassen?

All die Jahre hatte sie an Brar gedacht und doch …

Sie war inzwischen eine erwachsene Frau, keine Studentin mehr, die sich sorglos in neue Abenteuer stürzte. War das Klugheit? Oder nicht doch Angst vor der eigenen Courage?

Sie wusste es nicht. An Liebe auf den ersten Blick hatte sie immer geglaubt. Aber niemals hatte sie ihr das dauerhafte Glück beschert, nach dem sie sich gesehnt hatte. Damals mit Brar in der Cafeteria der Uni, war das nicht auch Liebe auf den ersten Blick gewesen, fragte eine leise Stimme irgendwo in ihrem Hinterkopf. Jetzt jedoch arbeiteten sie zusammen.

Wenn das hier nicht gut ging, dann … Schluss mit dem Denken Lena, befahl sie sich und kramte ihren Pyjama aus der großen Schultertasche, die sie vorhin auf das Gästebett gestellt hatte.

Schlaf. Morgen ist auch noch ein Tag.

Brar

Brar hob noch einmal die Hand und winkte. Auch Lena winkte zurück, dann drehte sie sich um, legte beide Hände ans Steuer ihres Bootes, das schon bald immer kleiner und kleiner wurde auf dem Meer.

Seit gestern war ihm völlig klar, dass mehr als gute Kollegen wohl nie aus ihnen werden würde. Als er sie hatte küssen wollen, als er endlich den Mut aufgebracht hatte, war sie zurückgewichen, als wäre sie ein Reh, das vor dem Jäger flieht.

Er schluckte. Er hatte sie all die Jahre nicht vergessen können, und jetzt, als er sie endlich wieder um sich gehabt hatte, war da sofort wieder das alte Gefühl, das von damals aus der Cafeteria. Diese wunderbare Mischung aus Herzklopfen, Aufregung und einer Verbundenheit, die er vorher noch nie und danach nie wieder so gespürt hatte. Auch nicht mit Annika.

Aber er hatte sich wohl getäuscht. Zum zweiten Mal! Lena sah in ihm den Kollegen, den sie noch von damals kannte, mehr eben nicht.

Nachdenklich setzte er seinen üblichen Weg um die Hallig herum fort. Ines sah er schon von weitem. Sie blieb stehen, und deshalb lief er an zweien ihrer Schafe vorbei den Weg zur Sönkenswarft hinauf.

»Ein wunderbarer Tag, nicht wahr?« Ines hatte sich in ihre dicke beigefarbene Strickjacke gewickelt und sah lächelnd in den blauen Himmel. »Der Übergang vom Herbst zum Winter hier verzaubert mich jedes Mal.«

»Ist das Ihre liebste Jahreszeit?«, fragte Brar und blieb vor ihr stehen.

»Ich komme mir immer vor wie die Mutter der Jahreszeiten, wenn man mich das fragt. Ich liebe alle gleich. Jede Zeit hat ihren Platz, jede Zeit verzaubert mich. Wieder und wieder. Der Frühling, der auf den Wiesen erblüht, der Sommer, der alles sättigt, der Herbst, der davonfegt, was niemand mehr braucht, und der Winter mit seiner Ruhe.«

»Ruhe?« Brar hob eine Augenbraue. »Stürme wohl eher. Mich hat hier der Herbst schon ganz schön weggefegt. Wer weiß, wie es in ein paar Wochen wird.«

Ines lachte. »Ich meine nicht den Sturm und die Flut. Ich meine, dass man im Winter hier weniger zu tun hat. Früher natürlich nicht. Früher habe ich mit meinem Vater die Netze geflickt. Wir haben geschlachtet, das Fleisch verarbeitet, den letzten Kohl geerntet und eingekocht. Aber heute? Alles, was ich im Winter tue, ist stricken. Ich bin bequem geworden.« Nach einem kurzen Moment setzte sie hinzu: »Na ja, und alt.«

Bevor er jedoch dagegen protestieren konnte, holte sie Luft und fragte: »Eine Tasse Tee?«

Brar rieb sich die Hände. Die Sonnenstrahlen waren zwar überraschend warm gewesen, aber der Wind schon beinahe frostig. »Gern! Ich bin seit«, er warf einen Blick auf seine Armbanduhr, »herrje, seit zwei Stunden draußen. Ja, ich könnte einen Tee vertragen.«

Gemeinsam traten sie in die Diele, und Brar entledigte sich seiner Jacke und schlüpfte aus den Gummistiefeln. »Was halten Sie davon, Ines, wenn Sie sich setzen, und ich koche den Tee.« Eben in der Diele fand er sie blass. Blasser als draußen noch, wo der Wind eine feine Röte auf ihre Wangen gelegt hatte.

Sie nickte. »Das lehne ich heute nicht ab. Die Stallarbeit war anstrengend.«

Oft genug hatte ihr Brar inzwischen zugesehen, wie sie Tee zubereitete. Er wusste sehr wohl, wo alles war, und stellte erst den Kessel auf den Herd, dann die Teekanne, nahm das Sieb aus der Schublade und hängte es hinein.

»Das ist sehr nett von Ihnen«, sagte Ines, die sich inzwischen auf die Küchenbank gesetzt und die Arme vor der Brust verschränkt hatte.

»Ach, das ist doch kein Problem«, wehrte Brar ab.

»Schön, dass Lena da war. Ich mag sie gern. Sie kann gut zupacken. Hat mir, als sie Sie vertreten hat, zwei meiner Hühner eingefangen. Ganz patente Frau«, sagte sie zu seiner Überraschung unumwunden.

»Ja … ach …«, sagte er verwirrt.

Ines kicherte. Und es klang sehr jung und sehr übermütig. »Ich wollte Sie nicht in Verlegenheit bringen.«

Er zögerte kurz, dann umriss er doch in kurzen Worten, woher er Lena kannte, wie sie sich wieder begegnet waren.

Ines rührte nachdenklich in ihrer Tasse, die er inzwischen aufgegossen hatte, und nickte dann. »Vielleicht brauchen Sie beide einfach Zeit? Manchmal hat Zeit etwas Magisches. Sie reift nicht nur Früchte am Baum, sondern auch Gefühle und Empfindungen.«

Brar legte seinen Löffel auf die Untertasse und sah Ines zweifelnd an. »Und was, wenn man, während man so reift und die Zeit vergeht, den richtigen Zeitpunkt verpasst?«

Jetzt schüttelte Ines entschieden den Kopf. »Meiner bescheidenen Erfahrung nach geht das gar nicht. Deshalb …« Er fand, dass sie jetzt sogar ein wenig ärgerlich aussah, während sie weitersprach. »Nein, anders. Ich glaube sehr wohl an Liebe auf den ersten Blick. Ich habe es selbst erlebt, glauben Sie mir, aber … woran ich gar nicht glaube, ist, für die Liebe zu kämpfen. Das ist so ein Widerspruch in sich.«

»Wie meinen Sie das?« Doch als er nachfragte, zog sich ihr Gesicht wieder ganz glatt, und es lag nur noch ein freundliches, aber belangloses Lächeln darauf.

»Ach, Brar, hören Sie nicht auf mich. Ich bin eine alte Frau und … vielleicht auch etwas wunderlich.«

In ihm blieb das Gefühl zurück, dass sie etwas ganz Wesentliches hatte sagen wollen, sich es dann aber anders überlegt hatte. Aus welchen Gründen auch immer. Einen Moment lang überlegte er, ob er noch einmal nachfragen sollte, dann jedoch entschied er sich dagegen. Er wollte nicht nachbohren, so wäre es ihm vorgekommen.

»Wie ging es in Ihrem Leben weiter?«, fragte er stattdessen interessiert.

Ines lächelte weiter. »Nicht jetzt. Ich habe noch ein paar Dinge zu erledigen.« Sie stand auf und trug ihre leere Tasse zur Spüle. »Wollen Sie morgen Nachmittag zum Tee kommen? Ich wollte einen Kürbiskuchen backen. Dieses Jahr war wirklich ein ausgesprochen gutes Jahr für Kürbisse.«

»Sehr gern.« Brar stand ebenfalls auf. Lieber wäre er noch sitzen geblieben und hätte ihr gleich weiter zugehört, doch auch auf ihn wartete noch Arbeit. Wenn das Wetter hielt, wollte er später noch zum Fotografieren auf die Nordwiese. Vielleicht erwischte er einen Schwarm Nonnengänse, die um diese Zeit in Richtung Süden aufbrachen.

»Bis Morgen, Ines«, verabschiedete er sich und schlüpfte im Flur wieder in seine Gummistiefel.

Trotzdem fühlte er sich von der kurzen Begegnung mit Ines seltsam getröstet, als er in Richtung Bredenswarft lief.

Amrum, März 1968

Ich bin zurück auf Amrum.

Und das Hotel erwacht. So kommt es mir vor.

Als hätte es im letzten November tief eingeatmet, die Luft angehalten, und jetzt stößt es die alte Luft aus den Lungen und öffnet die Augen. Jetzt, wo wir alle Laken von den Möbeln holen, die Mädchen den Staub aus den Ecken wedeln, der Duft frischer Wäsche durch das ganze Haus weht und die klamme Feuchtigkeit, die alle Gebäude am Meer im Winter durchdringt, vertreibt.

Es gibt eine Neuerung, die mich sehr überrascht hat. Die Räume hinter der Rezeption hat Arno Jensen den Winter über umbauen und renovieren lassen. Entstanden sind hinter dem kleinen Schreibzimmer der Rezeption ein Empfangsraum, von dem zwei Büros abgehen, die durch eine Flügeltür miteinander verbunden sind. Neben neuen, dezent gemusterten mintgrünen Tapeten sind statt meiner alten dunklen schweren Holzmöbel moderne helle Kommoden und Aktenschränke aus Akazienholz eingezogen.

Ich stand noch staunend und verwundert in dem Raum, an dessen Tür mein Namensschild hing und in das mich Peter, der Hotelportier sofort geführt hatte, noch bevor ich meinen Koffer ins Dachgeschoss, in mein Zimmer hätte tragen können, als ich hinter mir Schritte hörte.

Arno Jensen kam durch das Empfangszimmer und war in der Tür zu meinem Büro stehen geblieben.

Wie das klingt! Mein Büro.

»Das wurde Zeit«, sagte er und lächelte zufrieden. »Man führt kein Hotel aus einem komischen Arbeitszimmer, in einer seltsamen Wohnung, die aus zusammengelegten Suiten besteht, heraus. Willkommen zurück, Fräulein Nahnsen!«, sagte er dann noch laut.

Wir beide hatten das Atmen der alten Jensen gehört und drehten uns zeitgleich um.

»Der Elektriker ist hier. Soll ich ihn gleich nach oben in die Wohnung schicken?«

Arno Jensen nickte. »Bitte begleite ihn doch nach oben, Tante Dörte. Dann weiß ich, dass alles seine Richtigkeit hat.«

Eleganter hätte man sie nicht loswerden können. Ich lächelte in mich hinein. Erst als sie weg war, traute ich mich, zu fragen: »Was wird aus der Wohnung?«

»Es war wirtschaftlicher, daraus vier Suiten zu machen. Ich habe sie ebenso modern einrichten lassen wie diese Zimmer hier, und dann können wir im nächsten Winter vielleicht die gesamte Etage renovieren.«

»Und wo werden Sie und Ihre Frau und Josefine wohnen?«

Arno Jensen war den Winter über ein gutes Stück blasser und schmaler geworden.

»Josefine und Conrad werden im nächsten Frühling heiraten. Ich glaube kaum, dass meine Schwester dann noch Zeit finden wird, hier Rechnungen zu sortieren. Und was mich betrifft, gibt es hinter den Garagen im Dünenwald noch eine kleine Fischerkate, in die ich ein paar Möbel habe bringen lassen. Das wird für mich reichen.« Erst nach einer ziemlich langen Pause, in der ich ihn zu Josefines Hochzeit beglückwünschte, was er mit einem knappen Nicken zur Kenntnis nahm und von einem Bein auf das andere trat, fügte er noch knapp hinzu: »Meine Frau wird diesen Sommer in Italien bei Freunden verbringen. Das warme Wetter dort wird ihrer Gesundheit guttun.«

»Oh«, machte ich. »Ich wusste nicht, dass sie krank ist.«

»Ich auch nicht«, sagte Arno Jensen ganz knapp und drehte sich um.

Liebes Tagebuch, ich hätte nicht gedacht, dass ich mich so freuen würde, ihn wiederzusehen. Und, dass ich mich auch auf die kommende Saison so freuen würde.

Heute ist Sigrid angereist. In diesem Jahr wird sie nicht als Zimmermädchen arbeiten, sondern in diesem Jahr wird sie den kleinen Schreibtisch im Empfangsraum besetzen.

Und das war meine Idee.

Wenn ihr Vater sie schon hierherschickt, um etwas über die Hotelführung zu lernen, dann muss sie doch auch Einblick in die Buchhaltung und all die anderen Arbeiten, die so anfallen, bekommen.

Sogar die alte Jensen konnte dagegen nichts sagen.

Am Abend bin ich dann zu Sigrid ins Zimmer gegangen, habe mich auf ihr Bett gesetzt und ihr beim Auspacken zugeschaut.

»Und deine Familie ist schon lange mit den Jensens befreundet?«

Sigrid nickte, nahm eine Strickjacke aus ihrem Koffer, schüttelte sie aus und legte sie dann wieder sorgsam zusammen. »Ja, mein Vater kennt den alten Jensen schon seit vielen Jahren.«

»Wie lange sind denn eigentlich Arno und Emilia schon

verheiratet?«, bemühte ich mich, möglichst beiläufig zu fragen.

»Lass mich mal überlegen … vier Jahre? Fünf? Nein, ich glaube vier.« Sie schob den Koffer zur Seite und setzte sich neben mich. »Warum interessiert dich das?«

Ich hob die Schultern. »Einfach so.«

Sigrid seufzte. »Ich weiß nur, dass der alte Jensen mit Emilias Vater befreundet ist. Und Emilias Vater ist sehr reich, und sie hat ein großes Vermögen in die Ehe mitgebracht, das der alte Jensen sofort in das Hamburger Hotel gesteckt hat.« Mit einem Ruck stand sie wieder auf, entnahm ihrem Koffer eine weiße Bluse, schüttelte sie ebenfalls aus und hängte sie auf einen der Holzbügel. »Weißt du, Emilia tut mir auch leid. Vielleicht fand sie, dass Arno gut aussieht, aber … sie passen einfach nicht zusammen. Es muss furchtbar sein, wenn man wegen Geld gezwungen wird zu heiraten.«

»Das gilt dann wohl für beide.«

»Oh ja! Ich möchte nicht, dass mein Vater mich irgendwann mit irgendjemandem verheiratet.« Sie lachte hell auf. »Na, das traut er sich bei mir aber wohl auch eher nicht.«

»Waren Arno und Emilia denn von Anfang an unglücklich?«

»Ich glaube schon. Ich habe gehört, sie hat einen Liebhaber, der in Italien lebt.«

»Oh«, rief ich aus. »Arno Jensen hat mir erzählt, dass sie diesen Sommer nicht hier sein wird, sondern die warmen Monate in Italien verbringt. Angeblich wegen ihrer Gesundheit.«

Sigrid kicherte. »Ein Liebhaber ist sicher gut für die Gesundheit.«

»Sigrid!«

Ihr Blick wurde ein klein wenig mitleidig. »Du weißt wirklich so gar nichts von der Liebe, was?«

Ich sah sie an und schüttelte den Kopf. »Ich war einfach noch nie verliebt.«

»Kein Junge auf einer Nachbarinsel, der dich mal geküsst hätte? Niemand im Internat?«

Ich schüttelte den Kopf und wurde rot. Plötzlich hatte ich das Gefühl, ich hätte einen Makel, den man mir ansehen würde.

»Und du?«, fragte ich rasch, um von mir abzulenken.

»Ich bin einfach vorsichtig«, sagte sie leichthin und sehr knapp.

Ich habe ehrlich keine Ahnung, was das bedeutet. Ich hätte nachfragen können, aber ich wollte nicht noch dümmer dastehen. Dabei konnte ich ja auch nichts dafür, dass es in meinem Umfeld nie einen passenden Jungen gegeben hatte. Der junge Freerichs träumte meiner Schwester hinterher. Der Sohn von Rieke auf Pellworm, den ich manchmal traf, war fünf Jahre älter und … irgendwie hatten alle jemanden. Nur ich nicht.

Zum ersten Mal dachte ich darüber nach, ob mich meine Eltern vielleicht auch deshalb nach Amrum geschickt hatten. Um einen Mann zu finden.

Aber wie, Tagebuch, wie verliebt man sich? Wie stellt man das an?

Ist das eine Entscheidung? Doch eigentlich nicht. In den Büchern, die ich las, in all den Romanen, wussten die Frauen immer ganz genau: Dieser Mann musste es sein und kein anderer.

Und jetzt, während ich das schreibe, wird mir klar, dass

wenn ein Mann dem ganz entfernt nahekam, diesem Gefühl, dass er es sein musste, dann war es Arno Jensen.

Und das ist völlig außer jeder Diskussion. Arno Jensen ist verheiratet und mein Chef.

Was auch immer ich für ihn fühlte, es würde meine Sache bleiben müssen. Meine ganz allein.

Ines

Vom Küchenfenster aus hatte Ines zugesehen, wie Brar drei Männer und eine große, sehr schlanke Frau in einer jagdgrünen Jacke erst zu den Nistplätzen an der Westseite und dann im Bogen am breiten Priel zurück zum Anleger an der östlichen Seite der Hallig geführt hatte.

Sie sah ihm gern zu, wenn er Gruppen über die Hallig dirigierte. Nicht nur, dass er immer dafür sorgte, dass die Besucher gebührenden Abstand zu Sönkenswarft hielten, sie mochte auch die Freude, die er ausstrahlte, und die Energie, wenn er von den Vögeln, der Natur und dem Leben auf der Hallig berichtete.

Als Brar im Spätsommer auf die Hallig gekommen war, war die Saison schon zu Ende gewesen, und wenn jetzt Besucher kamen, dann waren es Fachkundige von Instituten oder Universitäten. Im Sommer, das hatte sie fest vor, würde sie sich einmal unter die Touristen mischen und lauschen. Sie wartete, bis Brar seine Gruppe zurück zum Anleger gebracht hatte, und als er wieder in ihr Sichtfeld kam, trat sie vors Haus und winkte ihm zu.

Brar winkte zurück und schlug den Weg zu ihrer Warft ein.

»Eine Tasse Tee zum Aufwärmen und Kuchen dazu?«, rief sie ihm zu.

»Gern!« Er rieb sich die Hände, als er eintrat. »Ganz schön frisch!« Brar nickte in Richtung Postschiff, das gemütlich nach Husum schaukelte. »Mein alter Professor, seine Söhne und seine Frau. Unfassbar. Der Mann ist mittlerweile über achtzig und immer noch so reiselustig wie eh und je. Als ich ihm schrieb, dass ich hier Uferschnepfen gesehen habe, hat er sich sofort auf den Weg gemacht. Leider konnte ich ihm keine zeigen.« Bedauernd schüttelte Brar den Kopf.

»Seine Frau war das? Sie sah aber jung aus«, sagte Ines ehrlich verwundert, als sie den Tee aufgoss.

Eine ganz feine Röte zog sich zu Ines' Amüsement über Brars Gesicht. »Ja, sie … es ist seine zweite Frau, glaube ich.«

»Liebe eben.« Ines hatte den Tisch schon gedeckt und stellte jetzt nur noch die Teekanne dazu.

»Und Ihre Liebe?«, fragte Brar schließlich, als er sich setzte und ganz selbstverständlich auf jeden Teller ein Stück Kuchen gab.

»Was soll ich sagen? Ich habe diese Gefühle lange in meinem Herzen bewegt. Und nur dort. Ich habe mit niemandem darüber gesprochen. Weder mit meinen Eltern noch mit Sigrid, noch mit sonst irgendjemandem.«

»Aber es gibt ein Happy End oder?«, fragte Brar und schob sich einen Happen Kürbiskuchen in den Mund.

Ines musste über seine naive Frage erst lachen, dann jedoch nahm der alte Schmerz überhand. Und ein neuer kam hinzu. War das ihr Happy End gerade? Jetzt und hier? Mit Kürbiskuchen? Sie schob den Gedanken beiseite.

»Und, was machen Sie zu Weihnachten, Brar?«, fragte Ines stattdessen und sah an ihm vorbei. Eine harmlose Frage, eine Antwort, die sie gar nicht hören wollte, aber etwas anderes war ihr nicht eingefallen, um sich und ihn abzulenken.

»Ich fahre nach Dänemark. Die ganze Familie kommt immer im Ferienhaus meines Onkels zusammen. Aber zum Jahreswechsel bin ich wieder hier. Das hat sich Klaus gewünscht, der mich dankenswerterweise über die Feiertage hier vertritt.«

»Wie schön«, sagte Ines betont leichthin.

»Und Sie? Was machen Sie zu Weihnachten?«

»Wenn Klaus so nett ist und meine Tiere einen Morgen auch versorgt, feiere ich wie jedes Jahr bei den Freerichs in Nordstrand. Wir sind entfernt verwandt, mein Vater …« Ines lachte. »Nein, das ist zu kompliziert, das bekomme ich nicht richtig zusammen, wer da der Cousin von wem war.«

»Das freut mich für Sie. Ich –«

»Hatten Sie Sorge, ich würde hier allein sitzen?«

»Ein bisschen.« Brar lächelte. »Und wenn dem so wäre, hätte ich sie kurzerhand eingepackt und mitgenommen. Meine Familie hätte ihr eingerostetes Deutsch wieder herausgegraben und …«

Und seine Familie hätte vor allem nicht schlecht gestaunt, wer da bei ihnen am Tisch sitzt, setzte sie seinen Satz im Geiste fort.

»Klingt verlockend, aber ich bin ja schon vergeben, an Heiligabend.« Sie warf einen Blick auf die Uhr, den Brar bemerkte.

Rasch stand er auf. »Jetzt hab ich Sie aber lange genug beansprucht.«

»Nein, nein, schon gut. Ich … ich wollte sie eigentlich bitten, ob Sie sich meine Schuppentür mal ansehen könnten. Sie klemmt seit Neuestem, aber jetzt ist es schon fast dunkel.«

»Dann komme ich morgen vorbei«, bot ihr Brar an.

Sie fanden immer einen Grund, sich gegenseitig zu besuchen. Ines wurde es bei diesem Gedanken ganz warm ums Herz.

»Das wäre mir sehr recht.«

Brar

Seine Mutter lachte erst, küsste ihn und verzog dann den Mund. »Komm rein, Brar! Auch wenn du nur kurz bleibst.«

»Vier Tage! Reicht das nicht?« Er lächelte seine Mutter an, stellte dann seinen Rucksack ab und klopfte den Schnee von seinen Schuhen.

Nichts, aber auch gar nichts hatte sich in diesem Blockhaus seines Onkels verändert, seitdem er ein kleiner Junge war. Jedes Weihnachten hatten sie hier, im Norden von Dänemark auf dem Land, im Schnee verbracht. Sein Onkel Ole, der keine eigenen Kinder hatte und dessen Frau früh gestorben war, hatte sich immer sehr auf die Feiertage mit der Familie seines Bruders gefreut.

Und auch Brar hatte an Weihnachten, Ostern und auch so manche Sommerferien in dieser Blockhütte viele schöne Erinnerungen. Mitten im Nirgendwo, der nächste Ort drei Kilometer entfernt, mit dichtem Wald und einem kleinen See, in dem er im Sommer geschwommen und im Winter mit seiner Schwester Sofia Schlittschuh gelaufen war.

Ein Paradies für Kinder, dachte er, und mindestens genauso paradiesisch für erholungssuchende Kopenhagener, wie seine Eltern, die der Stadt gerne mal ein paar Tage den Rücken kehrten.

»Sofia kommt erst morgen … und dein Vater«, seine Mutter seufzte, »dein Vater und Ole schlagen im Wald den Weihnachtsbaum.«

Beinahe empört rief Brar aus: »Und sie haben nicht auf mich gewartet?« Nicht immer, aber meist war er bei diesem kleinen Abenteuer mit seinem Vater und seinem Onkel dabei.

»Nein, dein Vater meinte, es wäre nicht sicher, ob du bei diesem Wetter heute noch durchkommen würdest.« Seine Mutter deutete mit ihrer schmalen Hand zum Fenster. Gerade setzte wieder dichtes Schneetreiben ein.

»Bei uns auf Südfall war es nur frostig.«

»Bei uns auf Südfall«, wiederholte seine Mutter mit spitzem Mund. Ein seltsamer Unterton lag in ihrer Stimme, und Brar überlegte gerade, ob er nachfragen sollte, als die Tür hinter ihm wieder aufgestoßen wurde. Ein Windstoß wehte nicht nur Schneegestöber in den breiten Flur, sondern auch zwei Männer und eine Tanne.

Rasch packte Brar die Spitze des Baumes. »Nicht so stürmisch!«, rief er aus und sprang zur Seite, als sein Vater den Baum weiter in Richtung Wohnzimmer schob.

Die geröteten und lachenden Gesichter der beiden Männer tauchten zwischen Tannenzweigen auf.

»Und wohin mit diesem Riesenbaum?«, fragte Brars Mutter und stemmte die Hände in die Hüften. »Na, ich lass euch mal machen.«

»Wie immer«, sagte Brars Vater und gab seiner Frau einen sanften Kuss auf die Wange.

Zu dritt schafften sie es schließlich, die riesige Tanne neben dem Kamin aufzurichten.

»Ich glaube, er ist größer als der Letzte«, sagte Ole nachdenklich und wedelte sich Tannennadeln von der Schulter.

»Ich glaube«, sagte Brar trocken, »er ist größer als alle Bäume, die wir bisher hatten.«

Dann umarmte er erst seinen Onkel und dann seinen Vater, der ihm auf die Schulter klopfte. »Schön, dass du da bist, mein Junge. Ist ja schon wieder ewig her, dass wir uns gesehen haben.«

»Finde ich auch«, erwiderte Brar. »Ihr könnt ja auch endlich mal nach Südfall kommen. Es ist genug Platz für alle!«

»Südfall … ja sicher. Natürlich. Steht ganz oben auf unserer Liste. Jetzt aber erst mal einen Eierpunsch für alle, was denkt ihr?« Brars Vater legte einen Arm um Brars Schultern und eine Hand auf Oles Schulter. »Den Guten«, seine Stimme wurde leiser, beinahe verschwörerisch: »Mit Schuss.« Er lachte. »Aber nicht deiner Mutter sagen!«

Die Feiertage verflogen. Sie schenkten sich zwar schon lange nichts mehr, aber am Ende hatte doch jeder mindestens ein kleines Päckchen unter dem Baum. Sofia, Brars Schwester, hatte ihm ein paar Norwegersocken zugesteckt. »Du sollst auf Südfall keine kalten Füße haben«, hatte sie ihm liebevoll gesagt, und Brar hatte seinen Eltern einen Bildband über die Halligen mitgebracht. »Das ist aber schön!«, rief seine Mutter aus, und wieder war Brar ein paar Sekunden lang irritiert. Ihre Stimme klang ein wenig zu hell, und ihm fiel auf, dass sie die Bilder gar nicht wirklich ansah. Beides schob er auf die Feiertage, auf den Stress, der doch immer mit ihnen verbunden war. Nicht immer allem eine Bedeutung zumessen, mahnte er sich und trank noch einen Schluck Punsch.

»Gefällt es dir so einsam auf der Hallig?«, fragte Sofia und legte die Ofenhandschuhe weg, die ihr Onkel Ole geschenkt hatte, weil sie sich so oft die Finger verbrannte.

»Besser, als ich dachte«, gab Brar zurück. »Du musst unbedingt mal kommen.«

»Ich würde wirklich gern.«

Brar sah sie von der Seite an. Ihr glaubte er das sofort. Warum konnte er das bei seinen Eltern nicht?

»Und mit Annika?«, fragte sie leise.

»Das ist o. k. Lieb, dass du fragst.« Er drückte ganz kurz ihre Hand, als sicheres Zeichen dafür, dass sie darüber nicht mehr reden mussten, und seine Schwester verstand.

Am zweiten Feiertag setzte er sich an den altmodischen Telefontisch im Flur neben der Treppe und wählte Ines' Nummer.

Es klingelte ein paarmal, bis sie sich schließlich doch noch meldete. »Nahnsen!« Es klang scharf.

»Hab ich Sie geweckt?«, erkundigte sich Brar sogleich besorgt. »Haben Sie Mittagsschlaf gemacht? Das tut mir leid!«

»Nein, nein!« Jetzt tönte ihre Stimme wie eh und je fröhlich durch die Leitung. »Ich komme gerade aus dem Stall. Wie schön, dass Sie anrufen, Brar! Ich nehme an«, sie lachte jetzt hell und fröhlich, »das Päckchen im Flur war von Ihnen?«

»Ja.« Er lachte jetzt auch, aber es klang verlegen. Lange hatte er überlegt, was er Ines schenken sollte und ob überhaupt. Und dann war ihm das perfekte Geschenk eingefallen.

»Ich habe mich sehr über den Reiskocher gefreut!«

Er war sehr erleichtert, als er die Begeisterung in ihrer Stimme hörte.

»Endlich kein angebrannter Reis mehr. Endlich perfekter Sushireis und … Gemüse kann ich auch gleich mitgaren!«

»Und Kuchen backen«, ergänzte Brar.

»Oh, also das … das will ich unbedingt lernen!« Sie schien einen Moment zu zögern und fragte dann: »Haben Sie eine schöne Zeit mit Ihrer Familie?«

Täuschte er sich, oder schwang da Wehmut in ihrer Stimme mit? Wurde ihr vielleicht jetzt erst so richtig deutlich, dass sie allein war?

»Ja, es ist schön, alle wiederzusehen«, sagte Brar rasch. »Aber übermorgen bin ich ja schon wieder da.«

»Dann wünsche ich Ihnen noch eine schöne Zeit, Brar«, sagte Ines warm und verabschiedete sich dann.

Einen Moment lang hielt er den Hörer noch in der Hand, dann legte er auf.

»Eine Freundin?«, fragte seine Mutter. Zwar klang die Stimme seiner Mutter betont leicht, aber er meinte, darin auch Anspannung zu hören.

»Nein, nein, nur meine Nachbarin auf Südfall. Ich fand, es gehört sich so, ihr ein schönes Fest zu wünschen.«

Seine Mutter strich ihm übers Haar. »Du bist ein guter Junge. Das warst du schon immer.«

Brar lachte. Ein Junge. Das war er schon lange nicht mehr.

»Und – und ihr kommt gut miteinander zurecht, ja?« Wieder lag in der Beiläufigkeit etwas Abwartendes, fand er. Hatte sie Sorgen? Stimmte etwas nicht?

»Sie ist eine sehr nette Nachbarin«, sagte er leichthin. »Aber sag mal, hast du etwas, Mama?«, fragte er besorgt.

»Nein, was soll ich haben?« Sie lächelte und legte sich eine Hand an die Stirn. »Ich glaube, die Kälte kriecht mir in die Knochen. Ich hole mir mal ein paar warme Socken.« Sie räusperte sich und verschwand dann auf der Treppe nach oben.

Noch einmal sah Brar zum Telefon. Sollte er Lena anrufen? Er könnte ihr frohe Weihnachten wünschen. Oder nicht?

In diesem Moment kam seine Mutter und griff nach ihrem Mantel an der Garderobe.

»Komm, Brar, Weihnachtsspaziergang. Die anderen sind schon wieder weit voraus.« Seine Mutter seufzte.

Und Brar stand auf. Die Familientradition hatte ihm die Entscheidung abgenommen. Ein andermal würde er Lena anrufen. »Auf in den Schnee!«

Lena

»Lena, kommst du?«, rief ihre Mutter aus dem Wohnzimmer. »Wir wollen doch essen!«

»Bin gleich so weit!« Lena stand neben dem Gästebett in ihrem alten Zimmer und sah noch immer auf das Smartphone in ihrer Hand. Keine Panik, das war erst der erste Ruf ihrer Mutter. Noch stand sicher nichts auf dem Tisch. Und da unten waren genug Leute, die mit anpacken konnten.

Wie immer waren zu Weihnachten alle ihre Schwestern mit Familien in das Haus ihrer Mutter in Aventoft eingefallen. Und eigentlich mochte Lena das. All ihre Nichten und Neffen brachten ordentlich Leben in die Bude, und sie hatte sich schon heute Mittag lachend mit ihren Schwestern in der kleinen Küche im Weg gestanden und ganz viel Essen zubereitet. Einen Weihnachtsschinken, den es traditionell immer gab, und dann noch Wiener Würstchen für die Kinder, die den Schinken nicht mochten. Kartoffelsalat für alle, und Ihre Schwester Martha hatte zwei atemberaubende Weihnachtstorten gebacken.

Normalerweise waren Lena all diese wunderbaren Traditionen wichtig, und sie liebte sie, aber ausgerechnet an diesem Weihnachten, an dem sie sich gewünscht hätte, dass es sie ablenken würde, schien sie die Wehmut, die sie seit dem Besuch bei Brar auf Südfall fühlte, nicht mehr ganz loszulassen.

Was sie erwartet hatte, wusste sie gar nicht so genau. Vielleicht, dass Brar sich meldete?

Auf der anderen Seite, warum hätte er das tun sollen? Er hatte sie ja auch nicht küssen wollen, hatte sie nicht aufgehalten, als sie abgefahren war.

Sie hatte Zeit verstreichen lassen, hatte sich dann gemeldet, und er war so weit weg gewesen. Nicht nur, weil er auf der Hallig saß und sie in Japsands kleinem Büro in Husum, sondern weil er distanziert klang.

Die einzige Antwort auf all diese Überlegungen war, dass er sich zwar freute, sie wiederzusehen, aber mehr eben auch nicht. Schluck das, Lena. Das ist nicht der Mann deiner Träume. Leb weiter. Und auf gar keinen Fall suchen. Sagte man das nicht immer? Wenn man zu verzweifelt einen Mann suchte, dann klappte das sowieso nicht. Aber wann hatte sie das denn je?

Brar war ihr damals zufällig begegnet, und dann hatte sie ihn zufällig wieder getroffen und –

Sollte Sie ihn nicht wenigstens zu Weihnachten anrufen?

Beherzt drückte sie auf den Bildschirm auf ihrem Smartphone und wartete. Es klingelte und klingelte und …

»Südfall, Klaus?«, meldete sich die tiefe Stimme barsch.

Oh nein! Brar war ja gar nicht auf der Hallig, sondern in Dänemark bei seiner Familie! Sie selbst hatte doch seinen Urlaubsantrag unterschrieben und abgeheftet. Wie konnte sie das vergessen haben?

»Ja, Klaus, hier ist Lena«, sagte sie matt und überlegte hastig, »Japsand wünscht dir ganz frohe Weihnachten, ein schönes Fest und später dann einen guten Rutsch!«

»Oh«, die vorhin noch harte Stimme wurde weich, »das ist ja nett. Danke!«

»Gern. Schönen Abend noch, Klaus.« Lena legte auf. So fröhlich hatte sie Klaus noch nie gehört. Eigentlich, sie kratzte sich am Kopf, eigentlich war das der längste Satz, den sie je von ihm gehört hatte.

Sie legte das Smartphone auf ihren Nachtschrank. Nun, dachte sie, so hatte sie wenigstens einen Halligwart glücklich gemacht. Wenn es auch nicht der Richtige war.

»Lena, der Schinken steht auf dem Tisch!«

Das war das Zeichen. Der Schinken und der grantige Ton ihrer Mutter. »Ich komme!« Hastig ging sie die steile Treppe vom Dachgeschoss hinunter und dann durch die Diele ins Wohnzimmer. »Was hast du gemacht, Tante Lena?«, fragte Per, der Sohn ihrer Schwester Martha.

»Ich hab allen, die heute für den Verein arbeiten müssen, ein frohes Fest gewünscht.«

»Das ist aber nett«, sagte Lenas Mutter und legte ihr einen Arm um die Schultern. »Jetzt essen wir aber erst einmal, und dann gibt es Eierpunsch für alle!« Und Lena flüsterte sie ins Ohr: »Für uns beide mit Schuss!«

Lena drücke die Hand ihrer Mutter. »Kann ich gut gebrauchen.«

»Ist etwas nicht in Ordnung?« Ihre Mutter rückte ein Stück von ihr ab und runzelte die Stirn.

»Nein, nein«, sagte Lena schnell. »Alles wie immer.«

Und irgendwie stimmte das ja auch.

Alles wie immer.

Brar

Im Februar begleitete Ines Brar ein paarmal auf seinen Rundgängen, und er mochte ihre Gesellschaft. Nach Weihnachten waren die Tage lang und dunkel gewesen, aber mittlerweile hatte er das Gefühl, dass sich das Licht langsam, aber sicher einen Weg zurück auf die Hallig bahnte. Und genau dieses Licht nutzten sie aus, um die Hallig zu umrunden. Mit Argusaugen erspähte Ines jede noch so kleine Stelle, an der das Wasser an der Hallig fraß, und machte ihn darauf aufmerksam, und das war ihm tatsächlich eine große Hilfe. Dank ihr sah er die Hallig noch einmal mit ganz anderen Augen, und ihm wurde klar, dass sie, die hier ihr ganzes Leben verbracht hatte, jeden Stein und jeden Grashalm kannte.

»Schau!«, rief sie aus, gerade, als er sie nach einem ihrer Rundgänge zurück zur Sönkenswarft begleitet hatte.

Inzwischen war es fast dunkel. Brar kniff die Augen zusammen und starrte in die Richtung, in die sie zeigte.

»Brennt es da?«, fragte er, als er den kleinen hellen Schein und eine Rauchsäule erblickte.

»Aber nein«, sagte sie lachend. »das ist Biikebrennen auf Pellworm. Heute ist der 21. Februar.«

»Biikebrennen?«

»Eine Tradition hier. Damals hat man damit die Walfänger verabschiedet. Auf den meisten Inseln gibt es das.« Sie holte Luft. »Alle Bewohner und Gäste versammeln sich am

Strand. Meist wirft man auch die alten Weihnachtsbäume auf den Holzstapel.«

»Auf Südfall auch?«, fragte er interessiert.

Ines schüttelte den Kopf. »Solange ich denken kann, nicht, früher, als meine Urgroßeltern noch lebten, gab es das sicher, aber mein Vater war kein Freund von offenem Feuer auf so einer kleinen Hallig. Meine Eltern sind manchmal mit uns mit dem Boot nach Pellworm gefahren, als ich klein war … aber … meist war das Wetter so schlecht, dass wir einfach hierblieben und nach dem hellen Schein Ausschau hielten.«

»Vielleicht wird es Zeit für eine neue Tradition?«, schlug Brar vor und starrte in die Dunkelheit.

»Möglich. Nächstes Jahr«, sagte Ines leichthin.

»Nächstes Jahr«, wiederholte Brar. »Warum nicht?«

Einen Moment lang starrten sie noch auf den kleinen Lichtpunkt, dann drehte sich Ines um, um sich zu verabschieden.

Aber Brar sah auf dem Weg zurück nach Bredenswarft immer mal wieder zum Horizont. Eine schöne Tradition, um den Winter zu verabschieden und den Frühling des neuen Jahres zu begrüßen.

Amrum, September 1978

Über zehn Jahre, Tagebuch. Ich habe lange nicht mehr geschrieben. Vor über zehn Jahren noch warst du mir lieb und teuer. Und dann begann unsere Freundschaft abzukühlen.

Meine Eintragungen wurden kürzer. Was gab es auch schon zu schreiben? Von März bis November im Hotel, Dezember bis Februar auf der Hallig. Ein wenig gleicher Rhythmus.

Im Hotel kamen und gingen die Gäste. Und währenddessen reihte sich Jahr an Jahr.

Zwei Jahre hatte ich meinen Eltern versprochen. Fast elf sind es bisher geworden, vor allem auch, weil ich das Geld, das ich nach Hause brachte, gut gebrauchen konnte.

Wir sind alle älter geworden. Nächstes Jahr werde ich dreißig Jahre alt. Ich bin ein altes Fräulein. Nein, Fräulein sagt man nicht mehr. Nur die älteren Gäste nennen mich manchmal so. Ich habe so viele Menschen kommen und gehen sehen, vor allem auch Angestellte. Von denen, die schon im Hotel waren, als ich hier anfing, gibt es noch Herrn Ulrich, den Koch, die alte Jensen natürlich, die niemals gehen wird, und Karl.

Ansonsten reihen sich Zimmermädchen, Portiers und Küchenhilfen wie an einer Perlenschnur auf.

Birgit hat geheiratet. Zusammen mit ihrem Mann führt sie eine kleine Inselpension im Ortsteil Nebel. Manchmal besuchen wir uns. Aber viel Zeit hat sie nicht. Sie hat drei

Kinder, ihr Mann führt den kleinen Lebensmittelladen im Ort, und sie kümmert sich um Haushalt und Gäste.

Sigrid hat das Hotel ihres Vaters auf Sylt übernommen. Meist besuche ich sie einmal im Jahr im März für eine Woche, bevor ich nach Amrum fahre.

Meine Schwester hat ein Kind ohne Mann, hat Pharmazie studiert und führt jetzt eine kleine Apotheke in Berlin. Wir schreiben uns ab und an Weihnachtskarten, nach Hause kommt sie nicht mehr. Das macht mich manchmal traurig, aber ich hatte es auch nicht anders erwartet.

Meine Eltern bewirtschaften die Hallig, aber auch sie werden älter und das Leben für sie anstrengender. Ich versuche zu helfen, so gut es geht. Von meinen Ersparnissen habe ich ein Badezimmer im Dachgeschoss einbauen lassen. Schluss mit dem Plumpsklo im Schuppen, Schluss mit dem Badezuber in der Küche.

Auch im Hotel haben wir die Zimmer im ersten Stock mit eigenen Bädern versehen. Das Geld hat noch nicht für den kompletten Umbau im zweiten Stock gereicht, aber das macht nichts. Die Zimmer wurden inzwischen alle renoviert und mit neuen Möbeln ausgestattet. Das Hotel ist moderner geworden.

Es gibt auch mehr Konkurrenz auf der Insel, und Arno und ich versuchen mitzuhalten. Seine Mutter ist im Winter gestorben, und das hat ihn sehr berührt.

Seine Frau verbringt noch immer die Sommer in Italien und nicht auf Amrum. Aber mehr weiß ich nicht. Wir reden nicht über Privates. Er hat mir, als er wusste, dass ich das Bad auf der Hallig einbauen lassen wollte, einen Umschlag mit einem großzügigen Bonus zugesteckt.

»Das kann ich nicht annehmen«, hatte ich gesagt und

wollte ihm den Umschlag zurückgeben, aber er hat nur gelächelt. Dieses wortlose Lächeln. Das liebevolle Lächeln, mit dem er mich ab und an bedenkt und in dem noch etwas anderes liegt, das ich nicht recht deuten kann. Ich frage mich so oft, was er über mich denkt, und manchmal auch, was er für mich empfindet.

Ist noch etwas passiert?

Ich glaube nicht. Mein Leben ist völlig bedeutungslos, denke ich manchmal. Wäre ich nicht hier, auch jemand anderes könnte meine Aufgaben übernehmen.

Mein Vater hat mich im Winter gefragt, ob ich glücklich bin. Wir saßen nebeneinander auf der Küchenbank über die Netze gebeugt, während Mutter Freerichs in Nordstrand besuchte.

»Meinst du im Hotel?« Ich sah auf. Ich habe seine Frage gar nicht richtig verstanden.

Er machte jedoch nur eine Handbewegung, die ich nicht recht deuten konnte.

»Am glücklichsten bin ich auf dem Kutter. Auf dem Meer«, antwortete ich daher nur.

Er nickte, und dann sagte er etwas, das mich sehr überraschte: »Ich wünsche mir, Ines, dass du nicht allein bleibst.«

Ich wurde rot und arbeitete schweigend weiter, knüpfte Knoten und zog an den Schnüren. Nicht allein.

Was bedeutet das? Die einzigen Momente, in denen ich mich nicht allein fühle, sind neben Arno. Ich nenne ihn so, wenn wir allein sind, und er sagt Ines, wenn wir allein sind. Das ist das ganze Geheimnis, das wir haben.

Vor anderen ist er Herr Jensen und ich Frau Nahnsen.

Aber in diesen Momenten, wenn er dicht neben mir steht, wir uns gemeinsam über das Rechnungsbuch beugen oder er über meine Schulter sieht, dann, Tagebuch, dann bin ich nicht allein. Dann fühle ich mich geborgen.

Ich will jetzt wieder mehr schreiben. Ich werde mich bemühen. Nicht, weil mehr in meinem Leben passiert, sondern weil ich sonst das Gefühl habe, ich werde später zurückblicken und alles wird verschwimmen, weil eben nichts passiert. Deshalb will ich die Kleinigkeiten festhalten.

Schrieb ich vor ein paar Tagen nicht noch, es würde nichts passieren?

Nun, heute ist alles passiert.

Und es begann am Morgen, als Sigrid mich anrief. Ihre helle, klare Stimme drang durch das Telefon an mein Ohr, als ich abnahm. Ob ich am Nachmittag zum Yachthafen nach Wittdün kommen könnte? Sie wolle mir ihr neues Segelboot zeigen. Noch wäre doch das Wetter warm und trocken.

Ich bat Arno um einen freien halben Tag. In all den Jahren, die ich nun schon im Hotel arbeite, war das die zweite Bitte dieser Art, die ich an ihn richtete.

Er sah mit gerunzelter Stirn auf. »Was ist los?«, fragte er, und Sorge lag in seiner Stimme.

Ich berichtete ihm von Sigrid und dem Boot. Er lächelte mir erleichtert zu und gewährte mir gern gleich nach dem Mittag Freizeit, damit mich Karl mit zum Hafen nehmen konnte, wenn er Besorgungen in Wittdün erledigte.

In meinem Zimmer schlüpfte ich vorher rasch in eine bequeme Hose, ein Polohemd und Segeltuchschuhe. Pullover und Windjacke nahm ich vorsichtshalber mit. Auch wenn die Luft noch sommerlich warm war – auf dem Wasser, das wusste ich ganz genau, konnte es empfindlich kühl werden.

Eine ganze Weile wartete ich am Yachthafen auf Sigrid, vertrieb mir die Zeit mit einem Eis vom Kiosk, und als Sigrid winkend einlief, freute ich mich auf einen unbeschwerten Nachmittag auf See mit ihr.

Ich bin keine gute Seglerin. Sicher, ich bin nicht ganz unerfahren, was Boote generell angeht, aber lieber, und das muss ich sagen, war mir der Fischkutter meines Vaters. Ihn kenne ich in- und auswendig, kenne jedes Stottern und jedes Brummen des Motors.

Trotzdem bewunderte ich das wendige kleine Segelboot, das Sigrid sich selbst geschenkt und damit einen langgehegten Traum erfüllt hatte. Und was das für ein Nachmittag war! Manchmal, in all den Monaten im Hotel vergesse ich, wie schön es auf dem Meer ist. Wie frei ich dort bin und wie gut mir der stramme Wind tut.

Sigrid und ich hatten beinahe verboten viel Spaß auf dem Wasser. Und Sigrid ist eine exzellente Seglerin. Mit ihren Anweisungen hielten wir die Segel stramm im Wind und, was soll ich sagen? Wir vergaßen die Zeit. Alle beide.

Die Sonne schien, wir plauderten über dies und jenes und als sie mich schließlich wieder am Yachthafen absetzte, hatte ich Karl verpasst, der mich zusammen mit den Gästen der Nachmittagsfähre zum Hotel mit zurücknehmen wollte.

Statt auf der Inselstraße entlangzugehen, überquerte ich sie, folgte einem Pfad durch die Dünen, bis ich den Strand erreichte, und bummelte ihn entlang in Richtung Norden, während über dem Meer die Sonne versank. Und ich genoss den Weg. Obwohl es kühl wurde, zog ich die Schuhe aus und ging direkt am Wasser entlang. Der Wind hatte weiter aufgefrischt, und kalte Wellen umspülten meine Beine, aber es machte mir nichts aus. Harte, arbeitsreiche Monate lagen hinter mir, und nur sehr selten nahm ich mir die Zeit für einen Spaziergang.

Dämmerung umfing mich. Ich traf nur wenige Spaziergänger, und die, die mir begegneten, gingen so hastig, dass ich mich schließlich umsah. Kein Wunder, hinter mir zog eine schwarze Wolkenwand auf. War das in der Ferne Donnergrollen? Ich hatte nichts bemerkt, dabei konnte ich jetzt den heranziehenden Regen schon riechen, und die Luft war wie elektrisiert.

Rasch wischte ich mir mit meinen Strümpfen Wasser und Sand von den Füßen, schlüpfte in meine Schuhe und ging schneller, aber leider nicht schnell genug. Noch bevor ich die Stelle zwischen Nebel und Norddorf erreichte, an der die Insel einen Bogen macht, wurde der Donner lauter.

Jetzt rannte ich fast, aber ich wusste, ich würde das Hotel nicht trocken erreichen. Die Wolkenwand schob sich vor den letzten Strahl Sonne und verdunkelte Amrum. Nur wenig später setzte der Regen ein, und innerhalb weniger Minuten war ich komplett durchnässt. Niemand mehr außer mir war jetzt noch am Strand. Noch lag zwar die Gewitterfront hinter mir, so dass ich keinen Blitzschlag fürchten musste, aber es war nur eine Frage der Zeit, bis sie genau über mir wäre. Und vor Gewitter hatte ich einen Heidenrespekt.

Nicht erst, seitdem der Blitz einmal auf der Hallig in den Schuppen eingeschlagen hatte, auch auf dem Meer war es mir unheimlich. Der Regen fiel in Schleiern, die der Wind bauschte wie die weißen duftigen Gardinen, die wir jetzt in den Gästezimmern hatten.

War dort hinten eine Gestalt? Und winkte sie mir?

Das konnte ich kaum erkennen.

Mir war, als hörte ich meinen Namen im Wind.

Aber das Flüstern des Windes ist trügerisch, darauf gebe ich nichts. Das kenne ich von der Hallig.

Tatsächlich.

Ich hatte das Hotel fast erreicht, aber vorher noch, an einem kleinen Weg durch die Dünen stand eindeutig eine Gestalt in einem langen Regenmantel und einer Regenmütze auf dem Kopf.

Und sie rief meinen Namen. Erst dachte ich, es wäre Karl, aber wer auch immer dort stand, war sehr viel größer.

Arno. Es war ganz sicher Arno.

Ich lief auf ihn zu. Er streckte die Hände nach mir aus und sagte immer wieder meinen Namen. Er griff nach meiner Hand und zog mich durch die Dünen, bis wir vor der Fischerkate standen, die er bewohnte.

»Der Regen«, sagte ich entschuldigend und etwas atemlos, weil ich ja so schnell gerannt war, »der Regen … ich habe es nicht rechtzeitig geschafft.«

Hinter mir schloss er die Tür. Die Kate ist klein und alt. Eigentlich besteht sie nur aus zwei Räumen und einem kleinen Bad. In dem großen Zimmer, in das er mich gezogen hatte, brannte ein Feuer im Kamin, auf das ich dankbar zuging. Zwei Sessel standen davor. Arno verschwand durch eine Tür, kehrte mit Handtüchern und einem Bademantel wieder.

»Ich werde im Hotel Bescheid sagen, dass wir dich gefunden haben.« Er wickelte mich in ein großes Handtuch. Eines aus dem Hotel.

»Ich war weg?«, fragte ich verwirrt.

In Arnos kantigem Gesicht rangen Sorge und Belustigung, das konnte ich sehen. »Als Karl dich nicht am Hafen fand, nahmen wir an … wir dachten, ihr seid vielleicht gekentert … wir haben uns Sorgen gemacht. Gerade eben erst habe ich Sigrid auf Sylt erreicht, und sie hat mir gesagt, dass sie dich aber abgesetzt hatte. Dann kam das Gewitter und ... ich dachte, dass du sicherlich gelaufen bist und ...« Sein warmer schneller Atem streifte meine Wange. »Karl fuhr mit dem Wagen über die Insel und ich ... ich lief am Strand entlang, dann kam der Regen und ... Das Wichtige ist, du bist da.«

»Ich war nie weg«, sagte ich leise.

»Zum Glück«, er trat einen Schritt zurück. Die Wärme, die von seinem Körper ausging, fehlte mir sogleich. Als er so dicht vor mir stand, sein Arm meine Schultern berührte, als er mir das Handtuch um den Körper legte, da hatte mein Herz begonnen so laut zu klopfen, dass ich es noch hörte, als er mir das Bad zeigte, mir sagte, ich solle aus den nassen Sachen heraus und in seinen Bademantel schlüpfen. Er würde Tee kochen und ... ich habe vergessen, was er alles sagte, aber es war viel.

Mein Herz klopfte immer noch so vernehmlich, als ich verlegen aus dem Bad trat, mit meinen nassen Sachen in der Hand, die er mir abnahm und in der Nähe des Feuers über zwei Stühle hängte.

Im Kamin knackte das Holz, als ich mich in den Sessel setzte, er noch eine Decke über meine Knie breitete und mir eine Tasse Tee reichte. Wir tranken den Tee gleich. Eine Löffelspitze Zucker und nicht sonderlich viel Milch.

»Ach«, sagte er und ging zu einem kleinen Schränkchen neben der Tür. »Ich habe etwas Besseres.« Er goss zwei kleine Gläser mit einer braunen Flüssigkeit voll.

»Was ist das?«, fragte ich misstrauisch. »Schnaps?«

Er lächelte. »Es wird in der Kehle brennen, dich aber schnell aufwärmen.«

Und es stimmte. Es brannte, aber es tat gut. Mein Herz klopfte aber unbeirrt, nein, eher noch schneller, als er sich den zweiten Sessel dichter zum Feuer und dichter an meinen zog.

Ich musste daran denken, was Sigrid gesagt hatte. Sie hatte mir erzählt, dass ihr Vater immer noch ziemlich unglücklich darüber wäre, dass sie keinen Mann gefunden hätte.

»Aber, weißt du, Ines«, hatte sie gesagt und nicht mich angesehen, sondern übers Meer geschaut, »ich will jemanden, der kommt und mich aus den Latschen kippt. Ich will jemanden, der mich überrascht und nicht an sich zweifelt. Ich will jemanden, der stark ist, noch stärker als ich. Ist das so ungewöhnlich?«

»Stärker als du?«, hatte ich ungläubig wiederholt.

»Ja, siehst du«, hatte sie mit einem Seufzer gesagt. »Ich werde nie heiraten. Ich finde ja auch keinen Mann, der sich von mir nicht eingeschüchtert fühlt. Alles große Helden, aber nur Maulhelden. Zu Hause wollen sie ein Mäuschen, damit sie sich weiterhin einbilden können, Helden zu sein. Sie wollen keine Frau, die ein Hotel führt.« Sie hatte mich direkt angesehen. »Ich denke manchmal, du bist die Einzige, die das versteht. Weil du … du bist auch anders.«

»Wie anders?«

»Du wünschst dir nicht, was alle wollen. Einen Mann, Kinder. Ich komme mir so … so aussätzig vor, weil ich nicht von diesem Leben träume.«

Hatte ich wirklich so andere Wünsche? Was wünschte ich mir eigentlich? Vielleicht doch einen Mann, Kinder? Schon.

Ich warf Arno einen raschen Seitenblick zu. Er hatte sich vorgebeugt und trank langsam. »Für einen Moment«, sagte er jetzt, »dachte ich, dir wäre etwas passiert.«

Ich hob die Schultern. Zwar verteilte mein Blut den Alkohol warm in meinem Körper, und die Hitze des Feuers im Kamin legte sich auf meine Haut, aber es war eine Kühle in mir geblieben. Mein Herz ist kühl, dachte ich. »Und selbst wenn«, murmelte ich mehr zu mir selbst.

Er stand so abrupt auf, dass ich zusammenzuckte, vor meinem Sessel ging er in die Knie. »Ich möchte dir gern etwas erzählen, das niemand weiß.«

Er sah mir direkt in die Augen, und ein kleiner Schauer lief mir über den Rücken. Ob vor Kälte oder Anspannung, kann ich gar nicht sagen.

Ines

Ines klappte das Tagebuch zu. In diesem schmalen Bändchen hatte sie lange nicht mehr gelesen. Sie hatte es unter alle anderen sortiert. Es ist der schönste Band und der traurigste von allen.

Dennoch hatte sie ihn heute herausgekramt, nachdem Brar gegangen war. Je mehr sie ihm von ihrem Leben erzählte und je dichter sie an die entscheidenden Ereignisse kam, desto ängstlicher wurde sie.

Es war mittlerweile spät, aber sie hatte sich, nachdem die Tür hinter Brar ins Schloss gefallen war, mit all ihren Tagebüchern wieder an den Tisch gesetzt.

Würde sie ihm am Ende die Wahrheit sagen? Und was hätte das für Konsequenzen? Für sie, aber viel mehr noch für ihn?

Ines rieb sich die Stirn. Nächste Woche würde der alte Freerichs sie abholen und nach Husum zu ihrem Arzt zur Kontrolle fahren. Und Ines wusste schon, was der Arzt sagen würde. »Alles in Ordnung, Frau Nahnsen, ich schreib Ihnen Ihre Tabletten wieder auf, bis zum nächsten Mal!«

Zack. Und schon stünde sie wieder auf der Straße. Aber gar nichts war in Ordnung. Letztes Jahr im Advent war ihr durch den Kopf geschossen: »Das ist mein letztes Weihnachtsfest.«

Sie hatte sich albern genannt. Sie hatte sich den Gedanken verboten, aber er hatte sich in ihren Kopf gebohrt. Das letzte Weihnachten, der letzte Frühling und jetzt stand der letzte Sommer vor der Tür. Würde sie sterben, weil sie das dachte, oder dachte sie es, weil sie den Tod kommen sah, wie ihre Mutter damals? »Schäfchen, so wie man das Wetter mit allen Sinnen fühlen kann, kann man auch den Tod spüren.« Sie hatte es lächelnd gesagt. In ihrer Stimme hatte keine Beunruhigung, sondern eine sichere Gewissheit gelegen. »Man merkt, wenn es so weit ist, weil die Stimmen im Wind es einem zuflüstern.« Das hatte ihre Mutter geglaubt. Sie war auch der festen Überzeugung gewesen, dass das Flüstern im Wind, das man auf Südfall angeblich hören konnte, die Stimmen der Vorfahren wären.

An die Stimmen hatte Ines nie wirklich geglaubt. Der Wind machte komische Geräusche, wenn er um das Haus fuhr, wenn er über die Salzwiesen strich, und sicher, es klang wie Stimmen, aber … Bis jetzt. Beim letzten Sturm, war da nicht ein Raunen gewesen?

Nicht daran denken, Ines, sagte sie sich, aber sie konnte sich des Gefühls nicht erwehren. Ihre Zeit war abgelaufen. Und jeden Tag konnte ihr Herz müde werden, müder als sonst, zu müde, um weiter zu schlagen.

Seufzend griff sie wieder nach dem Tagebuch. Sie würde es in dieser Nacht zu Ende lesen. Egal wie lange es dauerte.

Und es würde nicht schaden, ein Glas Wein dazu zu trinken. Ines beugte sich über den Tisch, griff nach der Flasche und schenkte sich großzügig ein.

»Kein Alkohol zu den Tabletten, Frau Nahnsen«, hatte der Arzt gesagt und gezwinkert. »Und wenn, dann nur ein winziges Schlückchen.«

Was wusste er schon? Er war jung und gesund. Und wenn

ihr jetzt dieses Glas Wein, das sie noch trinken wollte, einen Tag Lebenszeit klauen würde, dann wäre es so.

Sie hob das Glas in die Luft ihrer leeren Küche. »Auf alle, die einmal hier waren, auf alle, die einmal hierherkommen werden!«

Amrum, September 1978

Ich hob überrascht den Kopf, sagte aber nichts. Vielleicht, weil ich Angst hatte, Arno würde es sich anders überlegen, nicht mehr sprechen, mir sein Geheimnis nicht verraten.

»Als mein Vater meine Mutter heiratete, erhoffte er sich Kinder. Seine erste Frau konnte keine bekommen. Er ließ sich von ihr nach zehn Jahren scheiden. Ihm war es wichtig, die Hotels an seine Nachfahren zu vererben. Aber auch die Ehe mit meiner Mutter blieb kinderlos. Er hatte gedacht, dass eine Frau, die so viel jünger war als er, ihm mit Leichtigkeit einen Erben schenken würde, aber die Jahre vergingen, ohne dass sie schwanger wurde. Und ihm dämmerte der Gedanke, dass es vielleicht gar nicht an den Frauen lag, sondern an ihm. Natürlich war es unter seiner Würde, zu einem Arzt zu gehen. Stattdessen suchten sie ein Waisenhaus in Hamburg auf und fanden mich. Ich war zwei Jahre alt, als meine Eltern mich adoptierten. An das Leben im Waisenhaus habe ich keine Erinnerungen. Und obwohl mein Vater dagegen war, erzählte mir meine Mutter, als sie mit meiner Schwester Josefine schließlich doch noch schwanger wurde, die Wahrheit über meine Herkunft. Für mich änderte sich nichts. Meine Eltern, vor allem meine Mutter, ließen es nicht an Liebe und Erziehung fehlen. Ich wuchs auf mit einem tiefen Gefühl der Dankbarkeit. Mein ganzes Leben lang habe ich versucht, meinen Eltern, die mich vor einer kargen Zukunft im Heim bewahrt und mich in Wohlstand und Überfluss erzogen haben, diese Dankbarkeit zu zeigen. Ich tat, was mein Vater sich wünschte, und setzte alles daran, eines Tages seine Hotels zu übernehmen. Nach einem Brand in unserem Hotel in Hamburg, bei dem glücklicherweise niemand zu Schaden kam, standen wir jedoch vor den Trümmern unserer Existenz. Die Versicherung wollte nicht zahlen –« Er hielt kurz inne und holte Luft. »Das ist eine lange Geschichte. Sie glaubten, das meine Mutter den Brand fahrlässig verursacht hat … Kurzum, wir standen finanziell fast vor dem Aus.« Er machte eine kleine Pause und klang bitter, als er weitersprach: »Als mein Vater mir vorschlug, Emilia zu heiraten, die Tochter eines reichen Bekannten von ihm, hatte ich das Gefühl, dass der Zeitpunkt gekommen war, um mich für all das zu revanchieren, was sie mir Gutes getan hatten. Ich weiß sehr wohl, wovor sie mich bewahrt haben, was sie mir geschenkt haben. Wie hätte ich Nein sagen können? Niemand weiß, woher ich komme, außer meinen Eltern und mir, und ich habe mir geschworen, es nie jemandem zu erzählen. Bis heute.«

Ich stand ebenfalls auf und trat dicht neben ihn. »Was ist heute anders?«

»Du«, sagte er ganz leise und sah mich an. Wie lange wir so dicht voreinander standen, weiß ich gar nicht. Es war, als würden wir uns im Schein des Feuers zum ersten Mal wirklich ansehen. In den anderen hineinblicken.

Liebes Tagebuch, ich frage mich oft, was ist denn Liebe? Wie erkenne ich sie? Oder kann ich erst lieben, wenn ich jemanden schon kenne. Arno liebe ich schon sehr lange, das weiß ich jetzt, und meine Liebe, auch wenn ich sie einseitig wähnte, wuchs, je mehr Zeit ich mit ihm verbrachte.

Sigrid will einen starken Mann. Aber was ist Stärke? Sie

sagte selbst mehrmals über Arno, dass er nett sei, aber viel zu weich, ohne Rückgrat, ohne Durchsetzungsvermögen seinem Vater gegenüber. Wie schnell urteilen wir über Menschen, die wir nicht kennen.

Ich bewundere seine Stärke und seine Dankbarkeit.

Seine Lippen flüsterten jetzt dicht an meinen: »Als ich heute dachte, dir wäre etwas zugestoßen, da … da wusste ich, dass ich so nicht weiterleben will. Habe ich nicht auch ein Recht auf meine Liebe? Haben wir das nicht beide?«

Ich schloss die Augen, und seine Lippen legten sich weich auf meine. All die Jahre des Sehnens und des versagten Glückes explodierten in diesem einen Kuss. Ich war nie allein in dieser Liebe gewesen. Wir küssten uns, und er küsste die Tränen weg, die über meine Wangen liefen. Ich weinte nicht, weil ich traurig war, sondern ich weinte, so wie ich manchmal weinte, wenn ich auf die Hallig zurückkam. Vollkommenes Glück. Der Wind weht dann das Salz des Meeres auf meine Haut, und ich kann es von meinen Tränen nicht mehr unterscheiden.

Alle sagen immer, Glück sei süß. Das stimmt nicht! Ich weiß es ganz genau. Es ist salzig, wie das Meer und die Tränen, und ich möchte es ganz und gar schmecken. Immer wieder, jeden Tag aufs Neue.

Ohne nachzudenken, schlang ich meine Arme um seinen Nacken, und sein Körper drängte sich an meinen. Ich konnte seine Wärme spüren und … über den Rest des Abends schweige ich.

Eine ganze Nacht gehört uns nicht.

Er ist verheiratet, und ich habe kein Recht darauf, am Morgen neben ihm aufzuwachen. Aber ich hatte diesen Abend. Und ich weiß, ich werde nichts darüber schreiben müssen, weil ich mich an jeden einzelnen Kuss, an jede Berührung, an den Duft seiner Haut und an seine Zärtlichkeit bis zum Ende meines Lebens erinnern werde.

Brar

Es war der erste wirklich warme Tag des Jahres. Ein duftender Maitag.

Kurz nach dem Mittag hatte Ines ihn mit einem großen Krug selbstgemachter Zitronenlimonade überrascht. Dankbar setzte er den letzten Stein zur Befestigung ans Ufer und richtete sich auf. Die harte Arbeit und die hochstehende Sonne hatten ihm den Schweiß auf Stirn und Nacken getrieben. Bevor er ihr ein Glas abnahm, hatte er sich mit einem Handtuch die Haut getrocknet und sich dann auf einen der beiden Klapphocker gesetzt, die sie mitgebracht hatte. Er freute sich auf ein bisschen Zeit mit ihr.

Während sie tranken, hatte sie ganz von sich aus begonnen, weiterzuerzählen, wie aus ihrer unerfüllten Liebe eine geheime Affäre geworden war.

»Und Sie konnten das vor allen verbergen?«, fragte er.

Ines sah geradeaus über die blaue Nordsee, die heute so friedlich und freundlich war, deren Wellen sich verspielt umschlangen und ineinander übergingen, bevor sie sanft am Ufer der Hallig anlandeten.

»Ja und nein.« Ein Lächeln zog über ihren Mund und lockerte ihre Züge. »Vor den meisten Menschen konnten wir sie gut verstecken. Wir stahlen uns Stunden aus dem Alltag, meist abends. Ich schlich mich in seine Kate und schlich mich wieder hinaus. Wie auf Katzenpfoten. Einmal fuhren wir zu einer Tagung nach Hannover. Ich rechnete zwei Hotelzimmer ab, aber meines habe ich nicht gesehen.« Sie kicherte, und es klang verschämt und fröhlich zugleich. »Die Einzige, die etwas ahnte, war die alte Hausdame. Von ihr erwischen lassen haben wir uns nie, aber sie hat mir das Leben schwer gemacht. Tauchte immer dann auf, wenn ich gerade das Hotel verlassen wollte, ging mir nach. Wie ich das jedes Mal geschafft habe, ihr zu entkommen, weiß ich nicht. Ich war wohl recht geschickt.«

»Wie lange ging das?«, fragte Brar und trank noch einen großen Schluck. Die Limonade schmeckte köstlich. Nicht zu süß, aber auch nicht zu herb. Erfrischend prickelte die Kohlensäure.

»Zwei Jahre«, antwortete Ines schlicht.

»Und dann?«, fragte er atemlos. Wie immer, wenn Ines ihm aus ihrem Leben erzählte, hatte er das Gefühl, eine unfassbar spannende Serie zu sehen. Und immer dann, wenn er unbedingt wissen wollte, wie es weiterging, vertröstete sie ihn. Doch heute nicht. Heute sprach sie weiter, aber ihr Gesicht verfinsterte sich. Die alte Trauer, die alte Wehmut kehrte in ihren Blick zurück.

»Dann starb sein Vater. Der alte Patriarch. Sehr plötzlich, sehr überraschend.«

»Oh«, sagte Brar leise, »wie mein Großvater. Scheint in Hotelfamilien wohl so zu sein.«

»Ach ja?«, sagte Ines fragend.

»Mehr weiß ich gar nicht.« Brar hob entschuldigend sein Glas. »Meine Mutter hat mir nie viel über ihre Familie erzählt. Alle von ihrer Seite der Familie sind inzwischen gestorben.«

»Das tut mir leid.« Ines' Stimme klang seltsam vage, fand er. Oder bildete er sich das ein?

Er blinzelte in die Sonne. »Und dann waren Sie beide frei?«

»Beinahe.« Er spürte ein Zögern, während sie das sagte. Sicherlich war es schmerzhaft. Was auch immer passiert war, es hatte kein gutes Ende genommen, denn sie war hier allein auf Südfall, und das schon seit vielen Jahren … Er wünschte sich so sehr, dass er sich täuschte.

Plötzlich wurde ihm klar, wie sehr ihm diese ältere Frau ans Herz gewachsen war. Er spürte bei ihr ein Verständnis, das er sich kaum noch mit ihrem nachbarschaftlichen Verhältnis erklären konnte. Für einen Moment musterte er ihr Profil, ihre gerade Nase, ihre großen Augen, um die sich feine Fältchen in die Haut gegraben hatten, ihre hohen Wangenknochen. Er würde gern ein Foto von ihr sehen als junge Frau. Sie war keine klassische Schönheit, aber er konnte sich vorstellen, dass sie sehr attraktiv gewesen war. Immer noch waren da diese klaren, kantigen Züge, die sie besonders machten.

»Sie … Sie müssen mir das nicht erzählen, Ines. Ich meine, ich würde es sehr gern hören, verstehen Sie mich nicht falsch, aber ich kann mir vorstellen, dass es nicht einfach ist.«

Sie nickte, ohne sich ihm zuzuwenden. »Der Tod seines Vaters war erschütternd, aber in gewisser Weise auch unfassbar befreiend. Nur drei Wochen später reichte er die Scheidung von seiner Frau ein. Gerade erst war das Prinzip der schuldhaften Scheidung abgeschafft worden. Vorher brauchte man für eine Scheidung gute Gründe. Wir hätten unsere Affäre öffentlich machen müssen, oder seine Frau hätte ihre Affäre zugeben müssen. Ich glaube, so ähnlich war das. Auf jeden Fall wäre eine der beiden Parteien öffentlich gedemütigt worden. Das entfiel nun. Ar … äh … Peter …«

Brar fiel auf, dass sie sich nicht zum ersten Mal bei dem

Namen ihres Geliebten versprach. Diesmal horchte er auf. Ihm war, als hätte sie etwas verraten und er könnte darauf kommen, was es wäre. So wie ein Wort, das einem auf der Zunge liegt, und man kann es doch nicht aussprechen. Oder lag das daran, dass sie ihm vielleicht einen Spitznamen nicht verraten wollte? Auch möglich.

»Peter hatte seinen Bruder rasch dazu überredet, das Hotel in Hamburg zu verkaufen. Die Hälfte seines Anteils bekam seine geschiedene Frau, die bald darauf, noch schneller als wir sogar, erneut heiratete. Das Hotel auf ...« Wieder ein Zögern. »Pellworm«, fuhr Ines dann hastig fort und räusperte sich, »das behielten wir. Auch wenn wir beide einmal ganz andere Träume gehabt hatten, waren wir dort glücklich und beschlossen, dass dieses kleine Unternehmen unsere Zukunft bedeutete.«

Brar schüttelte ganz leicht den Kopf.

Ines lächelte ihn an. Wie zur Zustimmung, dass er ruhig Fragen stellen durfte.

»Also ... wenn ich mich recht erinnere, wäre Peter eigentlich lieber Gärtner geworden, und Sie, Ines, wollten all die Jahre lieber auf die Hallig zurück, und dann blieben Sie beide dort, wo sie eigentlich lange Zeit unglücklich waren? Ich verstehe das nicht so recht.« Er hatte gesprochen, ohne nachzudenken, nur das gesagt, was ihm in den Sinn gekommen war, und jetzt hatte ihn seine Unbedachtheit selbst überrascht. Für einen Moment befürchtete er, Ines könnte ihm seine Nachfrage doch übelnehmen. Aber seine Sorge war unbegründet. Ines legte den Kopf in den Nacken und genoss wohl die Sonnenstrahlen auf ihrem Gesicht, bevor sie antwortete. »Ja, ich weiß, es klingt ... es klingt einfach nicht logisch, nicht wahr?«

»Genau.«

»Ich kann es nicht recht erklären. Uns beide hatte ein sehr seltsames Gefühl der Freiheit gepackt. Vielleicht genau die Freiheit, die wir uns beide immer ersehnt hatten. All die Jahre, in denen wir sehr wohl wussten, dass wir füreinander bestimmt waren, die Jahre, die wir in Heimlichkeit ausgehalten hatten, waren von uns abgefallen und … vielleicht ersehnen wir Ortswechsel so sehr, weil wir erhoffen, vor allem fliehen zu können, was uns belastet. Jetzt mussten wir das gar nicht mehr. Ergibt das Sinn?«

»Ein wenig.« Brar lächelte ganz leicht. »Ich frage mich, was das über mich aussagt.«

Jetzt drehte Ines den Kopf und sah ihn fragend an.

»Na, ich bin mein ganzes Leben lang herumgeirrt. Sicher, zwischendurch gab es ein paar Jahre, als ich für Annika in Kopenhagen blieb, aber … ich war am Polarkreis, in Amerika, in Asien und jetzt … jetzt bin ich hier. Und ich weiß, ich werde wieder gehen müssen. Aber wohin?« Er hob die Schultern.

»Begleiten Sie mich, Brar, ich möchte Ihnen etwas zeigen.«

Sie stand auf, klappte den Hocker zusammen und griff nach dem inzwischen leeren Limonadenkrug.

Brar klemmte sich den zweiten Hocker unter den Arm und folgte ihr den Warfthang hinauf mit den Gläsern in der Hand. Ines ging zügig. Ihre Schritte waren energisch, und sie war ein klein wenig außer Atem, als sie die Tür zu ihrem Haus aufstieß.

»Ja, lehnen Sie den Hocker an die Wand, und stellen Sie die Gläser auf die Kommode.«

Nach dem hellen Sonnenlicht draußen brauchten Brars

Augen einen Moment, um sich an das gedämpfte Licht in der Diele zu gewöhnen.

Ruckelnd und zuckelnd hatte sie die Schublade der Dielenkommode aufgezogen und ihr ein kleines Kästchen entnommen, in dem sorgsam gefaltet ein paar Zettel lagen. Sie klappte einige der Zettel auf, legte sie auf die Kommode und deutete darauf. »Seitdem es Bredenswarft gibt, schreibe ich, immer wenn ein neuer Halligwart ankommt, darauf, wie lange er bleiben wird. In all der Zeit habe ich mich nur einmal geirrt, und das war … das war nicht abzusehen, weil Hans krank wurde und nicht mehr bleiben konnte, obwohl er wollte.«

»Alle Achtung«, sagte Brar, weil er gar nicht wusste, was er sonst sagen sollte, und starrte auf die Zettel, auf denen die Namen seiner Vorgänger und wahlweise ein oder zwei Jahre standen.

Jetzt bemerkte er, dass sie einen Zettel noch in der Hand hielt. Der Zettel, auf dem sein Name stand.

Sorgsam und langsam entfaltete sie ihn. Ungläubig starrte er darauf. »Brar – für immer«

Seine Augen weiteten sich. Staunen und Überraschung lagen in seinem Blick. Beides lachte er verlegen weg.

»Das ist unmöglich, Ines. Nach zwei Jahren muss ein Wechsel stattfinden. Das sind keine Dauerstellen. Leider. Ich glaube, das hat etwas mit den Fördergeldern zu tun, aber genau weiß ich es auch nicht.«

Erst nachdem Ines alle Zettel wieder zusammengefaltet und in der Kiste verstaut hatte, sah sie ihm direkt in die Augen. »Wir werden sehen, wir werden sehen …«, sagte sie und lachte leise. Dann wurde ihr Gesicht wieder ernst. »Manches im Leben weiß man einfach. Es ist keine Frage, keine Variable. Man weiß es. Vielleicht geht es auch nur mir so.« Sie hob die Schultern und zog sie zusammen.

»Was ist dann passiert? Sie waren glücklich mit Peter, Sie haben geheiratet? Und dann?«

»Dann kam der Sturm.«

Beinahe glaubte er, sie würde ihn wieder wegschicken, würde sagen, dass sie müde war, dass sie sich ein andermal treffen sollten, doch sie setzte sich auf die Stufen der schmalen Stiege ins Dachgeschoss.

Ihm war, als wäre ein wenig von ihrer Kraft, ein wenig ihrer Energie aus ihrem Körper gewichen. Zum ersten Mal, seitdem er sie kannte, sah sie alt aus. Klein und zerbrechlich. Vorsichtig setzte er sich neben sie, und ihre Schultern berührten sich. Sie schien es nicht zu bemerken. Sie schien in ihren Gedanken sehr weit weg.

»Wir warteten ein wenig, anstandshalber. Ein halbes Jahr ungefähr, dann heirateten wir. Wir hatten auf … auf Pellworm ein Grundstück gefunden, das die Gemeinde gerade als Bauland ausgewiesen hatte und … wir hatten ein Haus im Sinn, das wir bauen wollten. Nichts Besonderes. Nichts Außergewöhnliches. Ein schlichtes Backsteinhaus mit einem Giebel. Ein Schlafzimmer, zwei Kinderzimmer, eine große Küche, ein schönes Wohnzimmer, ein Arbeitszimmer. Fertighäuser waren damals sehr in Mode. Und dieses Modell sah aus, als könnten wir darin lange glücklich sein. Auf dem Bild im Katalog war ein schöner Vorgarten abgebildet. Ein Bauerngarten mit blühenden Hortensien, Stockrosen und … Kitschig, nicht wahr? Trotzdem, so etwas stellten wir uns vor. Wir waren ja beide nicht mehr ganz jung, aber wir träumten dieselben Träume wie alle frischverheirateten Paare. Der Kauf und die Baugenehmigung zogen sich trotzdem über ein Jahr. Es war vielleicht ärgerlich, aber es machte uns nichts aus. Warten waren wir gewohnt. Und wir waren überall glücklich. Auch in der kleinen Fischerkate. Inzwischen war ich schwanger geworden und das Glück perfekt. So viel Glück, dass ich manchmal dachte, ich würde platzen, könnte es gar nicht aushalten. Jeden Tag Glück. Das war ich nicht gewohnt.« Sie holte Luft. »Es stellte sich heraus, dass es von kurzer Dauer war. Meine Schwangerschaft war schwierig. Ich war nicht mehr ganz jung, es gab Komplikationen, und ich lag die meiste Zeit in Husum im Krankenhaus … Peter war so oft bei mir, wie es ging. Er riss sich ein Bein aus, um das Hotel zu führen und gleichzeitig bei mir zu sein. Es war der Herbst 1981, November, um genau zu sein. Eine schwere Sturmflut traf Nordfriesland. Auch Husum, aber nicht so stark. Südfall war betroffen, meine Eltern verloren vier Schafe, die im Stall ertranken. Und es traf unser Hotel. Nicht das Wasser, aber der Sturm. Er deckte die Hälfte des Daches ab, dann gab es einen Kurzschluss in der Heizungsanlage, und beinahe das ganze Hotel brannte ab. Es war außerhalb der Saison, und wir hatten geschlossen, weil wir gerade all unsere Ersparnisse in die Renovierung des Ballsaals und des Küchentraktes gesteckt hatten. Die Versicherungssumme deckte gerade einmal die Ausgaben, die wir in die Renovierung gesteckt hatten. Aber das wusste ich damals nicht. Das hatte mir … Peter gar nicht erzählt. Er saß an meinem Bett, ich sah die Sorge in seinen Augen und dachte, sie würde allein mir gelten. Im Januar gebar ich ein gesundes Kind. Ich war überglücklich. Ich dachte, ich würde heimkommen, und alles wäre gut. Aber ich konnte es in seinen Augen sehen. Nichts war gut. Am Tag, bevor ich entlassen wurde, erzählte er mir alles. Wir waren finanziell ruiniert. In den Jahren zuvor hatten wir viel Geld in das marode Hotel gesteckt. Nicht nur, um konkurrenzfähig zu bleiben, auch, weil das Hotel einfach alt war. Die Elektrik, die Heizungsanlage … nichts entsprach dem neuesten Stand. Trotzdem gingen wir das Risiko ein, weil wir dachten, das wären alles Investitionen in unsere gemeinsame Zukunft. Wir haben uns völlig übernommen.« Ihre Stimme wurde brüchig.

Brar legte seine Hand auf ihre. Ines drückte sie kurz, schob sie dann aber weg und stützte ihr Kinn in ihre Hände.

»Ich muss das zu Ende erzählen. Und ich schaffe das nicht, wenn jemand zu viel Mitleid hat.«

Er nickte. Das konnte er verstehen.

Durch ihren dünnen Körper ging ein Zittern. »Ein guter Trost war, dass niemand zu Schaden kam bei dem Brand. Nur wenig Angestellte blieben den Winter über, und alle schafften es rechtzeitig aus dem Gebäude. Als Peter das Kind und mich am nächsten Tag abholte … heimholte … es war eine stille Rückfahrt. Und für mich eine Fahrt ins Ungewisse. Das Hotel gab es nicht mehr. Den Kauf des Grundstückes, den Bau des Hauses – all das würden wir rückabwickeln müssen, das Grundstück wieder verkaufen. Alles, was uns geblieben war, war diese kleine Kate. Immer wieder drückten wir unsere Hände, immer wieder versicherten wir uns, wir würden es irgendwie schaffen. Es würde gutgehen. Trotz all des Unglücks … wir waren jetzt Eltern. Wir würden es schaffen.« Sie machte noch eine kleine Pause. So, als würde sie Kraft sammeln, um weitersprechen zu können.

Brar spürte, dass er flach atmete, während er darauf wartete, dass sie weitersprach.

»Es war ein kalter Januartag. Davor hatte es drei Tage am

Stück geregnet, in der Nacht war es jedoch frostig geworden. Eisregen prasselte auf den Wagen nieder. Peter war immer ein guter Fahrer gewesen, doch an diesem Tag wurden ihm aufsteigender Nebel und die Glätte zum Verhängnis. Er verlor in einer Kurve die Kontrolle über den Wagen. Wir prallten gegen einen Baum, überschlugen uns mehrmals, und das Auto landete ein Stück abseits der Straße in einem Feld. Der Nebel war inzwischen so dicht, dass man den Wagen erst ein paar Stunden später fand. Ich überlebte. Aber Arno und mein Kind waren seitdem nicht mehr bei mir.«

Brar sagte eine ganze Weile lang nichts. Jedes Wort war zu wenig. Stattdessen legte er ihr den Arm um die Schultern. Diesmal wehrte sie ihn nicht ab, diesmal saßen sie schweigend eine ganze Weile so.

»Es gab Gerede. Manche sagten, er hätte uns alle umbringen wollen, weil er keinen Ausweg sah, weil er verzweifelt war. Davon erfuhr ich allerdings erst später. Doch es hat mich fast noch mehr getroffen als sein Tod. Niemand kannte ihn so wie ich. Niemals hätte er das getan. Niemals.« Sie sagte es so entschieden, dass sie damit auch den leisen Zweifel, der in Brar aufgestiegen war, sofort im Keim erstickte. Nach allem, was sie erzählt hatte, konnte er sich das auch nicht vorstellen.

Eine ganze Weile später klopfte sie ihm auf den Oberschenkel. »Ich muss mich jetzt um die Schafe kümmern.«

»Und ich muss auch weiterarbeiten, bevor es Zeit wird, die Hühner zu füttern.« Brar erhob sich. »Danke, dass Sie mir das erzählt haben.«

Ines blinzelte und wischte sich über die Augen. Sie hatte nicht geweint, aber sie glänzten feucht. »Es tat gut. Ich habe das … das habe ich schon lange niemandem mehr erzählt. Sehr lange.«

Ohne darüber nachzudenken, nahm er sie in den Arm, drückte sie kurz und fest, bevor er wortlos das Haus verließ.

Das war die Geschichte seiner Nachbarin, und dennoch ließ sie ihn bestürzt zurück, als würde sie ein bisschen auch ihn betreffen.

Lena

Mit einem Stapel Prospekten und zwei Rechnungen zwischen den Zähnen, einem Einkaufsbeutel mit Milch, Eiern, Gemüse und Brot in der linken Hand, kramte Lena den Schlüssel aus ihrer Handtasche, schloss die Wohnungstür auf, trat ein, schloss sie mit dem Fuß hinter sich, stellte den Beutel ab und legte die Post des heutigen Tages auf die kleine Kücheninsel.

Kurz rollte sie mit den Augen und dachte dann: Geschafft. Sie war den ganzen Tag unterwegs gewesen. Erst in Nordstrand, dann auf Pellworm, dann kurz im Büro in Husum, und jetzt endlich war ihr Arbeitstag zu Ende.

Doch bevor sie aus ihren Schuhen schlüpfen konnte, vibrierte ihr Handy in ihrer Hosentasche.

Wie immer, wenn es klingelte, hoffte sie für den Bruchteil einer Sekunde, dass es Brar wäre. Aber nein. Unbekannte Nummer. »Hallo?«, sagte sie fragend.

»Lena Hansen?«, fragte eine männliche Stimme zurück.

»Ja«, sagte sie diesmal. »Wer sind Sie?«

»Entschuldigung, dass ich Sie so überfalle. Mein Name ist Björksen, Sten Björksen.«

Irgendetwas klingelte in ihrem Hinterkopf, aber sie konnte den Namen und den dazugehörigen Mann nirgendwo einordnen.

»Sie erinnern sich vielleicht nicht, aber vor etwa drei Jahren haben Sie sich beim Antarktis-Institut beworben.«

»Oh ja, doch. Ich«, Lena lachte ein wenig hilflos, »ich habe nur nie wieder etwas gehört.«

»Ja, das tut mir leid. Bei uns dauert das manchmal ein bisschen. Wir bekommen ganze Fluten von Bewerbungen für unsere Forschungsstationen in der Antarktis. Wir hinken immer hinterher.«

»Das kann ich mir vorstellen.« Hatte Lena eben noch an den Schnürsenkeln ihrer Turnschuhe gezogen, stand sie jetzt ganz still und hielt die Luft an.

»Nun, auf jeden Fall finden wir Ihre Bewerbung sehr interessant und –« Blättergeraschel und eifriges Tippen am anderen Ende. »Und wir würden Sie gern zu einem Bewerbungsgespräch einladen. Es ist zwar noch eine Weile hin, aber wir suchen für unsere Forschungsstationen eine Biologin. Sie müssen wissen, wir stellen weit im Voraus ein, die entsprechende Stelle wäre erst in etwas über einem Jahr zu besetzen, andererseits wissen wir, dass auch unsere zukünftigen Mitarbeiter einen gewissen Vorlauf brauchen, um eine sechsmonatige Abwesenheit vorzubereiten. Könnten Sie sich das grundsätzlich noch vorstellen, oder haben Sie inzwischen ganz andere Pläne?«

Niemals hätte sie damit gerechnet, dass aus dieser Bewerbung etwas hätte werden können. Niemals. Sie hatte sie damals aus einer Laune heraus abgeschickt und wenig später bereits wieder vergessen. Lena atmete aus.

»Ja, ich kann mir das noch vorstellen.«

»Schön, wollen wir gleich einen Termin machen für ein Bewerbungsgespräch, in dem wir alles Weitere abklären können?«

Zehn Minuten später hatte Lena aufgelegt und starrte noch immer ungläubig auf das Smartphone in ihrer Hand.

Antarktis. Südpol. Pinguine. Alles purzelte in ihrem Kopf durcheinander. Und dann war da noch eine unbestimmte Trauer. Ein diffuses Gefühl der Wehmut.

Reiß dich zusammen, sagte sie sich. Es hilft nichts. Sie war eine erwachsene Frau. Und es brachte rein gar nichts, einem Mann hinterherzutrauern, mit dem nichts gewesen war und mit dem auch nichts werden würde.

Denk an die Pinguine, sagte sie sich. Die sind niedlich und immer gut angezogen.

Husum, April 1981

Ein Tag verschwimmt in den anderen. Vor ein paar Tagen, als ich endlich aufgewacht bin, aus einem langen weißen, schweren Traum, hat man mich ans Fenster geschoben. Vielleicht hatte die Schwester gedacht, dass mich die Aussicht aufheitern würde. Ich schaue auf den kleinen Park am Krankenhaus. Darin stehen kleine, knubbelig beschnittene Bäume, die aussehen wie böse Waldgeister aus einem Märchen. Tagsüber tarnen sie sich harmlos mit Frühlingsgrün, aber nachts werfen sie lange Schatten, die nach mir greifen.

In allen anderen Betten in diesem Zimmer kommen und gehen Mitpatientinnen. Nur ich, ich bleibe. Mein Körper heilt, und er tut das ganz ohne meinen Willen, ganz ohne mein Zutun, denn ich, ich wäre auch lieber mit Arno gestorben.

Dass er tot ist, hat mir der Arzt gesagt, einen Tag nachdem ich die Augen aufgeschlagen hatte. Ich habe gebettelt und gefleht, dass man mir sagt, was passiert ist, aber ich wusste es längst.

»Denken Sie doch an Ihr Kind!«, hatte der Arzt gesagt. »Sie müssen kämpfen, für Ihr Kind.«

Mein Kind ist weit weg. Ich hätte mir gewünscht, dass meine Mutter Gonne mitnimmt, aber wie hätte das gehen sollen? All die Arbeit auf der Hallig, und meine Eltern sind nicht mehr ganz jung. Also hatte sie zusammen mit Arnos Schwester Josefine entschieden, dass es wohl am besten wäre, das Baby Josefine und ihrem Mann Conrad nach Kopenhagen mitzugeben. Dort wäre Gonne gut aufgehoben, bis ich mich wieder um ihn kümmern konnte.

Bis oder wenn.

Gonne hatten wir ihn genannt. Als es noch ein *wir* gab, als ich noch nicht allein war. Gonne, der Kämpfer. Wie sehr er würde kämpfen müssen, wussten wir ein paar Tage vor dem Unfall ja noch nicht. Es ist ein Wunder, dass er den Unfall und die Kälte überlebt hat. Die Ärzte sagten, es wäre sein Glück gewesen, dass er so sicher in seinem Korb zu meinen Füßen lag. Dort hatte ich ihn abgestellt, um mich fester in meine Jacke zu wickeln.

Glück ist manchmal auch die Verkettung glücklicher Umstände.

Ich weiß meinen Sohn bei meiner Schwägerin und ihrem Mann, die sich doch so sehnlich eigene Kinder wünschen, gut aufgehoben. Gleichzeitig bin ich entsetzlich wütend auf sie, weil sie ihn im Arm halten können und ich nicht. Mein Kind ist nicht bei mir.

Und über allem liegt meine Trauer um Arno wie eine bleischwere Decke. Manchmal sehe ich ihn im Traum. Er sagt mir, wie sehr er mich liebt, und er sagt auch, dass ich eines Tages wieder würde laufen können.

Ich wache dann auf, am Morgen nach diesen Träumen, an die ich mich nur schemenhaft erinnere, und Tränen laufen über meine Wangen. Ich wische sie nicht weg. Ich schmecke ihr Salz auf meinen Lippen. Meine Tränen sind mein Meer. Schrieb ich nicht irgendwann mal diesen unendlichen Kitsch, dass Glück salzig wäre? Ich wusste nichts damals.

Meine Eltern kommen mich jede Woche besuchen. An einem Tag sitzt mein Vater an meinem Bett. Er ist alt geworden, fällt mir auf. Das blonde Haar ist grau, das Gesicht vergilbt wie ein altes Bild. Er spricht nicht mit mir. Er drückt nur meine Hand, und ich glaube, er bemüht sich sehr, nicht zu weinen. Am anderen Tag setzt sich meine Mutter zu mir. Meine Mutter lässt sich ihr Haar färben, aber ich sehe, dass Kummer und Arbeit Falten um ihre Lippen gegraben haben. Sie spricht leise mit mir. Sie erwartet keine Antwort. Sie erzählt mir von den Schafen auf der Hallig, vom Wind und vom Sturm. Sie erzählt mir, wie es wird, wenn ich mit Gonne auf die Hallig komme. Ich möchte ihr so gern glauben.

Und wenn sie beide wieder weg sind und ich wieder allein am Fenster liege, dann taste ich manchmal nach meinen Beinen, die ich nicht spüren kann.

Einmal kam Sigrid. Sie hat geweint. Ich weiß nicht mehr, was sie sagte, aber ich habe sie angestarrt. Zum Abschied versprach sie, mir zu schreiben.

St. Peter Ording, Juni 1981

Man hat mich in einen Krankenwagen verladen und in eine andere Klinik gebracht, irgendwo in der Umgebung von St. Peter Ording, ach, es ist mir egal, wo ich bin.

Hier habe ich ein Einzelzimmer. Hier sollte ich wieder laufen lernen. Dass es eine andere Klinik ist, sehe ich am Ausblick, diesmal kann ich auf einen Deich blicken und auf Schafe, die darauf weiden, und ich sehe es daran, dass andere Schwestern mir morgens meine Waschschüssel ans Bett bringen.

Und wieder ein neuer Arzt. Aber dieser ist anders. Er sieht freundlicher aus, und er ist älter als die Ärzte in der Unfallklinik. Sein dunkelbraunes Haar ist an den Schläfen grau, und sein Körper ist plump. Aber er war der Erste, der sich einen Stuhl an mein Bett zog.

»Wie geht es Ihnen, Frau Jensen?«

Es schmerzt mich so sehr, mit Arnos Namen angesprochen zu werden, aber ich blinzelte die Tränen weg. Und ich schwieg, weil ich nicht recht wusste, was ich sagen soll.

»Eine einfältige Frage, nach allem, was Sie durchgemacht haben, nicht wahr?« Der Arzt lächelte ganz leicht. Nicht mit dem Mund, nicht breit, eher war es ein freundliches Lächeln in seinen Augen.

Ich nickte.

Er hob das Klemmbrett in seiner Hand. »Es gab ja auch kaum einen Knochen in ihrem Körper, der nicht gebrochen war. Becken, Hüfte, Rippen, Wirbelkörper ...« Er sah wieder auf und mich an. »Wissen Sie, normalerweise fragen mich meine Patienten jetzt, ob sie eines Tages wieder laufen lernen.«

Ich hob die Schultern, wandte den Blick wieder ab und sah geradeaus auf die weiße Wand.

Der Arzt legte das Klemmbrett auf den weißen Tisch, der neben meinem Bett stand. Ich konnte seinen freundlichen Blick auf mir spüren. »Ich würde mehr sehr wünschen, dass es Ihnen bald wieder besser geht«, sagte er, »ich könnte Ihnen jetzt das Übliche erzählen. Wie schön das Leben ist und dass es sich lohnt, dafür zu kämpfen und für Ihren Sohn und so weiter, aber ehrlich ... ich wünsche mir, dass es Ihnen besser geht, weil es mir viel bedeutet, Patienten bei ihrer Gesundung zu begleiten. Das macht mich glücklich.«

Zum ersten Mal seit Wochen fühlte ich ein kleines Zucken in meinem Mundwinkel. Kein Lachen, aber einen Hauch Belustigung. »Sie sind ein Egoist.«

»Oder Sie nennen mich einfach Dr. Berger, wie die anderen hier.« Er zwinkerte mir zu und verließ das Zimmer.

Ich begriff, was er mir anbot. Seine Hand, weil meine zu schwach war, sich darauf zu stützen.

Liebe Ines,
wie geht es dir? Machst du Fortschritte? Wir wünschen es dir so sehr!
Ich schreibe dir heute auch, um dir von Gonne zu berichten. Er ist ein fröhliches Baby. Dick, rund und gesund. Ich bin viel draußen mit ihm, im Garten. Im Schatten der alten Kastanie liege ich mit ihm auf einer Decke und beobachte, wie er mit den Beinchen in den

Himmel strampelt und fröhlich jauchzt. Ein zuckersüßer Anblick!
Aber ich möchte, dass du weißt, dass auch mein Herz durch Arnos Tod gebrochen ist. Auch wenn wir uns in den letzten Jahren nicht oft gesehen haben, vermisse ich meinen Bruder schmerzlich.
Wenn es dir etwas besser geht, würden wir dich gern besuchen und auch Gonne mitbringen. Es gibt noch einiges zu regeln, was das Erbe betrifft. Aber sei dir gewiss, wir nehmen dir gern alles ab, worum du dich jetzt nicht kümmern kannst.
Alles Liebe
Conrad und Josefine

Josefine war keine regelmäßige Briefschreiberin, aber sie gab sich Mühe, sich wenigstens einmal im Monat zu melden.

Wann immer ich auf dem Wagen der Schwestern, auf dem Medikamente, Verbandszeug und das Blutdruckmessgerät ihren Platz haben, den Kasten mit den Kuverts und Postkarten sehe, zieht sich mein Herz zusammen. Ich will so gern, dass ein Brief für mich dabei ist, will jedes Wort über Gonne aufsaugen, und gleichzeitig fürchte ich nichts mehr als den Anblick dieses Kastens, aus dem die Schwestern die Briefe verteilen.

Denn er ist die stetige Erinnerung daran, dass meinen Sohn und mich nur diese Briefe verbinden, die Josefine mehr oder weniger zuverlässig schreibt.

August 1981

Liebe Ines,
wie geht es dir?
Ich glaube, niemandem von uns war so recht klar, wie weit der Weg noch ist, der vor dir liegt, bis du wieder genesen bist, und selbst dann wird lange noch nicht alles wieder gut sein. Conrad hat es wirklich das Herz gebrochen, dich so zu sehen!
Mach dir keine Sorgen. Wir kümmern uns um alles. Um den Verkauf eures Baugrundstückes, und wir haben auch bereits Interessenten für das Hotel oder das, was davon übrig ist. Die schlechte Nachricht ist, dass all das mit viel Glück gerade reichen wird, um die noch ausstehenden Kredite zu tilgen. Ich hoffe, wir finden noch eine Lösung.
Es tut mir so leid, dass Gonne und ich Conrad nicht bei seinem Besuch bei dir begleiten konnten. Glücklicherweise ist Gonne nach seiner Erkältung aber inzwischen wieder ganz gesund und brabbelt fröhlich vor sich hin. Ich bin mir sicher, er hätte dich gern gesehen und du ihn. Wie schade. Das nächste Mal!
Alles Liebe
Josefine

Ich bin dankbar, und ich bin böse. Beides zur gleichen Zeit. Ich bin so dankbar, dass sie sich um alles kümmern, und gleichzeitig entsetzlich neidisch darauf, dass sie Gonne haben.

Manchmal ist das Gefühl des Vermissens so übermächtig, dass es wie ein großer Schmerz meinen ganzen Körper durchzuckt. Und ich vermisse beide. Arno und Gonne.

Und dann ist da noch der körperliche Schmerz bei allem,

was ich tue. Ich ziehe mich hoch, und es schmerzt. Jeden Tag übe ich, mit dicken Gurten gesichert, in einem Gerät, das aussieht wie ein Barren. Rechts und links kann ich mich festhalten, und in der Mitte ist eine Art Laufband, auf dem ich üben kann. Ich mache winzige Fortschritte, kaum merkbare Fortschritte.

Aber Dr. Berger ist sehr zufrieden mit mir.

Und das reicht mir.

Es tut gut, jemanden um mich zu wissen, der zumindest einen Teil der Gefühle hat, die eigentlich ich erleben sollte.

Ich glaube, Dr. Berger weiß gar nicht, was das für mich bedeutet, denn ich, liebes Tagebuch, ich fühle nichts.

Obwohl, so ganz stimmt das nicht, denn ich fühle nichts Gutes. Nur die Trauer kann ich fühlen, die Bitterkeit in meinem Mund schmecken und … die Wehmut.

Immer wieder muss ich an den Tag denken, an dem ich mit Arno vor dem Grundstück am Rande von Norddorf stand, auf dem unser Zuhause entstehen sollte. Die Lage war fantastisch. Ruhig, mit Blick auf die Dünen und kaum zehn Minuten zu Fuß vom Hotel.

Wir standen einfach da. Noch war alles Wiese, aber wir konnten es beide sehen, unser neues Heim.

Arno hatte den Arm um meine Schultern gelegt und mich an sich gezogen. »Und da hinten bauen wir vielleicht noch einen Schuppen für die Gartengeräte. Und ein Gewächshaus für Gemüse. Was denkst du?«

»Unbedingt! Und von der Terrasse aus können wir auf die Dünen sehen.«

»Ja«, sagte Arno, und ich hörte die Freude in seiner Stimme, »wir sollten sie überdachen lassen, dann können wir sie länger genießen.«

»Die Buddelkiste kommt auf die Wiese.« Ich drehte mich in seiner Umarmung, bis ich vor ihm stand, und zupfte eine Fluse von seinem Pullover. »Wir haben sehr lange darauf gewartet.«

Arno küsste meine Stirn. »Ich ... ich hätte es dir nicht verdenken können, wenn du irgendwann weggegangen wärst. Aber ... du hast auf mich gewartet und –« Er küsste mich noch einmal. »Du hast gewartet und wusstest niemals, ob sich dein Warten jemals erfüllt.«

Darüber hatte ich ein wenig nachgedacht und dann den Kopf geschüttelt. »Ich habe nicht gewartet, ich habe dich einfach geliebt.«

Er öffnete den Mund, aber dann sagte er doch nichts und küsste mich stattdessen. Als wir uns schließlich aus der Umarmung lösten, flüsterte er: »Wir werden hier sehr glücklich, das kann ich spüren.«

Er hatte es doch spüren können, denke ich sehr oft sehr trotzig. Er hatte es spüren können, und trotzdem wurde ich darum betrogen. Um mein Glück.

Meine Mutter sagte einmal, während sie an meinem Bett saß, dass mich das alles sehr bitter und sehr hart machen könne oder aber sehr weich und verständnisvoll für andere Menschen.

Und hier liege ich also und weiß nicht, wie es ausgeht.

Ines

Herr Aumüller hob die Tasse Kaffee, die Ines ihm gereicht hatte, gleich zum Mund, trank und machte dann erfreut: »Ah! Wunderbar.«

»Freut mich.« Ines setzte sich ihm gegenüber an den Küchentisch und sah auf die ausgebreiteten Papiere.

»Ich hoffe, Frau Nahnsen, es gibt keinen konkreten Grund für Ihre Planungen, außer natürlich ganz allgemein das voranschreitende Lebensalter?«

Fast weißes Sommer-Nachmittagslicht füllte das kleine Haus unterm Reet und vor allem die Küche, in die sich der rundliche Anwalt vor der Mittagshitze geflüchtet hatte.

Ines hatte ihm einen Platz unter den Birnbäumen angeboten, die den Hof von Sönkenswarft beschatteten, doch Herr Aumüller hatte entsetzt abgewunken. »Diese Hitze ist nur drinnen auszuhalten.«

Ein wenig angenehmer war es schon, vor allem, weil Ines nicht wie viele ältere Menschen daran glaubte, dass Zugluft Teufelswerk war. Wenn es im Sommer heiß wurde, öffnete sie das Küchenfenster und das gegenüberliegende Fenster im Döns und genoss den Seewind, der hindurchstrich, ihre Haut kühlte und die salzige Frische des Meeres mitbrachte.

Nachdenklich tippte Ines mit dem Zeigefinger auf einen Stapel Papiere, die sie mit ihrer Tasse beschwert hatte. »Ja und nein.« Warum sollte sie ihren Anwalt anlügen oder gar schonen? Dieser Mann war hier, um ihr zu helfen, und das konnte er nur, wenn er alles wusste. »Sehen Sie, Herr Aumüller, ich gehe stramm auf die achtzig zu und –« Sie sah, wie er den Mund aufklappte, um etwas zu sagen, fuhr aber schneller fort: »Und egal, was die Leute sagen. Mitte siebzig wäre das neue fünfzig oder so … ich fühle mich alt. Mein Herz ist schwach, ich brauche immer mehr Medikamente, damit es nicht aus dem Takt kommt oder zu schnell schlägt, so genau weiß ich das nicht, und es wird Zeit, den Tatsachen ins Auge zu blicken. Ich möchte Ella, meiner Großnichte aus Berlin, die alles erben wird, auf keinen Fall zumuten, dass sie meine Beerdigung planen muss. Wir kennen uns nicht wirklich, und … ich wüsste einfach gern, dass meine Asche schon über dem Meer verstreut ist, wenn Sie sie benachrichtigen. Keine Trauerfeier. Nur Sie und wer auch immer das Schiff fährt. Geht das?«

Herr Aumüller kritzelte etwas auf seinen Block. Wenn er sich über irgendetwas wunderte, sagte er es jedenfalls nicht. Stattdessen griff er in die Schüssel mit den Keksen, nahm einen heraus, bröselte ihn in seine Tasse und begann dann den Kaffee zu löffeln, als wäre er eine Suppe.

Halb amüsiert, halb angewidert sah Ines ihm kurz dabei zu, dann sprach sie weiter: »Also, Ella Bramen aus Berlin erbt Sönkenswarft und alles, was darauf ist. Und ich möchte«, Ines schob ein schmales in Leder gebundenes Büchlein und einen Briefumschlag, auf dem einfach »Ella« stand, Herrn Aumüller zu, »ich möchte, dass Sie ihr beides mit in den Brief hineinlegen, den Sie ihr eine Woche nach meiner Seebestattung schicken. Geht das so?«

Herr Aumüller nickte und kritzelte wieder etwas auf seinen Block, bevor er Büchlein und Brief an sich nahm und in die Aktentasche schob, die neben ihm auf der Küchenbank stand.

»Und, ich habe noch eine Bitte.«

»Ja?« Der Anwalt hob den Kopf und sah sie aus freundlich zusammengekniffenen schmalen Augen über den Rand seiner Brille hinweg an.

»Diese Bitte klingt ungewöhnlich.«

»Ach was«, entfuhr es Herrn Aumüller, und Ines wusste diesmal genau, was er dachte: »Noch verrückter als der Rest der Instruktionen?«

Unbeirrt fuhr sie fort: »Ich möchte, dass Sie Brar Hamkens, dem Ornithologen von Bredenswarft, diesen Schmuckkasten geben.«

Ines lehnte sich gefährlich weit auf ihrem Stuhl zurück bis zum Küchenbuffet schräg hinter ihr, bekam die Kiste gerade eben so zu fassen und stellte sie dann auf den Tisch.

Behutsam ließ sie den alten Verschluss aufspringen und gewährte Herrn Aumüller so einen Blick auf den Inhalt.

»Dieser Schmuck hat meiner Großmutter aus Berlin gehört. Sie hat ihn von ihrer Mutter geerbt. Es war eine ausgesprochen wohlhabende Familie. Wir wussten lange nicht, was er wert ist. Meine Mutter hat ihn selbst durch Zeiten bewahrt, in denen wir dachten, wir müssten ihn verkaufen, um hier weiterleben zu können. Aber uns fiel immer etwas anderes ein.« Ines schluckte. »Ich habe ihn kürzlich schätzen lassen. Er ist ein kleines Vermögen wert. Und das hat mich doch selbst noch einmal überrascht.«

Mit gerunzelter Stirn starrte Herr Aumüller in den Kasten, dann hob er den Kopf und sah Ines eine ganze Weile lang an.

Sie konnte beinahe sehen, wie es hinter seiner Stirn, deren Muskeln unablässig spielten, arbeitete.

»Sie wollen, dass ich diesen Schmuck dem Ornithologen

gebe, wenn Sie tot sind?«, wiederholte er und klang fassungslos.

»Ja«, sagte Ines und lehnte sich zurück. »Aber nicht, wenn ich tot bin, sondern dann, wenn seine Zeit hier zu Ende ist, wenn er die Hallig verlassen muss, weil sein Vertrag nicht mehr verlängert wird. Wenn ich das noch erlebe, gebe ich es ihm selbst, aber sollte –« Sie biss sich ganz kurz auf die Unterlippe, »aber sollte ich dann schon tot sein, müssen Sie das tun.«

Er nickte ganz langsam. »Wollen Sie mir dazu noch etwas sagen, Frau Nahnsen?« Er räusperte sich. »Etwas … also ich meine … verstehen Sie? Wissen, das sonst mit Ihrem Tod verloren wäre?«

»Nein, eigentlich nicht.« Ines zögerte und dachte nach, aber sie fühlte eine Aufregung, die die Gedanken in ihrem Kopf Karussell fahren ließ. »Ich überlege es mir«, setzte sie leise hinzu.

Doch eigentlich fand sie die Idee bestechend, dass das Schicksal selbst entscheiden würde. Hatte nicht das Schicksal Brar hierhergeführt, zu ihr?

War es dann nicht nur fair, wenn das Schicksal auch bestimmte, ob er die Wahrheit von Ines selbst oder aus einem Brief nach ihrem Tod erfuhr?

Irgendwo, ganz tief in ihrem Herzen, wusste sie, dass sie einfach Angst davor hatte, die ganze Wahrheit zu erzählen. Alles zu sagen.

Brar

Es war heiß geworden auf der Hallig. Sicher, auf dem Festland war es in vielen Regionen schon seit Wochen heiß und trocken, aber hier auf der Hallig waren Temperaturen um dreißig Grad nicht ganz so alltäglich. Brar winkte den beiden Kutschen nach, die seine Besuchergruppe abgeholt hatten und jetzt durch das Watt wieder in Richtung Nordstrand schaukelten.

Außer montags und freitags führte er jeden Tag mittlerweile zwei Gruppen über die Hallig, zeigte die Nistplätze der Vögel, erklärte Flora und Fauna. Gerade blühte der Halligflieder zartlila und tauchte all die Salzwiesen in ein zauberhaftes Farbenspiel.

Und sosehr er diese Besuche genoss, so erschöpft war er hinterher auch. An zwei Tagen begleitete Knut selbst die Gruppen und nahm ihm so ein bisschen Arbeit ab, aber den Rest der Zeit war Brar dafür verantwortlich und beantwortete geduldig alle Fragen.

Wie viele Vögel gibt es hier? Ungefähr zwanzig Arten leben hier dauerhaft, dazu unzählige Zugvögel, die hier im nahrungsreichen Watt rasten. Wohnen Sie wirklich hier? Gibt es hier Strom und fließend Wasser? Ja, seit den achtziger Jahren. Und ja, ich habe sogar Internet.

Er folgte dem schmalen Weg zurück zur Bredenswarft und war überrascht, Ines dort im Schatten auf der Bank vor dem Stall sitzen zu sehen. Sie musste an der anderen Uferseite entlanggekommen sein, während er seine Gruppe verabschiedet hatte.

In der letzten Zeit machte er sich doch Sorgen um sie. Sie hatte ihn häufiger gebeten, sich auch um ihre Schafe zu kümmern, wenn es ihr nicht so gut ging. Aber jede Besorgnis über ihren Zustand hatte sie mit einer energischen Handbewegung weggewedelt. »Kommen Sie mal in mein Alter, und dann unterhalten wir uns, wie gut Sie mit dem Wetter dann noch zurechtkommen«, hatte sie einmal lachend gesagt.

Vielleicht hatte sie recht, aber auch heute fand er, sah sie wieder blass aus.

»Ist alles in Ordnung?«, erkundigte er sich besorgt. »Ich habe heute Morgen Wassermelonenlimonade gemacht. Kann ich Ihnen ein Glas anbieten?«

»Das klingt exotisch.«

Brar lachte. »Es ist nur das pürierte und durch ein Sieb gedrückte Fruchtfleisch mit etwas Zitronensaft und Wasser. Ist aber bei diesem Wetter mit ein paar Eiswürfeln herrlich. Und irgendetwas musste ich mit den Melonen ja anfangen, die mir die Wellenkönigin mit meinen Einkäufen gestern gebracht hat. Eine habe ich bestellt, zwei sind gekommen.«

»Ja, so ist das manchmal mit den Bestellungen … Na, dann nehme ich doch ein Glas. Aber macht es Ihnen etwas aus, wenn ich hier sitzen bleibe? Die Brise ist herrlich und der Blick über das Watt auch.«

Brar drehte sich um und ging hinein. In der Küche nahm er zwei große Gläser aus dem Schrank, gab je drei Eiswürfel hinein und goss dann die Limonade dazu. Und weil er noch ein Töpfchen frische Minze im Halbschatten auf dem Fensterbrett stehen hatte, riss er davon auch noch ein paar Blättchen ab, um die Gläser zu dekorieren.

»Toller Service, vielen Dank«, sagte Ines und nahm ihm ein Glas ab, bevor er sich neben sie setzte.

»Ist alles in Ordnung?«, wiederholte er seine Frage von eben noch einmal und sah Ines prüfend an.

»Oh ja, danke. Es ist alles in Ordnung. Ich dachte nur, ich mache einen kleinen Spaziergang um die Hallig, aber ... ich musste leider Rast einlegen.« Sie hob entschuldigend eine Hand.

»Das ist kein Problem. Ich leiste Ihnen einfach Gesellschaft.« Er bemühte sich um einen leichten, lockeren Ton, merkte aber selbst, so ganz wollte ihm das nicht gelingen. »Übrigens«, sagte er, auch ein bisschen, um sich abzulenken, »heute kam die Zusage für die Verlängerung.«

Ines hob eine Augenbraue und sah ihn fragend an.

»Ein weiteres Jahr auf der Hallig«, erklärte er.

Jetzt legte sich ein leichtes Lächeln auf ihr Gesicht. »Natürlich.«

»War das so klar? Ich hätte gedacht, Japsand lehnt das ab. Sie hatten so viele Bewerber für die Stelle.«

Ines lächelte unbeirrt weiter, schwieg aber.

Tatsächlich war die Zusage eine Überraschung gewesen. Zwar hatte Brar gehofft, dass man seinem Wunsch stattgeben würde, aber sicher gewesen war es nicht. Eine große Welle der Erleichterung hatte ihn gepackt, als Knut ihn angerufen hatte, und so richtig glauben mochte es Brar erst, als er den Brief mit seinem neuen Arbeitsvertrag aus der Post gezogen hatte. Noch ein Jahr.

Seine Gedanken glitten zu dem zurück, was Ines ihm beim letzten Mal erzählt hatte. »Wie ging es eigentlich weiter mit Ihnen, nach dem Unfall, meine ich?«

Beinahe glaubte er, sie würde abwehren, das Erzählen

wieder verschieben, aber nach einem großen Schluck aus ihrem Glas begann sie zu sprechen: »Ich lag lange in der Unfallklinik. Erst fast drei Monate im Koma, dann, als ich so halbwegs wieder beieinander war, verlegte man mich in eine Rehaklinik. Wissen Sie, im Film stehen die Leute fast sofort wieder auf, sobald sie die Augen aufschlagen, aber in der Realität …« Sie lachte bitter auf. »Im wahren Leben dauert das viel länger. Ich hatte Wirbelkörperbrüche, und als diese langsam verheilten, musste ich alles neu lernen. Laufen, stehen … wenn Sie glauben, heute wäre ich schmal … Sie hätten mich mal damals sehen sollen. Ich war ein Gespenst. Ein knochiges Gespenst. Und mir fehlte auch ein Stück von meinem Willen, meiner Energie. Arn … Peter und mein Kind fehlten mir bei jedem Atemzug. Heute, wenn ich so zurückschaue, dann denke ich, dass der Schmerz in meiner Seele den in meinem Körper um ein Vielfaches verstärkte. Meine Eltern besuchten mich, sooft sie konnten. Aber der Weg war weit und auf der Hallig immer viel Arbeit. Und auch das Geld reichte nie. Nach Peters Tod blieb mir nichts, aber zum Glück auch keine Schulden. Doch das Unglück, das riss nicht ab. Eines Tages kam meine Mutter. Von meinem Fenster aus konnte ich den Weg zur Klinik überblicken. Ich sah sie schon von weitem. Sie ging vornübergebeugt und sehr langsam. Ich wusste, etwas musste passiert sein. Wie gerne wäre ich ihr entgegengegangen, aber dafür reichte meine Kraft noch nicht. Ich beobachtete, wie sie mühsam einen Fuß vor den anderen setzte. Sie sah aus, als wäre sie um Jahre gealtert. Sie kam, um mir zu sagen, dass Vater verstorben war. Ich weiß nicht genau, wie lange wir weinten. Es erschien mir endlos. Und ich wurde ganz taub. Man kann nicht unendlich viel Schmerz ertragen, habe ich festgestellt.«

»Das ist ja schrecklich«, sagte Brar leise.

»Ja.« Ines trank noch einen Schluck und drehte dann das Glas in ihrer knochigen Hand. »Es war schrecklich. Vor mir lagen noch Wochen. Monate. Aber wissen Sie, was seltsam ist? Der Tod, so er mich auch traf, der Tod meines Vaters gab mir Kraft. Ich konnte und wollte meine Mutter auf keinen Fall länger als nötig allein auf der Hallig lassen. Ich wollte zu ihr. Ein sehr netter Arzt aus der Klinik brachte mich persönlich im Rollstuhl zur Beerdigung meines Vaters. Er hatte Mitleid mit mir. Nicht die Art, die einen erdrückt, sondern die gute Art. Die Art, die einem wirklich hilft. Und ich begann endlich Fortschritte zu machen. Monate später, nach über einem Jahr kehrte ich schließlich hierher zurück. An einem kalten Januartag. Und erst am Abend wurde mir klar, dass der Unfall auf den Tag genau ein Jahr her war.« Sie schüttelte den Kopf, so als könnte sie es immer noch nicht glauben.

Brar hätte gern etwas gesagt, aber er hatte Angst, dass sie nicht weitererzählen würde, und zum anderen hatte er das Gefühl, dass alle Worte, die er finden würde, entsetzlich unzureichend klingen würden.

Ines fuhr sich über die Wangen. »Ich kam nach Hause, und in der kommenden Zeit dämmerte mir, dass wir fast kein Geld mehr hatten. Ohne den Fischfang würden wir nicht überleben können. Gleichzeitig war ich weder gesund genug, um meinen Vater auf dem Kutter zu ersetzen, noch um irgendwo anders zu arbeiten. Ich brauchte noch immer einen Gehstock, ich konnte nicht mehr als ein, zwei Stunden am Stück sitzen, und ich nahm starke Schmerzmittel, um einigermaßen zu funktionieren. Meine Schwester schickte damals ein wenig Geld, aber das war keine Dauerlösung.« Sie holte tief Luft. »Ein paar Jahre lang lebten wir wirklich von der Hand in den Mund, immer in der Angst, die Hallig verkaufen zu müssen. Und dann kam das Angebot von Japsand für den nördlichen Teil der Hallig. Wir konnten es uns gar nicht leisten, lange darüber nachzudenken.«

Brar nickte.

»Den Verkaufserlös investierte ich in das Hotel meiner Freundin auf Sylt … ich hatte von Sigrid erzählt, nicht wahr? Jedenfalls beteiligte sie mich dafür an den Gewinnen. Wahrscheinlich großzügiger, als sie gemusst hätte. Wir hielten so viele Schafe, wie wir gerade eben noch versorgen konnten. Das war kein Leben im Luxus, aber zumindest war unsere Existenz wieder gesichert. Die Arbeit war dennoch hart. Meine Mutter wurde älter und war nicht mehr so belastbar, ich war noch lange eingeschränkt, aber es wurde besser. Anfang der Neunzigerjahre verstarb meine Mutter. Ganz friedlich.

Kurz darauf wurde Sigrid krank. Leberkrebs. Sie wollte erst nicht, aber dann gab sie doch nach, und sie erlaubte mir, sie zu mir zu holen, hierher nach Südfall. Wir hatten damals eine hervorragende Ärztin auf Pellworm, eine sehr burschikose Frau. Verstand auch unheimlich viel von Booten … nun, sie ermöglichte es mir, Sigrid hier auf der Hallig zu pflegen. Sie kam, wenn es nötig war, auch in der Nacht. Schwang sich einfach auf ihr Boot und war da. Bei Ebbe sattelte sie ihr Pferd.

Ich räumte den Döns leer für ein Bett, und wir hatten wirklich noch eine schöne Zeit. Bei gutem Wetter schob ich Sigrid im Rollstuhl zu den Schafen über die Salzwiesen. Wir haben uns viel unterhalten über das, was wir beide erlebt haben. Sigrid starb zwei Monate später an einem warmen Frühlingstag. Sie hat mich sehr großzügig in ihrem Testament bedacht, als nach ihrem Tod ihr Hotel verkauft wurde. So großzügig, dass ich bis heute gut leben kann, ohne je wieder hätte arbeiten oder mehr Schafe halten müssen, als ich wollte. Ich hatte das nicht erwartet.« Sie hob beide Hände, nachdem sie das leere Glas auf den kleinen Holztisch neben der Bank gestellt hatte.

»Sie haben viele Menschen gehen lassen müssen«, sagte Brar nachdenklich. »Ich merke gerade, wie dankbar ich sein kann, dass meine Eltern noch leben und guter Gesundheit sind.«

Ein schönes Lächeln glitt über ihr Gesicht. »Wissen Sie, Brar, ich habe einige Menschen verloren, die mir viel bedeutet haben. Dennoch habe ich das Gefühl, ich habe auch viel bekommen. Klingt das sehr seltsam?«

»Gar nicht!«, gab er rasch zurück. »Gar nicht. Es klingt nur … trotzdem traurig.«

»Ja«, sagte Ines langsam und stand auf. »Ja, traurig ist es allemal.« Sie drehte sich zu ihm um. »So, jetzt hab ich Ihnen fast alles erzählt.«

»Fast?« Er hob eine Augenbraue. »Dann bin ich gespannt, was ich noch zu hören bekomme.«

»Oh nein, ein paar Geheimnisse behalte ich dann doch noch ein wenig für mich.« Sie hob ihr Handgelenk und sah auf die Uhr. Er sah die Müdigkeit in ihrer Bewegung. »Und jetzt muss ich heim.«

»Ich bringe Sie.« Rasch stand er auf und stellte sein Glas ebenfalls auf den Tisch.

»Nein, nein. Ich krieche jetzt langsam wie eine Schnecke durch die Salzwiesen zurück.«

»Sicher?« Unschlüssig sah er sie an. »Ich kann Sie –«

Mit einer Handbewegung und einem sehr charmanten

Lächeln brachte sie ihn zum Schweigen. »Nein, nein, ich laufe heim. Danke!«

Er sah ihr lange nach. Immer kleiner wurde sie. Ihr helles Sommerkleid wurde ein Tupfer im grünen Gras. Ein heller Tupfer zwischen den Schafen, die ihr zunickten und dann weiterfraßen.

Etwas ganz Wichtiges hat sie mir nicht erzählt, schoss ihm durch den Kopf. Etwas Entscheidendes. Woran genau er das festmachte, konnte er gar nicht sagen, aber es war für ihn ein ganz deutliches Gefühl.

Kopenhagen – Südfall, April 1982

Von außen musste das ausgesehen haben wie eine perfekte Frühlingsidylle.

Das Haus von Josefine und Conrad, etwas außerhalb von Kopenhagen, war ein moderner Bau aus Beton. Schmale Fensterbänder durchzogen die Fassade zum kleinen Vorgarten, zur Straße hin, aber zum großen Garten nach hinten hinaus öffnete sich das Haus mit breiten Glasfronten und Glasschiebetüren, die auf die Terrasse führten. Im Schatten der mit einer weißen Kletterrose bewachsenen Pergola saßen wir um einen runden Glastisch, auf dem Kaffeetassen, Wassergläser und mehrere Teller mit reich verzierten kleinen Kuchenstückchen standen.

Vorhin hatte ich Gonne kurz auf dem Schoß, doch er verzog alsbald das kleine, runde Gesicht ungnädig, und Josefine nahm ihn mir ab. An sie gekuschelt, saß er zufrieden, untersuchte interessiert einen grünen Bauklotz mit seinen Händen und riss ab und an seinen noch beinahe zahnlosen Mund auf, wenn Josefines Hand mit der vollen Kuchengabel sich näherte.

Irritiert hatte ich kurz zuvor auch noch vernommen, dass sie ihn nicht Gonne nannten, sondern mit seinem zweiten Vornamen Brar ansprachen.

»Noch Kaffee, Ines? Charlotte?«, fragte Conrads Mutter, eine hagere, große Frau mit vielen blonden Haaren und großen Zähnen, die sie bereitwillig beim Lachen entblößte. Nach ihr kommt Conrad nicht, dachte ich.

Meine Mutter und ich schüttelten beide den Kopf.

»Ich würde Gonne gern morgen mitnehmen, wenn wir wieder fahren. Oder ist euch das zu kurzfristig? Sonst können wir noch zwei, drei Tage bleiben, aber dann …« Ich warf meiner Mutter einen Seitenblick zu, und sie holte Luft und sagte rasch: »Oder du bleibst einfach so lange, wie es dauert, und ich fahre allein zurück auf die Hallig und kümmere mich um die Schafe.«

Dankbar drückte ich ihre Hand.

Einen Augenblick war es sehr ruhig am Tisch. Josefine warf Conrad einen sonderbaren Blick zu. Dieser sah wiederum seine Mutter an, bevor er sich ein wenig über den Tisch lehnte.

»Schau, Ines, ich glaube, wir sind uns doch einig, dass wir alle für Brar«, hastig korrigierte er sich, »für Gonne das Beste wollen. Oder nicht?«

Ich fand sein Lächeln sehr gezwungen. Josefine nickte eifrig, und Gonne quietschte vergnügt, als sie ihm über den Kopf streichelte.

Ich könnte lange schreiben, wie weh mir das alles tat, wie Schmerz, Wut und Trauer in meiner Brust wühlten, wie hilflos ich mich fühlte.

Meine Stimme zitterte, als ich sagte: »Ist nicht das Beste für ein Kind seine Mutter?«

Natürlich hatte ich einstimmige Beteuerungen erwartet, dass dem natürlich so wäre, dass mir niemand die Mutterrolle abspenstig machen wolle, aber stattdessen blieb es sehr still, bis auf ein paar Vögel, die unpassend fröhlich in unsere Stille zwitscherten.

Meine Mutter neben mir sackte ein Stückchen in sich zusammen. Seit dem Tod meines Vaters schien sie mir noch zarter, noch verletzlicher.

»Brar hat eine Zukunft verdient, und wir können ihm alles bieten, ein sorgenfreies Leben, gute Schulen, die beste Ausbildung –« Conrad brachte seine Frau mit einem Blick zum Schweigen. Josefine presste die Lippen aufeinander.

Mir war schlecht und schwindelig zugleich. Ich schob den Stuhl zurück und griff nach meinem Gehstock. Meine Hand zitterte, ich fasste daneben, wollte trotzdem aufstehen, und mein Bein gab nach. Im Fallen riss ich zwei Tassen hinunter.

Dann wurde mir schwarz vor Augen.

Ich erwachte später auf einer schwarzen Lederliege im Wohnzimmer und blinzelte in die schrägstehenden Sonnenstrahlen. Ich war allein, bis auf Conrad, der auf einem Hocker an meinem Fußende saß und in einer Zeitschrift blätterte. Als ich versuchte, mich aufzurichten, legte er sie weg und sah mich an. »Bleib liegen. Ruh dich noch etwas aus.« Er zog einige Tablettenschachteln aus seiner Hosentasche. Ich erkannte sie sofort. Es waren meine. »Brauchst du welche?«, fragte er so betont freundlich, dass ich fühlte, wie meine Wangen sich rot färbten. Er ist Tierarzt. Er wird wissen, was das für Medikamente sind, schoss mir durch den Kopf, und was sie mit mir machen. »Hast du Schmerzen? Passiert das häufiger, dass du einfach umfällst?«

»Wo ist meine Mutter?«, fragte ich leise und griff mir an die Schläfe. Ich hatte tatsächlich Kopfschmerzen, aber würde ich ihm jetzt sagen, dass ich meine Tabletten brauchte, würde ich dann nicht eingestehen, dass es mir nicht gut ging, dass ich nicht in der Lage wäre, mich um mein Kind zu kümmern?

»Sie ist mit meiner Mutter, Josefine und Brar spazieren gegangen.«

Ich stützte mich auf die Ellenbogen und zog mich langsam hoch, bis ich saß.

Conrad richtete sich sehr gerade auf und umfasste kurz seine Nasenwurzel mit Daumen und Zeigefinger, bevor er zu sprechen begann: »Brar ist jetzt schon über ein Jahr bei uns. Er ist ein glückliches Kleinkind, Ines. Du siehst ja, wie es vorhin war …« Er nickte in Richtung der Terrassentür. »Er weiß nicht einmal, wer du bist.«

»Aber –«, wollte ich einwerfen, doch der Schmerz in meiner Hüfte brannte und zog in den Rücken. Es gab kaum eine Position, in der ich entspannt sitzen konnte. Vorsichtig hob ich die Beine von der Liege und stellte sie auf den Boden. Dabei presste ich die Lippen fest zusammen, um nicht aufzuseufzen.

»Schau, wir konnten bisher keine Kinder bekommen. Woran das liegt, wissen wir nicht, wir haben alles versucht.« Conrad verzog den Mund. Ich wollte ihn nicht ansehen. Ich hätte mich am liebsten gegen ihn geworfen, gegen seine Brust getrommelt und geschrien: Deshalb nimmst du mir mein Kind?

Aber ich tat nichts dergleichen, nicht, weil ich nicht genug wollte, sondern weil ich es schlicht nicht konnte. Jeder Knochen in meinem Körper erinnerte mich daran, wie zerbrechlich meine neugewonnene Gesundheit war.

Unerbittlich fuhr er fort: »Wir haben uns um Brar gekümmert, wir waren Eltern für ihn, haben geliebt und getröstet, gepflegt und ihm die Welt gezeigt. In welche Welt würden wir ihn dir geben? Wenn du ganz ehrlich bist, Ines, was hast du ihm zu bieten, außer, dass du seine Mutter bist? Du bist und du wirst noch lange sehr viel mit dir selbst beschäftigt sein, du trauerst um Arno, du trauerst um deinen Vater, deine Mutter ist eine trauernde Frau. Was ist das für eine Umgebung für Brar?«

Und jetzt schwenkte er doch noch einmal die Medikamentenpackungen in seiner Hand. »Und das hier, Ines … weißt du, damit kannst du nicht klar denken. Jedes Gericht der Welt würde das sicher genauso sehen.«

Ich könnte schreiben, was er sonst noch alles sagte, aber es wäre nur noch eine Wiederholung meines Schmerzes. Und ich halte das nicht aus. In meinem Kopf schreit alles.

Seit gestern sind wir wieder auf Südfall, und es kam mir noch nie so grau und so trist vor. Am Wetter liegt es nicht, im Gegenteil. Himmel und Meer sind blau, die Sonne hell und klar. Aber mit ihren Strahlen zeigt sie anklagend in all die Ecken, in denen der Staub liegt. Der Staub, den ich nicht wegputzen kann, weil ich mich nicht bewegen kann, und meine Mutter sieht ihn nicht mehr.

Seit Vaters Tod sieht sie vieles nicht mehr. Immer wieder gleitet ihr Blick über das Meer, in eine Ferne, die es nicht gibt, in eine Welt, in die ich ihr nicht folgen kann. Im Zug nach Hause hat sie meine Hand genommen und über Stunden nicht mehr losgelassen. Ich weiß, sie wollte sich entschuldigen, weil sie nicht mehr für mich getan, nicht um Gonne gekämpft hatte.

Aber was für einen Vorwurf hätte ich ihr machen können?

Sie ist alt geworden. Sie vermisst meinen Vater, und ein großer Teil ihres Lebenswillens ist verpufft.

Ich selbst habe mich der Vernunft gebeugt und einen Tag später alle Papiere unterschrieben, die Josefines und Conrads Anwalt vorbereitet hat.

Ich habe keinen Sohn mehr. Gonne Brar Jensen heißt jetzt Brar Hamkens, und ich habe meinen Mädchennamen wieder angenommen. Ines Nahnsen.

Ich weiß nicht genau, warum. Vielleicht, weil ich hoffte, ich könnte so alles ungeschehen machen. All das Leid, all das Elend, all die Trauer.

In den Verträgen gab es mehrere Klauseln, in denen festgelegt war, dass ich von mir aus keinen Kontakt zu Brar, Josefine oder Conrad suchen darf. Ich weiß nicht, ob es rechtmäßig ist oder ob ich mich daran wirklich halten kann, aber ich werde es versuchen. Um Brars willen. Für ihn und seine Zukunft.

Gestern Abend, als der Nebel aus den Salzwiesen aufstieg, stand ich auf dem Hof und sah über meine kleine Welt. Meine Mutter trat neben mich und legte ihren Arm um meine Schultern. »Eines Tages«, sagte sie leise, »wirst du dir vergeben müssen.«

Ich weiß nicht, ob ich das jemals kann.

Ines

Ines klappte ihr Tagebuch zu und schob den Teller, auf dem noch ein paar Toastkrümel lagen, zur Seite.

Nach diesem Eintrag hatte sie nie wieder so viel geschrieben. Nur hier und da mal ein paar Sätze, manchmal nur Stichworte, eine halbe Seite, nachdem Sigrid gestorben war. Sie erinnerte sich nicht im Ganzen an die folgenden Jahre. Lange war sie damit beschäftigt gewesen, von den Schmerzen und den Schmerzmitteln loszukommen, vieles aus dieser Zeit blieb verschwommen. Sie erinnerte sich an die Tagesbesucher, die sich neugierig auf die Hallig verirrten. Sie erinnerte sich daran, wie jede junge glückliche Familie ihr Herz hatte ein wenig härter werden lassen. Das hätten sie und Arno und Gonne sein können, in einer anderen Welt, wenn das Schicksal einen anderen Weg für sie bereitgehalten hätte. Sie sah diesen jungen Menschen mit ihren Kindern zu, wenn sie über die Hallig liefen, den Duft des Windes in der Nase, die Schafe als Spielgefährten. Die geduldigen Schafe, die so freundlich auch die ungeschicktesten Zuneigungsbezeugungen über sich ergehen ließen. Und an solchen Tagen hatte sie meist lange wach gelegen und sich erst spät in den Schlaf geweint.

Oft hatte sie noch über die Worte ihrer Mutter nachgedacht. Das alles könne hart machen oder weich. Mittlerweile war ihr klar, dass beides passiert war. Da gab es dieses weiche Verständnis für andere Menschen und gleichzeitig diesen Teil ihres Herzens, der kalt blieb, bei allem, was sie tat oder empfand.

Vielleicht, dachte Ines, war sie es mittlerweile gewohnt, Leid mit sich selbst abzumachen.

Würde Brar all das verstehen?

Ines stützte sich auf den Küchentisch, drückte sich mühsam nach oben und stand auf. In den letzten Wochen hatte sie immer öfter das Gefühl gehabt, dass die Schmerzen, die sie noch lange nach dem Unfall gehabt hatte, die irgendwann endlich nach Jahren erträglicher geworden waren, zurückkamen. Es ging abwärts, nein rückwärts.

Sie füllte den Kessel mit Wasser und stellte ihn auf den Herd, bevor sie die große Teekanne aus dem Schrank nahm. Heute Nachmittag würde sie sich über einen Eistee freuen, dachte sie. Ein schöner kühler Eistee an einem noch warmen Septembertag. Und vielleicht würde auch Brar sich freuen. Sicher käme er nachher vorbei. Eigentlich sah er jetzt beinahe jeden Tag nach ihr. Und jeden einzelnen Tag fühlte Ines in sich hinein, versuchte zu ergründen, ob heute der Tag war, an dem sie Brar alles erzählen sollte.

Niemals war dieser Tag. Jedes Mal spürte sie Angst in sich aufsteigen. Angst und Furcht verwendet man oft gleichbedeutend, aber Ines war in den letzten Monaten klar geworden, dass beides völlig unterschiedliche Gefühle waren. Furcht war heiß. Sie brannte wie ein Feuer. Sie kam plötzlich. So wie manchmal das Wasser steigt und unerwartet gegen die Haustürschwelle plätschert. Und in der Hitze der Furcht lag etwas Gutes, denn sie wärmte alle Muskeln für die Bewegung auf, für die Flucht.

Angst dagegen war kühl, nein, kalt. Ines hatte sie gespürt, seitdem Brar auf die Hallig gekommen war. Und es war die

Angst, von ihm abgelehnt zu werden. Frostig umklammerte die Angst ihr Herz, ihre Gedanken, ihre Arme und Beine. Angst lähmt, lässt einen zu Eis erstarren. Angst bleibt. Furcht kommt plötzlich und geht plötzlich, die Angst ist immer da, mit einem kalten Finger auf deinem Herzen, der dich an sie erinnert.

Ines wusste jetzt ganz genau, dass sie Brar niemals die Wahrheit sagen würde, solange sie lebte. Sie würde ihr Versprechen halten.

Sie hatte ganz sicher nicht das Gefühl, dass sie das Josefine oder Conrad schuldig war, nein, eher hatte sie das Gefühl, sie war es sich selbst schuldig. Oder war das nur eine Ausrede?

Aber sie schrieb einen Brief, während der Tee zog und später, während er mit dem Saft zweier Zitronen im Kühlschrank abkühlte.

Sie schrieb, was sie nicht sagen konnte, und sie schonte niemanden. Am wenigsten sich selbst. Später, als die Sonne schon hoch am Himmel stand, schob sie die Seiten zusammen, faltete sie, brachte sie nur mit Mühe in einem Umschlag unter und schob ihn mitten hinein in den Stapel der Post, die gestern gekommen war. Jemand würde ihn dort finden und ganz sicherlich Brar geben.

Der Gedanke hatte seit heute Morgen an ihr genagt, und sie hatte ihn weggeschoben. Weit weg. Jetzt drängte er sich wieder nach vorn in ihr Bewusstsein. Und diesmal dachte sie ihn zu Ende. Sie war sich sicher, dass dies ihr letzter Tag auf der Hallig war.

Genauso sicher, wie ihre Mutter es damals gewesen war. Und Ines erinnerte sich gut daran, wie ihre Mutter beim Frühstück gesagt hatte: »Heute ist es so weit.«

Ines hatte von ihrem Teller aufgesehen. Sie war in Gedanken gewesen. Die Schafschur stand an, sie wollte mit Freer zusammen den Schuppen neu eindecken, und tausend Dinge waren zu tun. Erst hatte sie ihre Mutter nicht verstanden und noch einmal nachgefragt – ein bellendes ungeduldiges »Was?«, das ihr noch heute leidtat.

Ihre Mutter lächelte, und das Lächeln hatte für den Bruchteil einer Sekunde ihr Gesicht so glatt gezogen, dass Ines die junge Frau darin sah, die junge Charlotte, die einst mit nicht mehr als einem Koffer auf der Hallig angekommen war.

»Wir leben so dicht am Wind, Schäfchen, so dicht an den Gezeiten und … wir wissen es einfach. Du wirst es eines Tages auch wissen.«

Ines gab zu, dass sie sich an diesem Morgen nicht einmal Mühe gab, zu verstehen, was ihre Mutter meinte. Sie war in den letzten Jahren wunderlich geworden, hatte wunderliche Dinge getan und gesagt, die Ines alle nicht verstanden hatte, und auch diese Sätze rechnete sie dazu. Abwesend legte sie ihre Hand auf die knochige Hand ihrer Mutter, tätschelte sie kurz und stand dann auf, um den Tisch abzuräumen und an die Arbeit zu gehen.

Erst gegen Mittag, als Freer mit der Kutsche und der Dachpappe übers Watt kam, kehrte sie in die Küche zurück und fand ihre Mutter vornübergesunken am Küchentisch. Nicht für eine Sekunde hatte Ines geglaubt, dass sie schlief.

Jetzt war ihr klar, dass ihre Mutter an ebendiesem Morgen einen klaren Gedanken in Worte gefasst hatte – ihren letzten Gedanken.

Und genauso fühlte sich Ines heute.

Für einen Moment dachte sie wehmütig an den Eistee im Kühlschrank. Sie würde ihn doch nicht trinken. Niemand würde ihn trinken. Im Gegenteil. Irgendjemand würde ihn aus dem Kühlschrank nehmen und ausgießen, zusammen mit dem Rest der Lebensmittel entsorgen. Schade drum, dachte sie, dann straffte sie den Rücken. Es mochte ja ihr letzter Tag sein, aber die Schafe wollten trotzdem versorgt werden, und das würde sie schon noch schaffen.

Brar

Er war an diesem Tag mit einem merkwürdigen Gefühl aufgewacht. Abergläubige würden es vielleicht Vorahnung nennen, aber Brar war viel zu rational dafür. Und so, wie er sich kräftig nach dem Aufstehen mit seiner Bürste durch die Haare fuhr, bürstete er auch das Gefühl ab, das dieser Tag anders werden würde als die anderen.

Wie jeden Morgen versorgte er die Schafe und die Hühner, mistete den Stall aus, wendete den Kompost, lief einmal über die Hallig, begutachtete die Uferlinie, beobachtete eine Kolonie Lachmöwen, die am Westufer mach Nahrung suchten, aß eine Kleinigkeit zu Mittag, erledigte eine Stunde lang nervigen Papier- und E-Mail-Kram, bevor er ein paar Pizzabrötchen, gefüllt mit Käse und Schinken, die er zwischendurch rasch in den Ofen geschoben hatte, in ein Küchenhandtuch schlug und mit hinüber nahm zu Ines.

Er rief nach ihr, während er den Warfthang hochlief, bekam aber keine Antwort. Ungewöhnlich war das nicht. Zuerst versuchte er es im Haus, doch schon als er es betrat, schien es ihm ganz leer zu sein. Er legte die Pizzabrötchen auf den Küchentisch und sah sich um, sagte ihren Namen, aber es regte sich nichts und niemand.

Sie wird im Stall sein, beruhigte er sich, und dort hört sie mich nicht, dort ist es so verwinkelt. Vielleicht ist sie in der Futterkammer oder im Abstellraum.

Doch er konnte nicht verhindern, dass sich ein ungutes

Gefühl in ihm ausbreitete. Etwas war nicht in Ordnung. Etwas stimmte nicht. Die Tür, die von der Diele in den Stall führte, war verschlossen, also musste er es außen herum versuchen.

Seine Schritte hallten auf dem Kopfsteinpflaster des Hofes. Die Stalltür war nur angelehnt. Es dauerte einen Moment, bis sich seine Augen an das Halbdunkel gewöhnt hatten, und dann erst sah er sie.

Ines lag halb auf der Seite in der ersten Stallbox. Eines der Schafe hatte sich neben sie gelegt, und es sah aus, als wollte das Tier seine Besitzerin wärmen.

Brar hob eine Hand zum Mund, dann öffnete er das Gatter, ging neben Ines in die Knie und berührte ihren Hals an der Stelle, wo er die Schlagader vermutete. Ihre Haut war so kühl und beinahe wächsern, dass er die Hand erschrocken zurückzog.

Sehr langsam richtete er sich auf. Das Schaf sah ihn unablässig an. Aufsteigende Tränen füllten Brars Augen. Er versuchte, sie herunterzuschlucken, und wischte sich energisch mit dem Handrücken über seine Wangen.

Es hatte beinahe eine Stunde gedauert, bis der Arzt aus Husum auf der Hallig war. Er trug seinen Koffer unter dem Arm, so als wäre er auf dem Weg zu einem Hausbesuch. Das erschien Brar reichlich surreal.

Die beiden Herren des Bestattungsinstituts, die er gleich mitgebracht hatte, hielten sich dezent im Hintergrund. Schweigend standen sie vor dem Transportsarg, so als könnten sie ihn verdecken.

»Nun, es war zu erwarten, nicht?«, sagte der Arzt, als er später aus dem Stall kam. »Jedes Herz gibt einmal auf.«

Brar fühlte sich aufmerksam gemustert. »Sie kannten Frau Nahnsen wohl gut?«

Mit einer Handbewegung deutete Brar auf die Hallig, auf der sie beide standen. »Das bleibt nicht aus.«

»Tja, tut mir leid, Herr ...«

»Hamkens«, sagte Brar automatisch und fragte sich, warum eigentlich. Der Arzt hörte seinen Namen heute und hätte ihn morgen doch schon längst wieder vergessen. Aber all diese Kleinigkeiten waren willkommenere Gedanken, als sich klarzumachen, dass Ines tot war.

»Ja, Herr Hamkens«, wiederholte der Arzt. »Ich werd dann mal wieder.« Er deutete auf das Boot, mit dem er gekommen war. »An Ihrer Stelle«, jetzt nickte er in Richtung Stall, »an Ihrer Stelle würde ich mir das nicht ansehen. Das Hinaustragen, meine ich. Ist nicht schön. Gehen Sie nach Hause, Herr Hamkens, Sie haben getan, was Sie konnten. Und gut, dass Sie nach ihr gesehen haben, wer weiß, wie lange –« Er brach ab, drehte sich um und schlenderte, seinen Koffer, mit dem er nichts hatte ausrichten können, unterm Arm, wieder zurück zum Anleger.

Tatsächlich stimmte ihm Brar zu und ging ebenfalls in Richtung Bredenswarft zurück, ohne sich noch einmal umzusehen.

Jetzt saß er im Halbdunkel in seinem kleinen Wohnzimmer. Brar hatte sich ein Glas Rotwein eingegossen und hielt es gegen das letzte Licht, das durch das Fenster fiel. Tiefrot schimmerte das Getränk.

Eigentlich müsste er das Licht anknipsen, denn er mochte es gar nicht, wenn die Dunkelheit langsam die Ecken des Zimmers auffraß, aber er fühlte sich seltsam erstarrt.

Ines fehlte ihm schon jetzt. Es war nicht das Gefühl des Alleinseins auf der Hallig. In den letzten Wochen war ihm klar geworden, dass er gut für sich selbst sein konnte, dass er sich reichte, auch wenn er oft an Lena dachte und sich wünschte, sie würde mehr für ihn empfinden.

Es war also nicht das Alleinsein, das ihn schreckte. Ihm wurde klar, dass mit Ines ein Teil der Hallig verschwunden war.

Einmal hatte sie ihm erzählt, dass jeder, der auf Südfall stirbt, ein Stückchen seiner selbst in den Wind gibt, der über die Hallig fegt und in das Meer, das sie umspült, und so für immer ein Teil von ihr sein wird.

Er zog fröstelnd die Schultern zusammen. Mit der Flut kroch am Abend auch die Kälte über die Salzwiesen den Warfthang hinauf. Es wurde wieder Herbst.

Lena

Knut schloss das Fenster, kehrte an seinen Schreibtisch zurück und setzte sich wieder in seinen Drehstuhl. Statt sich jedoch über den letzten Bericht der Vogelschutzstation auf Pellworm zu beugen, tippte er sich mit seinem Bleistift gegen die Stirn.

Lena beobachtete ihren Chef interessiert, und wieder einmal wunderte sie sich, wie viel Energie in diesem Mann steckte, der die sechzig jetzt schon ein paar Jahre hinter sich gelassen hatte.

»Ich glaube, ich mache der Erbin von Sönkenswarft ein Angebot. Wir könnten, zusammen mit der neuen Förderung aus Brüssel, eine weitere Vollzeitstelle auf Südfall schaffen.« Knut tippte sich mit dem Radiergummiende des Bleistiftes gegen die Unterlippe.

»Oder«, begann Lena sanft, »wir denken doch noch einmal über den Umbau von Bredenswarft nach.«

»Immer noch deine Jugendgruppen?« Knut lächelte. Ein Lächeln, das man einem jungen Welpen schenkt, der etwas Dummes angestellt hat, nachsichtig und ein wenig genervt zugleich. »Und dann gehst du nach Südfall und bleibst da bis an dein Lebensende?«

»Warum nicht?« Das klang trotziger, als sie wollte.

»Nein, wenn die Erbin von Südfall nicht verkauft, bauen wir Pellworm zu einer ganzjährigen Station aus. Wir könnten interessante Daten sammeln. Die biologische Fakultät in Hamburg hat großes Interesse.«

Lena holte tief Luft. Eines Tages würde sie ihm von ihrem erfolgreichen Bewerbungsgespräch für den Südpol erzählen müssen. Sie hatte sich in den letzten Wochen ein wenig darum gedrückt, das gab sie zu. Die Gründe dafür waren vielfältig. Natürlich mochte sie Knut und wollte ihn nicht enttäuschen, zum anderen aber, und das musste sie sich auch eingestehen, schien ihr der Südpol auch wie eine Flucht. Oder nein, wie eine Jagd. Die Jagd nach dem Glück.

»Ich«, begann sie zögerlich, und Knut sah sie direkt an. In kurzen Worten umriss sie das Angebot, und als sie geendet hatte, tippte sich Knut wieder gegen die Stirn. Er lehnte sich noch ein Stückchen weiter auf seinem Bürosessel zurück und schlug die Beine übereinander.

»Willst du mich erpressen? Wenn ich dir die Jugendgruppe nicht gebe, dann gehst du?« Immer noch lächelte er, und das nahm seinen Worten immerhin etwas von der Schärfe, die hörbar darin lag.

Jetzt lehnte sich auch Lena zurück. Sie saßen sich gegenüber wie zwei Westernhelden, fand sie. High Noon auf der Highstreet einer Wüstenstadt, irgendwo vor dem Saloon. Ein Steppenläufer kroch über die Straße.

Nur, dass es hier mittags in einem kleinen Giebelhaus am Hafen von Husum war, so weit vom Wilden Westen entfernt, wie man sein konnte.

»Schau, Knut, wir haben alle unsere Träume. Deiner war und ist Japsand, und mein Traum ist das auch, aber … aber eine andere Facette davon. Und wenn ich hier das Gefühl habe, in einer Sackgasse zu stehen, darf ich dann nicht weiterziehen?«

Er nickte sehr langsam, und Lena, deren Herz ein wenig

schneller geschlagen hatte, während sie sprach, beruhigte sich wieder.

»Natürlich«, sagte er schließlich. »Natürlich. Nur –« Er hielt inne und schob den Bleistift in den elektrischen Anspitzer, dessen Surren kurz darauf den Raum erfüllte. »Weißt du, Lena, ich arbeite gern mit dir. Du bist pragmatisch, zielstrebig, lösungsorientiert. Und du schaffst es hier, all deine Leidenschaften unter einen Hut zu bringen.«

»Nicht alle«, warf Lena leise ein. »Weißt du, ich rede nicht von Schulklassen, die von ihren Lehrern hierhergeschleift werden, sondern von interessierten Jugendlichen aus ganz Europa, die hier forschen und lernen können, die wir vielleicht nicht nur für unser Fachgebiet, sondern insgesamt für die Wissenschaft begeistern können. Ich rede von kleinen Mädchen wie mir, die sich jedes Wochenende im Aquarium die Nase an der Scheibe plattgedrückt haben, die wissensdurstig sind und …« Lena holte Luft. »Ich rede von der Zukunft.«

Knut lachte. »Willst du andeuten, dass ich zu alt für die Zukunft bin?«

Lena streckte ihrem Chef ganz kurz die Zunge heraus. »Vielleicht?«, sagte sie herausfordernd.

Die Anspannung zwischen ihnen war verflogen, und das erleichterte Lena sehr. Sie mochte Knut.

Mit einer einzigen geschmeidigen Bewegung stellte Knut beide Beine wieder auf den Boden und schwang nach vorn. »Ich will dich nicht verlieren, Lena, aber ich kann dich auch nicht aufhalten, wenn du gehen willst. Ich … Himmel, der Südpol! Bevor ich Japsand gründete, hab ich mich selbst ein paar Jahre lang immer und immer wieder beworben. Genommen haben sie mich nie. War wohl auch gut so, sonst … wer weiß, wo ich sonst jetzt wäre?«

»Ja, wer weiß«, wiederholte Lena artig.

»Nun«, Knut schob die Papiere vor sich zusammen und legte sie in die Ablage, bevor er ein großes Kuvert aus einem anderen Stapel zog, »wie dem auch sei. Die Versicherung hat schon wieder eine neue Police geschickt, die Brar auf Südfall unterschreiben muss, und dann … na, du kennst ja das Prozedere. Es eilt nicht, aber vor Weihnachten sollte es schon sein. Und«, er runzelte die Stirn, »du warst lange nicht mehr auf Südfall, nicht wahr?«

Lena nickte ganz knapp. »Ja, Chef, ich kümmere mich darum.«

Knut seufzte. »Also schön, ich sag dir mal was. Wenn du das Geld für den Umbau von Bredenswarft auftreiben könntest, würde ich noch einmal über Jugendgruppen auf Bredenswarft nachdenken, aber jetzt steht einfach erst einmal Pellworm an.«

Gutmütig legte Lena den Kopf schräg. »Ich kauf mir schon mal einen Expeditionsparka.«

Sie hatte den ganzen Oktober über wirklich keine Zeit. Krankheitsausfälle häuften sich, und das in der Zugzeit der meisten Vögel. Lena stopfte Löcher und sprang selbst für eine Woche auf Amrum ein. Es tat ihr gut, wieder draußen zu arbeiten. Ihr selbst fiel es auf und auch ihrer Mutter, als sie sie besuchte. »Lena, du siehst beneidenswert frisch aus! Was ist dein Geheimnis?«

»Luft, Seife und Meerwasser«, hatte sie nicht ganz ernsthaft geantwortet.

Dann endlich im November hatte sie sich überwunden. Lange hatte sie überlegt, ob sie sich ankündigen sollte, aber auch der November war voller Arbeit, und sie beschloss, ganz kurzfristig mit ihrem Boot nach Südfall zu fahren, wenn sie es dazwischenschieben konnte.

Es war ein kühler, aber sonniger Tag gewesen, den sie sich ausgesucht hatte. Warm eingepackt und die Papiere sicher in ihrer großen Tasche verwahrt, hatte Lena die Fahrt sogar sehr genossen. Ihre letzte Tour. Danach würde sie das Boot slippen und den Winter über geschützt vor Frost und Regen in einer Halle verwahren lassen.

Schon von weitem sah Lena eine Person unweit des Anlegers auf der kleinen Anhöhe unterhalb von Bredenswarft stehen. Sicherlich Brar. Erst als sie näher kam und die Augen zusammenkniff, wurden aus einer zwei Personen, die sehr dicht voreinanderstanden. Neben Brars blondem Schopf sah sie einen weiteren blonden Kopf, den etwas längere Haare umwehten. Sehr vertraut schien ihr dieses Beisammensein.

Lena schaltete den Motor aus und starrte die beiden aus der Ferne an. Die Frau war sicher die Erbin von Sönkenswarft.

Ein Stich durchfuhr Lena, und sie griff sich einen Moment lang an die Brust, bis eine Windböe an ihrem Boot riss und sie ein Stückchen aus der Fahrrinne drückte. Die plötzliche Bewegung und das Schaukeln rissen Lena aus ihrer Erstarrung.

Hastig gab sie Gas und fuhr in einem großen Bogen zurück in Richtung Husum.

Eine halbe Stunde später kritzelte sie ein paar Zeilen auf einen Zettel, in denen sie Brar bat, die neue Police zu unterschreiben und an sie zurückzuschicken, dann schrieb sie seine Adresse auf den Umschlag und erreichte den Schalter der kleinen Post zwei Minuten, bevor diese für den Mittag schloss.

Im kleinen Bistro an der Ecke entschied sich Lena statt für ihren üblichen Salat diesmal für eine große Portion Pommes und Backfisch.

»Mit Mayo?«, fragte die Verkäuferin sichtlich irritiert.

»Ja«, gab Lena zurück. »Manchmal muss es eben Mayo sein. Ach, und … ich nehm noch einen Schokomuffin und eine Vanillestange.«

Die Verkäuferin nickte mitleidig. »Ach, so ein Tag ist das?«

Lena schluckte. »Leider.«

Im Büro sah Knut überrascht auf, als sie eintrat. »Solltest du nicht auf Südfall sein?«

Sie stellte die Tüte mit all ihrem Essen auf ihren Platz. Knut zog die Nase kraus. »Rieche ich Backfisch?«

»Jap.« Schwungvoll warf sie ihre Jacke über den Garderobenständer neben der Tür. »Und ich kann dir nicht mehr als ein, maximal zwei Stückchen abgeben, weil ich ihn heute nötig habe.«

Ihr entging nicht, dass ihr Chef sie nicht aus den Augen ließ, während sie sich setzte und das ganze Essen vor sich auf dem Schreibtisch aufstapelte.

»Also, solltest du nicht auf Südfall sein?«

Lena schob sich zwei Pommes in den Mund und nuschelte: »Der Wind ist zu heftig, hab's mit der Post geschickt.«

»Der Wind. Soso.« Knuts Blick glitt zum Fenster. Lena folgte ihm. Da draußen schimmerte das Meer ruhig und für einen Novembertag geradezu verboten tiefblau.

»Weiter draußen ist es anders«, sagte sie rasch, wischte sich den Mund ab und spürte, wie ihre Wangen heiß wurden.

»Aha.« Knut zog eine Augenbraue so weit nach oben, bis sie fast mittig zwischen Augen und Haaransatz schwebte, während er sich wieder mit dem Bleistift, den er inzwischen gegriffen hatte, gegen die Unterlippe klopfte und Lena ein Backfischstückchen nach dem anderen aß, bis sie das Pappschälchen schließlich seufzend von sich wegschob. Mehr ging nicht. Eigentlich hatte sie ihren Magen damit beruhigen wollen, aber seit wann beruhigte eigentlich fettes Essen den Magen? Sie hatte etwas haben wollen, das sie tröstete, und diesen Part hatte das Essen zumindest erfüllt.

»Fertig?«, fragte Knut, und Lena nickte.

Hastig, so als könnte sie es sich anders überlegen, zog er den Fisch zu sich herüber. »Pommes«, sagte er fragend, und Lena nickte erneut. Also griff er auch nach diesem Behälter. Erst als er nach der Tüte mit den Backwaren griff, schüttelte Lena den Kopf.

»Schon gut. Einen Versuch war es wert.« Und nach einer kurzen Pause, in der Knut den Backfisch herunterschluckte, sagte er ganz beiläufig: »Weißt du, du solltest Brar sagen, was du für ihn empfindest.«

Lena, die gerade aus ihrer Wasserflasche trank, verschluckte sich. Ein Tropfen rann in die falsche Kehle, und sie hustete ein paar Sekunden lang. »Was?«, presste sie schließlich dumpf heraus. Woher wusste Knut, was sie empfand?

»Ich mein ja nur, Lena.«

»Das ist keine Option«, sagte sie nach einer ganzen Weile, und es klang trauriger, als sie es eigentlich hatte sagen wollen.

2. Teil

Brar

Brar setzte sich auf eine der leeren Holzkisten, die am Anleger standen und in denen der Kapitän des Postschiffes Briefe und Pakete verstaute, wenn weder Brar noch Ella oder Robert, Ellas Lebensgefährte, der vor kurzem auch auf die Hallig gezogen war, Zeit hatten, das Schiff am Anleger zu begrüßen.

Als er mit Annika hier angekommen war, hatte Ines auf einer der Kisten gesessen. Er erinnerte sich genau an ihr schmales, blasses Gesicht. Es schien ihm gestern gewesen zu sein und doch sehr weit weg.

Brar blinzelte in die Sonne, die auf dem dunkelblauen Meer glitzerte und funkelte.

Beinahe war ihm so, als könnte er Ines spüren, als würde ihm ihre Stimme im Wind etwas zuraunen, als säße sie neben ihm. Ein Jahr war seit ihrem Tod vergangen.

Ein arbeitsreiches Jahr. Und er war dankbar für all die Aufgaben gewesen, denn in den stillen Momenten hatten ihm Ines und die Gespräche mit ihr sehr gefehlt.

Ella, Ines' Großnichte, war auf die Hallig gekommen und überraschenderweise auch geblieben, was Brar sehr freute, denn auch zu Ella hatte er von Anfang an eine vertraute Verbindung gespürt, vielleicht auch, weil er ein wenig von Ines in ihr sah.

Und jetzt?

Jetzt war es Zeit, weiterzuziehen. Und vielleicht war es auch gut, nach Kopenhagen zurückzukehren. Inzwischen war er Onkel geworden. Seine Schwester hatte geheiratet und ein Kind bekommen, und zusammen mit den Kindern ihres Mannes aus erster Ehe hatten sie im letzten Jahr ein turbulentes Weihnachten in Kopenhagen gefeiert, das so ganz anders gewesen war als die Feste auf dem Land in all den Jahren zuvor.

Das Leben zu Hause in Dänemark hatte sich weitergedreht, und für ihn hier auf der Hallig schien es nach einer ganz anderen Uhr weitergelaufen zu sein.

Wie sehr man doch an einem Ort hängen kann, dachte er halb verwundert, halb traurig, als er kurz über die Schulter zur Bredenswarft blickte.

Lenas Boot schaukelte in Sichtweite, als Brar wieder zum Meer sah.

Und nur ein paar Minuten später warf sie ihm das Tau zu, und er knüpfte es um den Poller am Anleger. Leichtfüßig wie immer sprang sie vom Boot.

Sie sah gut aus, fand er. Der vergangene Sommer hatte ihre Haut gebräunt, und ihre Sommersprossen leuchteten wie kleine Sterne auf ihrer Nase und den hohen Wangenknochen.

Im letzten Jahr hatten sie sich nicht oft gesehen. Sie waren sich aus dem Weg gegangen. Mehr als einen professionellen Austausch hatte es nicht gegeben. Und jedes Mal, wenn Brar in Worte fassen wollte, was er dachte und fühlte, hatte ihn doch der Mut verlassen.

Sie lächelte ihn an. Es war ein freundliches und distanziertes Lächeln, das ihm einen kleinen Stich versetzte und von dem er sich sehr wünschte, es würde in reine Herzlichkeit umschlagen.

»Wie geht es dir?«, fragte er leichthin.

»Gut, gut«, gab sie zurück, angelte ihre große Tasche vom

Boot und schob sich die Sonnenbrille nach oben ins Haar. »Wollen wir gleich reingehen? Ich habe hier noch ein bisschen Papierkrieg, bevor du die Hallig verlässt.«

»Habt ihr denn schon einen Nachfolger? Wenn ich noch jemanden einarbeiten soll, dann wird es knapp. In drei Wochen bin ich weg.«

Lena ging rasch, beinahe hastig neben ihm in Richtung Bredenswarft, so als wäre ihr Besuch hier eine unangenehme Pflicht, die sie schnell hinter sich bringen wollte. Und wieder einmal fragte er sich, was genau er falsch gemacht hatte. Was genau sie beide falsch gemacht hatten, um diese Chance zu verpassen? Oder hatte es nie eine Chance gegeben?

Er würde sich einfach damit abfinden müssen, dass sie nicht das für ihn empfand, was er sich erhofft hatte.

»Noch kein Nachfolger in Sicht. Wir hatten drei Kandidaten, doch alle drei haben uns kurz vorher abgesagt. Einer heiratet jetzt doch, die zweite Bewerberin ist nun schwanger, und der dritte auf der Liste hat einen anderen Forschungsauftrag seiner Uni angenommen. Jetzt verhandeln wir mit einem Nachrücker auf der Liste, aber …«, sie seufzte, »es zieht sich leider.«

»Und wenn ich schon weg bin, wer weist ihn oder sie dann ein? Du?«

»Nein.« Lena schüttelte den Kopf. »Nein, ich bin dann auch weg.«

»Weg?«, wiederholte er verblüfft. »Du gehst? Ich dachte, Japsand –« Er brach ab. Ging ihn das etwas an? Er drückte die Klinke der Haustür nach unten und trat zur Seite, um sie vorgehen zu lassen.

»Ja, ich … ich habe ein Angebot für ein Forschungsprojekt am Südpol.«

»Am Südpol?«, wiederholte er und hörte selbst, wie fassungslos das klang. »Das ist sehr weit weg.«

»Ja.« Eine Spur Ungeduld lag in ihrer Stimme. »Es ist ja auch der Südpol.« Sie stellte ihre Tasche auf einen der Küchenstühle und entnahm ihr mehrere Akten. Dann richtete sie sich auf und sah sich um. Für einen Moment schien sie den Schutzschild, den sie ihm gegenüber irgendwann einmal um sich herum gezogen hatte, fallenzulassen. »Es sieht sehr leer aus.«

»Ja«, sagte er diesmal knapp und folgte ihrem Blick. »Ich habe einen Teil meiner Sachen schon nach Kopenhagen geschickt.« Und es zerreißt mir das Herz. Ich will hier nicht weg. Aber das sagte er nicht laut.

»Es muss schwer sein, sich nach fast zwei Jahren von hier loszureißen.«

»Ich habe mich hier sehr zu Hause gefühlt. Wahrscheinlich mehr, als ich sollte.« Nachdenklich sah er durch die offene Küchentür ins Wohnzimmer und durch das große Fenster aufs Meer. »Es hat sich viel verändert auf Südfall.«

»Ines' Tod war sicher schwer für dich. Ihr habt euch gut verstanden, nicht wahr?« Echtes Mitgefühl lag in ihrem Blick und echtes Bedauern.

»Ja, sie fehlt mir. Wir waren nicht nur Nachbarn, wir sind gute Freunde geworden.«

»Jemanden zu verlieren ist hart.« Lena klappte eine der Akten auf und setzte sich an den Tisch. »Aber schön, dass ihre Großnichte Sönkenswarft übernommen hat, obwohl das eine gute Chance für Japsand gewesen wäre.«

Er nickte und nahm ihr gegenüber am Tisch Platz. »Ich mag Ella. Und ich finde es gut, dass sie auf der Hallig bleibt und Sönkenswarft weiterhin der Familie gehört. Sie führt ihre kleine Pension wirklich erfolgreich und hat in der kurzen Zeit schon viele begeisterte Besucher gehabt.«

»Das glaube ich.« Lena klang abwesend. Bedauern lag in ihrer Stimme. Vielleicht hätte sie sich wirklich eher gewünscht, dass Japsand die Warft hätte kaufen können.

Brar sah sich noch einmal um. Die Traurigkeit packte ihn im Nacken wie eine kalte Hand. Abschied ist immer schwer. Nirgendwo hatte er sich so zu Hause gefühlt wie auf Südfall. Wie sollte er Lena begreiflich machen, dass das letzte Jahr hier, seit Ines' Tod, ein einziges Auf und Ab war?

Natürlich hatte er sich gefreut, als Ella hierherzog und noch mehr, dass sie bleiben wollte. Von Anfang an hatte er eine tiefe Verbundenheit mit ihr gespürt, die der zu Ines ganz ähnlich war, so als hätten sie etwas ganz Entscheidendes gemeinsam. Für einen sehr kurzen Moment hatte er den Eindruck, dass Ella sich mehr gewünscht hätte, aber er hatte das auf die Beziehungskrise geschoben, die Ella unter anderem hierhergeführt hatte.

Und er selbst hatte nie mehr in ihr gesehen als eine gute Freundin, jemanden, den er auf Anhieb gerne mochte, vielleicht, weil sie Ines in gewisser Weise ähnlich war. Auch ihretwegen fiel es ihm schwer, Südfall zu verlassen. Sie waren mittlerweile alle ein gutes Team, wenn es um die Hallig ging.

Ella und Robert hatten ihn auch eingeladen, jederzeit als ihr Gast nach Südfall zu kommen. Ein Angebot, das er sicherlich annehmen würde, aber Gastbesuche waren etwas anderes als sein bisheriges Leben hier.

»Schau, Brar, das müsstest du unterschreiben und das hier auch …«

Er hörte Lena gar nicht richtig zu, sondern griff automatisch nach seinem Kugelschreiber. Hier ein Kringel, dort ein Kringel. Bald war Südfall Vergangenheit.

Noch hatte er sich in Kopenhagen um gar nichts gekümmert. Weder um eine Wohnung – seine alte hatte er zwischenzeitlich aufgegeben – noch um eine Stelle, obwohl er einige interessante Angebote gesehen hatte. Aber keines hatte ihn so vom Hocker gerissen wie die Ausschreibung von Japsand damals.

Sein ganzes Leben lang war er gerne gereist, hatte nie das Gefühl gehabt, ein Zuhause zu haben oder zu brauchen. Er erinnerte sich daran, was Ines einmal gesagt hatte, als sie sich unterhielten: »Es gibt diesen Ort, Brar, diesen einen Ort, der einem das Reisen und Umherziehen verdirbt, genau wie es diesen einen Menschen gibt, der einem das Alleinsein verdirbt, auch wenn man es mochte. So ist das im Leben.«

Wahrscheinlich hatte sie recht, und Südfall hatte ihm das Vagabundendasein verdorben.

Lena

Einen Tag nachdem sie Brar auf Südfall besucht hatte, saß sie zusammengesunken im Büro.

In der vergangenen Nacht hatte sie sich schlaflos von einer Seite auf die andere geworfen und hatte viele Gedanken kommen und gehen lassen, war schließlich aufgestanden und hatte ihren Geschirrspüler ausgeräumt und den Rest Wäsche weggebügelt, und jetzt saß sie im Büro, und die Müdigkeit hatte sie fest im Griff.

Als Erstes hatte sie natürlich die Kaffeemaschine angemacht, danach aber nur den Kopf auf die Arme gelegt, während sie hörte, wie zischend und gurgelnd ihr Lebenselixier entstand.

»Schlecht geschlafen?« Lena zuckte zusammen und hob den Kopf. Sie hatte sich so auf die vertrauten Geräusche der Kaffeemaschine fixiert, dass sie gar nicht gehört hatte, wie Knut eingetreten war.

»Ja«, murmelte sie nur, stemmte sich hoch, entnahm dem Schränkchen über der Maschine eine Tasse. Verführerisch schwarz plätscherte der Kaffee in ihre Tasse. »Du auch?«

Knut schüttelte den Kopf. »Mehr als zwei Tassen sind in meinem Alter Gift.« Er zögerte kurz, das konnte sie sehen, weil er den Kopf schräg hielt und sie mit zusammengekniffenen Augen ansah. »Hör mal, du schläfst jetzt schon seit einer Ewigkeit schlecht. Müsstest du nicht eigentlich gerade vor Glück darüber zerspringen, dass deine Tage bei Japsand gezählt sind und deine Abreise nach Bremerhaven zum Vorbereitungsseminar für den Südpol immer näher rückt?«

»Hmm«, machte Lena und nahm die Tasse mit zurück an ihren Schreibtisch. Der Kaffee tat gut. Heiß und bitter rann er durch ihre Kehle. »Ich freu mich.«

Knut lachte laut auf. »Herrje, mein vierjähriger Enkel spielt den Esel im Krippenspiel überzeugender als du die fröhliche Expeditionsteilnehmerin.« Er ließ sich in seinen Schreibtischstuhl fallen. »Was ist eigentlich los mit dir?«

»Nichts«, gab Lena zurück. »Nichts.«

Eine ganze Weile war es sehr still im Büro, bis auf Lenas Schlucke aus der Kaffeetasse.

»Pass auf, ich denke jetzt mal laut, ja? Du bist ja eh bald weg, hast schon gekündigt und … da kann ich mir das erlauben, finde ich. Irgendwas ist da zwischen dir und Brar, und ich hab keine Ahnung, was. Also, nein.« Er griff wieder nach seinem heißgeliebten Bleistift und tippte ihn sich gegen die Stirn, da wo sein Haaransatz zurückwich wie das Meer bei Ebbe. »Also, nein, ich habe schon eine Ahnung. Ich glaube, du bist in Brar verliebt.«

Lena hob den Blick. Nicht nur der heiße Kaffee wärmte ihre Wangen. »Ich –«, begann sie, kam aber nicht weiter.

»Ich sag dir jetzt mal was ganz im Vertrauen. Eigentlich«, Knut lachte wieder, »ist es genau das, was ich meinem Enkel neulich auch gesagt habe. Wenn du das Mädchen magst, dann sag ihr das einfach, aber schmier ihr nicht den Pudding nach dem Mittagessen ins Haar, das verwirrt sie nur, und zielführend ist es auch nicht. Ja, klar, der Südpol ist toll. Aber … ist das nicht nur eine Flucht?«

Lena schwieg. Sie hätte ihm sehr gern vehement widersprochen, aber dafür fehlte ihr die Kraft. So magisch war

Kaffee auch wieder nicht, dass er die Wahrheit hätte verbiegen können, und Knut hatte leider recht.

Er fuhr fort: »Wenn du etwas für Brar empfindest, solltest du ihm das sagen. Was daraus wird, wirst du sehen.«

»So ist es nicht. Ich –« Wieder brach sie ab. Es war genau so, und Knut hatte recht.

Knut hob die Hand und sah auf seine Armbanduhr. »Und jetzt … wolltest du nicht heute nach Pellworm fahren?«

Hektisch sprang Lena auf. Stimmt. Es war Donnerstag, und sie war mit dem Vogelschutzwart auf Pellworm verabredet. »Oh ja, ich … ich verpasse noch die Fähre!« Rasch sammelte sie die vorbereitete Akte und ihr Schlüsselbund ein. »Sag mal, hat sich jetzt eigentlich der Ornithologe aus München gemeldet und für Südfall zugesagt?«

»Noch nicht. Wir wollen nächsten Montag telefonieren. Warum?«

»Nur so.« Sie schob sich ihre Tasche über die Schulter. »Nur so«, wiederholte sie nachdenklich, bevor sie das Büro verließ.

Brar

»Es ist wirklich nett von euch, dass ihr mich hier in meiner letzten Woche halb mit durchfüttert. Und es lohnt sich einfach nicht, jetzt noch großartig einzukaufen.«

Robert nickte. »Das verstehe ich. Wir haben dich gern zum Abendessen hier. Setz dich doch!« Er deutete auf die Küchenbank unter dem Fenster, auf der Brar viele Male gesessen hatte, als Ines noch gelebt hatte, und entkorkte eine Flasche Wein.

Ella und Robert hatten viel verändert in Ines' Haus. Im Dachgeschoss waren zwei Ferienwohnungen entstanden, die oft ausgebucht waren, und die größere Hälfte des alten Schafstalles war zu einem Schlafzimmer, einem Bad und einem Arbeitszimmer für Ella und Robert umgebaut worden. Im kleinen Teil waren Brunhilde und Gottfried eingezogen, zwei Kaltblüter, die die Kutsche zogen, mit denen Robert und Ella Gäste auf die Hallig brachten, und die, wenn sie nicht arbeiteten, sich die Salzwiesen mit Brars Schafen teilten.

Nur in den drei Räumen, die Brar am besten kannte, in Ines' alter Küche, im Döns, den Robert und Ella als Wohnzimmer nutzten, und im Pesel, der guten Stube, in der ein großer Esstisch für Gäste stand, hatte sich nicht viel verändert. Sicher, Ella hatte eine Couch mitgebracht und ein paar der Möbel ausgetauscht, aber gerade in der Küche meinte Brar ganz oft noch Ines zu spüren.

»Heute gibt es Pasta mit Muscheln und Salat«, verkündete Ella, rieb sich die Hände an ihrer Küchenschürze und trat dann einen Schritt zurück. »Und, ich habe es völlig vergessen, aber …« Sie drehte sich zu dem alten Buffet um, griff nach einem Umschlag und gab ihn Brar. »Es ist mir unangenehm«, sie trat von einem Bein auf das andere, »wahrscheinlich hätte dich dieser Brief schon im letzten Jahr erreichen müssen, kurz nach Ines' Tod, aber er muss irgendwie unter das alte Buffet gerutscht sein. Wir haben ihn erst gefunden, als wir letzte Woche die Küche gestrichen haben.«

»Oh.« Brar starrte auf das dicke Kuvert. »Für mich? Der ist aber schwer.«

Ella nickte. »Ja, ziemlich prall gefüllt. Sie hat dir wohl noch viel sagen wollen.« Sie ging zurück an den Herd, hob den Deckel des Soßentopfs und schnupperte in den heißen Dampf, der aufstieg. »Ist gleich fertig.«

»Sehr gut«, brummte Robert. »Ich verhungere. Heute habe ich für Japsand die Verträge für den neuen Halligwart überarbeitet.«

»Gibt es denn jetzt einen Nachfolger für mich?« Brar stand auf und schob den Umschlag in die Innentasche seiner Regenjacke, bevor er sich wieder an seinen gedeckten Platz setzte.

Robert schüttelte den Kopf und hob die Hände. Er erledigte alle rechtlichen Angelegenheiten für Japsand, seitdem er seinen Job in Frankfurt am Main aufgegeben hatte, um mit Ella auf der Hallig zu leben.

»Nein, soweit ich weiß, ist es noch nicht definitiv. Da braucht noch jemand Bedenkzeit. Soll ich nicht die Pasta abgießen, Ella?«, erkundigte sich Robert.

»Brauchst du nicht.« Ella wedelte mit ihrer Nudelzange.

»Ich lasse sie nur abtropfen und schaufele sie gleich in die Soße.«

»Wunderbar.« Robert trat hinter Ella, wartete, bis sie Pasta und Soße vermengt hatte, dann schob er sie sanft zur Seite und trug den großen Topf zum Tisch.

»Ist ein komisches Gefühl, dass da in Zukunft jemand anderes auf Bredenswarft sein wird.« Ella schwenkte ihr Weinglas.

»Es ist auch für mich ein sehr seltsames Gefühl … ich meine die Vorstellung, nicht mehr aufzuwachen und aufs Meer zu sehen.« Brar schluckte und trank rasch einen Schluck aus seinem Weinglas. »Ich versuche, mir jetzt das Leben in Kopenhagen in bunten Farben auszumalen. Restaurants, Bars, Nachtleben. Freunde treffen, all das wird in Zukunft wieder möglich sein. Habt ihr euch denn eingelebt?«

Ella und Robert tauschten einen tiefen und sehr liebevollen Blick, bevor Ella antwortete: »Ich kann mir gar nicht mehr vorstellen, irgendwo anders zu leben, ehrlich gesagt. Mir ist so … nein, das klingt albern.« Sie errötete sacht.

»Sag doch?« Robert klang neugierig.

»Ich habe«, Ella stellte ihr Glas ab und kuschelte sich in Roberts Arm, »ich habe das Gefühl, die Hallig hat mein Leben lang nach mir gerufen. Ich habe nur nicht hingehört. Ach!« Ella sprang plötzlich auf. »Ich habe noch etwas für dich, Brar.«

»Für mich?«

Ella ging nach nebenan in den Döns und kam kurz darauf mit einem Stapel Notizhefte wieder. Sie sahen älter aus, waren in Leder gebunden und wurden von einem breiten roten Band sorgfältig zusammengehalten. »Das sind Ines' Tagebücher.«

Brar hob seine Hand. »Nein, nein, Ella, das kann ich –«

»Doch«, unterbrach sie ihn energisch und schob den Stapel über den Tisch, bevor sie sich wieder setzte. »Doch, Brar, ganz sicher.« Sie machte eine kleine Pause und holte Luft. »Schau, ich kenne Charlottes Geschichte. Und das ist in Ordnung. Sie war meine Urgroßmutter, und ich habe sie nie kennengelernt. Ines dagegen ist sehr viel dichter dran, und … sowohl ihre Schwester, also meine Großmutter, als auch ihre Tochter, die ja meine Mutter war, sind beide tot. Ines ist … Ich kann das nicht lesen. Ich habe Angst, dass –« Sie brach ab.

»Angst, dass du etwas über deine Mutter oder Großmutter findest, das du nicht lesen möchtest?«, fragte Brar leise.

Robert drückte Ellas Hand.

»Genau«, antwortete Ella, drückte mit den Zeigefingern in die Innenwinkel ihrer feucht glänzenden Augen und lächelte dann ein kleines, zaghaftes Lächeln. »Ich für meinen Teil will jetzt nach vorn schauen. In mein Leben, unsere Zukunft hier.« Sie tippte Robert auf die Schulter. »Aber ich weiß, Brar, wie viel dir Ines bedeutet hat, wie gut ihr befreundet wart und dass … es fühlt sich sehr richtig an, dir ihre Tagebücher zu geben. Sie hat es nicht explizit verfügt aber … Robert, wie heißt das?«

Robert lachte und legte ihr wieder den Arm um die Schultern. »Was meinst du? Mutmaßlicher Wille?«

»Ja, das meine ich.« Ella nickte energisch. »Du kannst sie lesen, Brar, und mir erzählen, was du für wichtig hältst, und das andere lässt du weg.«

Er verstand sie gut. »Ja, das mache ich, aber … es wird noch … noch ein wenig Zeit vergehen, bis ich hineinschauen werde.«

»Lass dir alle Zeit der Welt.« Ella zog ein Taschentuch heraus und schnäuzte sich. »Ach, verdammt.« Ihre Augen glänzten wieder feucht. »Wir wollen nicht, dass du gehst.«

»Wer hilft mir jetzt, noch mehr Hochbeete zu bauen?« Robert hob betont hilflos seine Hand.

»Ich komme wieder«, versprach Brar.

Alle drei hoben ihre Weingläser. »Auf ein baldiges Wiedersehen«, sagte Ella.

»Auf Südfall«, sagte Brar leise.

Christian Aumüller kletterte für einen Mann seiner plumpen Statur erstaunlich behände von der Kutsche des alten Freerichs, ließ sich dann von ihm seinen Koffer reichen und ging mit energischen kleinen Schritten auf Brar zu. Noch im Gehen streckte ihm der Anwalt die Hand entgegen. »Christian Aumüller.«

»Ja, ich weiß, Brar Hamkens.«

»Weiß ich auch«, gab der Anwalt zurück, und sie lachten beide.

»Wollen Sie nicht reinkommen und sich aufwärmen?«, bot Brar Herrn Freerichs an, doch der schüttelte den Kopf und zeigte mit dem Daumen nach hinten auf die Kutsche. »Nein, ich hab noch Holz für Sönkenswarft. Das liefere ich ab, und dann hole ich den Aumüller wieder ab.«

»Ist recht.« Herr Aumüller winkte seinem Fahrer zu und folgte dann Brar ins Haus.

»Es hat mich doch überrascht, dass Sie mich sprechen wollten«, sagte Brar, als sie in die Küche traten. »Kann ich Ihnen etwas anbieten? Tee, Kaffee, Wasser?«

»Gern einen Kaffee, aber nur, wenn Sie einen haben, extra kochen brauchen Sie für mich nicht.«

Brar schwenkte prüfend die Thermoskanne, die er heute Morgen mit auf die Salzwiesen genommen hatte, wo er die Wildgänse beobachtet hatte, die auf der Hallig gerade Rast machten.

»Sie haben Glück, das ist genau noch eine Tasse.«

Ein breites Lächeln zog über das rundliche Gesicht des Anwalts, bevor er sich an den Tisch setzte.

Brar goss eine Tasse ein, reichte sie ihm und stellte Milch und Zucker dazu. Das Gesicht des Anwalts verfinsterte sich für einen Moment. »Ist es unverschämt, wenn ich frage, ob Sie Kekse haben?«

Verblüfft stand Brar wieder auf. »Nein, gar nicht. Ich habe …«, er streckte sich und griff in den Oberschrank neben dem Herd, »ich habe tatsächlich noch eine Gebäckmischung.«

Er riss die Packung auf und stellte sie auf den Tisch. Jetzt kehrte das Lächeln in Herrn Aumüllers Gesicht zurück.

Interessiert beobachtete Brar, wie er zielsicher die Kekse aus der Packung nahm, die Brar selbst nicht gern aß. Die mit dem klebrigen Marmeladenklecks in der Mitte. Herr Aumüller stopfte sich einen sofort in den Mund, den anderen bröselte er in den Kaffee, rührte um und begann dann seinen Kaffee wie eine Suppe zu löffeln.

Wenn diese Eigenart zu jemandem passte, dann zu diesem Aumüller, dachte Brar.

»Nun, Herr Hamkens, Sie fragen sich sicher, was ich mit Ihnen zu besprechen habe?«

Brar nickte zustimmend. Das fragte er sich, seitdem der Anwalt angerufen hatte und ihn um ein Treffen noch vor seiner Abreise gebeten hatte.

»Also.« Herr Aumüller entnahm seinem Koffer einen Kasten und stellte ihn auf den Tisch.

Brar runzelte die Stirn. Was war das? Auf jeden Fall sah der Kasten alt aus. An den Ecken schien er etwas abgeschabt zu sein, aber sonst war der dicke dunkelbraune Stoff, in den er eingeschlagen war, noch einwandfrei.

»Was ist das?«, fragte Brar neugierig.

»Frau Nahnsen hat in ihrem Testament verfügt, dass Sie ihren Familienschmuck erben.«

Brar blinzelte überrascht und verblüfft. »Was?«, rutschte es ihm heraus. »Also ... wie, ich verstehe nicht? Und warum jetzt?«

Der Anwalt hielt kurz inne, bevor er sich noch einen Löffel Keks-Kaffeegemisch in den Mund schob und schluckte. »Die Instruktionen von Frau Nahnsen waren klar. Ich sollte den Schmuck verwahren, bis Ihre Zeit auf Südfall sich dem Ende zuneigte. Daran habe ich mich gehalten. Frau Nahnsen sagte, es gäbe einen Brief für Sie, in dem Sie vermutlich mehr darüber erfahren.«

»Ja, ich ...« Verwirrt brach Brar ab. Der Brief. Er steckte immer noch in der Innentasche seiner Regenjacke. Er hatte, als er vor ein paar Tagen von Ella und Robert nach Hause kam, überlegt, ob er ihn lesen sollte, und dann das dringende Gefühl gehabt, dass er dies auf der Bahnfahrt nach Kopenhagen tun wollte und nicht auf Südfall. »Ja, ich habe den Brief vor ein paar Tagen erst bekommen und noch nicht gelesen. Vielleicht wissen Sie mehr?« Brar sah Herrn Aumüller an, über dessen Gesicht ein bedauerndes Lächeln huschte. »Ich kann Ihnen leider nicht mehr sagen.« Der Anwalt lehnte sich zurück. »Das, was ich Ihnen sagen sollte, habe ich gesagt. Meine persönlichen Vermutungen gehören dagegen nicht hierher.«

Brar nickte langsam. »Und ... das ist der Familienschmuck?«

»Soweit ich weiß, entstammte Ines Nahnsens Mutter einer sehr wohlhabenden Berliner Fabrikantenfamilie, und wenn ich Ihnen einen guten Rat geben darf, ich denke, Sie sollten sich an einen Fachmann wenden, bevor Sie den Schmuck veräußern. Sein Wert ist nicht unbeträchtlich.«

»Ich kann das nicht annehmen! Unmöglich! Steht er nicht eher Ella Bramen zu?« Brar schob den Kasten in Herrn Aumüllers Richtung, der sich nur ein Stückchen zurücklehnte und den Kasten nicht berührte.

»Es war Frau Nahnsens Wunsch, dass Ella Bramen Sönkenswarft erbt und Sie, Herr Hamkens, ihren Schmuck. Ich würde vorschlagen, Sie lesen den Brief, den Ines Nahnsen ihnen vermacht hat, und wenn dann noch Unklarheiten sind, bin ich natürlich gern bereit, diese zu beseitigen, soweit ich das überhaupt kann.«

»Haben Sie eine Ahnung, warum sie mir so einen Wert vermacht hat?«

Herr Aumüller stand auf, klappte seinen Koffer zu, und tatsächlich hörte Brar in genau diesem Moment das Hufgetrappel der Kutsche.

»Wissen Sie«, sagte der Anwalt, bevor er hinausging, »Sie haben Frau Nahnsen sehr viel bedeutet. Vielleicht nehmen Sie ihr Erbe einfach als das, was es ist: eine Gabe der Liebe und der Zuneigung.« Herr Aumüller tippte sich zum Gruß an einen imaginären Hut. »Ich finde allein hinaus. Alles Gute, Herr Hamkens.«

Brar blieb in der Küche stehen. Er fühlte sich von alldem komplett überrollt.

Lena

Jetzt oder nie, nicht wahr?

Lena hatte lange darüber nachgedacht, was Knut ihr so unverblümt gesagt hatte. Erst hatte sie es gedanklich wegschieben wollen, so als wäre es eben einfach nur ein ungebetener Rat zur falschen Zeit gewesen. Aber die Wahrheit in seinen Worten hatte an ihr genagt.

Sie erinnerte sich gut daran, als sie die Bewerbung vor langer Zeit für den Südpol abgeschickt hatte. Es war eine Laune gewesen. Niemals hatte sie damit gerechnet, tatsächlich ausgewählt zu werden. Und hatte nicht genau dieser Gedanke sie auch dazu verleitet, eben diese Bewerbung abzuschicken? Vielleicht, dachte sie, hatte sie nur sehen wollen, ob sie wirklich ausgewählt worden wäre? Ob sie gut genug war? Das jedenfalls hatte auch Herr Björksen gesagt, als sie mit ihm gesprochen hatte, und er hatte dabei sehr verständnisvoll geklungen.

Sie hielt das Steuerrad ihres Bootes fest in der Hand. Der Wind riss an ihren Haaren, und sie bereute die Entscheidung, die sie gestern Knut mitgeteilt hatte, keine Sekunde. Er war erst verblüfft gewesen, hatte sich setzen müssen und hatte sie gefragt, ob das wirklich ihr Ernst wäre. Er hätte nein sagen können, dachte sie, aber stattdessen hatte er nur noch einmal nachgefragt.

Lena hatte mit einem lauten »Ja, ich will!« geantwortet, und dann hatten sie beide gelacht.

Ja, dachte sie, das ist es, was ich will. *Ich war noch nie in meinem Leben so sicher.*

Südfall tauchte so plötzlich aus dem Nebel auf, dass Lena einen Moment lang die Luft anhielt. So viel Schönheit erschien ihr beinahe unwirklich. Schwere weiße Wolken hingen über der Hallig, und die Schafe auf den Salzwiesen sahen beinahe aus wie ihre Verlängerungen, die bis auf den Boden reichten.

Sie verlangsamte das Boot früher, als es nötig gewesen wäre, und genoss es, auf Südfall zuzuschaukeln, bis sie schließlich den Anleger erreicht hatte, der weit ins Meer reichte, ihr Tau über den Poller warf und von Bord kletterte.

Eigentlich wäre sie gern unbemerkt geblieben, bis sie die Haustür erreichte, doch Brar hatte sie vom Küchenfenster aus gesehen und sie erst einen Moment lang angestarrt, dann hatte er vorsichtig gelächelt und ihr zugewunken.

Lena fröstelte, während sie wartete, bis er die Tür öffnete. Feuchte Kälte drang durch ihren Parka. Es war zweifelsfrei bald Zeit, ihn gegen die Winterjacke zu tauschen, dachte sie und trat von einem Bein auf das andere.

»Hallo Lena, komm rein. Noch mehr Papiere?«, fragte Brar, und er klang müde, fand sie. Unter seinen Augen waren dunkle Ringe.

»Nein, nein … ich.« Sie schluckte. Der Mut, den sie auf dem Boot gespürt hatte, hatte sie so plötzlich verlassen, wie manchmal auf dem Meer eine Flaute aufzog.

Im Flur ging sie an seinen gepackten Koffern vorbei, die er morgen auf das Postschiff laden würde und in Husum dann in den Zug.

»Kann ich dir etwas anbieten? Viel habe ich nicht mehr

im Haus. Mittlerweile nur noch drei Teebeutel und natürlich Wasser.«

»Drei Teebeutel?« Jetzt musste Lena lachen, und Brar stimmte mit ein. Doch sein Lachen klang nicht wirklich fröhlich.

»Ja, ganze drei, aber ich wäre bereit, dir einen abzugeben.«

Lena winkte ab. »Nein, den kann ich dir nicht auch noch wegnehmen. Ich brauche erst mal nichts.« Tatsächlich hätte sie eigentlich gern heißen Tee getrunken, weil ihr so kalt war und weil die Zubereitung Zeit geschunden hätte, aber es war wohl richtiger, sofort das zu sagen, was ihr auf dem Herzen lag.

»Schon gut, das macht nichts. Ich teile gern mit dir, Lena, und … es ist gut, dass du kommst, ich wollte morgen zu dir ins Büro nach Husum kommen. Aber jetzt bist du da und –«

»Zu mir nach Husum?« Lena riss überrascht die Augen auf.

Sie waren auf der Schwelle zur Küche einander gegenüber stehen geblieben, und Brar hatte die Hände in die Taschen seiner Jeans gesteckt. »Ja, zu dir nach Husum. Ich dachte … ach, ich hätte nicht fahren können, bevor wir noch einmal gesprochen haben. Aber, jetzt bist du ja hier.«

»Ja, ich bin hier«, wiederholte Lena leise und versuchte, irgendetwas in seinen müden braunen Augen zu lesen, aber sie blieben seltsam traurig.

»Also«, sagte Brar. »Wer zuerst?«

Sie standen ziemlich dicht voreinander. Er war keinen Schritt zurückgetreten, als sie auf ihn zugegangen war, und jetzt stand er so dicht, dass sie seinen warmen Atem spürte. Verlegenheit kroch Lena den Rücken hinauf, aber da war etwas in seinen Augen, in seinem Blick, das sie festhielt, das sie anzog. Es war, als würde sich dieser erste Augenblick, in dem sie sich damals begegnet waren, in ihnen spiegeln und genau jenes Gefühl, das sie damals empfunden hatte, wieder herauskitzeln. Diese Mischung aus Aufregung, Erregung und diesem Wissen, dass dieser Moment besonders war.

Irgendwo in den Tiefen des Hauses tickte ganz leise eine Uhr, doch für Lena war es, als hätte die Zeit angehalten. Selbst die Wolken, die sie durch das Küchenfenster hinter Brar im Augenwinkel wahrnahm, hingen still und schwer am Himmel.

»Ich«, begann sie, »ich habe das Gefühl, wir haben etwas verpasst.« Eigentlich hatte sie weitersprechen wollen, aber sie konnte kein Wort formen.

»Wir haben uns verpasst.« Brars Stimme war immer noch leise, und er klang ernst.

»Ja, und … und ich frage mich, ob wir das nicht, also … ich meine … ach verdammt! Ich hasse diese Herumstotterei!« Das konnte sie gut, sich in Ärger flüchten.

»Warum haben wir das eigentlich verpasst?«

Ungläubig runzelte Lena die Stirn. »Na ja, weil du … also du warst so distanziert! Erinnerst du dich an meinen Besuch auf der Hallig? Zum Abendessen? Ich … ich dachte, das wäre der Anfang von etwas, ich dachte, wir würden –«

Brar hob eine Augenbraue. »Ich? Ich war distanziert? Du bist aus dem Zimmer gestürzt, als hätte dir eine Möwe dein Fischbrötchen geklaut! Was hätte ich denn denken sollen?«

»Ich wollte einfach nur sensibel sein. Du hast doch gerade eine Beziehung beendet!«

»Genau deshalb wollte ich das langsam angehen, aber doch nicht so langsam, Lena.«

Lena starrte Brar mit einer Mischung aus Erleichterung und Ärger an, dann stieg ein befreites Lachen in ihr auf.

»Kann es sein, dass wir beide ziemlich … na ja, ungeschickt waren?«

Auch Brar lachte. »Kann es sein, dass Reden einfach geholfen hätte?«

»Vielleicht sollten wir uns das auf ein Wandbild sticken lassen. *Reden hilft.*«

»Eben. Wer braucht schon *leben, lachen, lieben.*«

Sie lachten beide verlegen, bis Brar seine Hand an ihre Wange legte. Seine Wärme prickelte auf Lenas kühler Haut. »Wir könnten uns diese wunderbare Wandstickerei teilen, dann braucht nicht jeder eine.«

»Du musst jetzt, ausgerechnet jetzt, witzig sein?«

»Könntest du dich daran gewöhnen?« Brar klang ernst.

»Ich glaube schon«, murmelte Lena, bevor sie sich küssten, bevor sie seine warmen Lippen auf ihren spürte. Ich bin zu Hause, dachte Lena, bevor sie die Augen schloss. Im wahrsten Sinne des Wortes.

Wie lange sie sich hielten, konnte Lena gar nicht genau sagen. Zeit hatte jede Bedeutung verloren. Aber als sie die Augen öffnete, war ein Stückchen graue Wolkendecke vor dem Fenster aufgerissen und zeigte einen kleinen Fleck weißblauen Himmel.

Brar ließ sie schließlich los. »Wir sind ganz schön dumm«, stellte er fest. »Wir haben einfach mal zwei Jahre völlig verpasst.«

Lena nickte. »Ich glaube, wir hatten beide Angst. Wir sind einfach keine zwanzig mehr.«

»Das stimmt. Und jetzt?« Ein wehmütiges Lächeln tauchte in seinen Augen auf. »Und jetzt gehst du an den Südpol – und ich? Ich weiß es noch gar nicht. Erst mal nach Kopenhagen. Und dann … wer weiß.«

»Ich glaube«, sagte Lena, »wir brauchen jetzt doch beide einen Tee.«

»Gute Idee. Du setzt dich, und ich koche Wasser.«

Erst als sie auf einen der Küchenstühle niedersank, merkte Lena, dass ihre Knie zitterten. Anspannung und Aufregung fielen von ihr ab, und gern wäre sie mit ihren Neuigkeiten sofort herausgeplatzt, aber sie hielt inne und wartete, bis Brar zwei dampfende Tassen auf den Tisch stellte. »Ich hab keine Milch mehr«, sagte er entschuldigend und schob Lena die Zuckerdose hinüber.

»Macht nichts«, gab sie abwesend zurück. Normalerweise hätte ihr das schon etwas ausgemacht, aber heute? Heute war das sehr, sehr unwichtig.

»Ich gehe nicht zum Südpol«, sagte sie, während sie etwas Zucker mit ihrem Löffel nahm und dann im Tee versenkte.

»Was? Aber Lena! Das ist eine Chance, die es nur einmal im Leben gibt und die vielleicht nicht wieder kommt, du kannst doch nicht –«

Sie unterbrach Brar mit einer Handbewegung. »Weißt du, Knut hat mir erzählt, dass es in all den Jahren noch nie vorgekommen ist, dass er Schwierigkeiten hatte, diese Stelle zu besetzen. Normalerweise hat er sehr viel mehr Bewerber, als er Absagen schreiben kann. Manche warten Monate auf eine Antwort. Drei Kandidaten in der engeren Auswahl waren mehr als genug. Und diesmal?« Sie hob die Schultern und ließ den Löffel los. »Diesmal haben alle abgesagt. Ich glaube nicht an Vorhersehung, ich glaube nicht an Horoskope und eigentlich auch nicht an Schicksal, aber … puh. Hier kann man schon ins Wanken kommen.«

Brar nickte. »Ich weiß, was du meinst. Erzähl weiter.«

»Mir schien das wie ein Zeichen zu sein. Ich arbeite gern

für Japsand, aber der Papierkram und all die Organisation fressen eine Menge Zeit. Wann war ich das letzte Mal in der Natur? Ich besuche alle Vogelwarte, alle Halligwarte, und jedes Mal bin ich traurig, wenn ich die Stellen verlasse, und neidisch auf die, die bleiben, die, die die Vögel beobachten und in der Natur sind. Mir war klar, dass … Die Bewerbung für den Südpol ist so lange her. Das kommt dem nahe, was ich tun möchte, aber … das ist es nicht. Also«, sie holte tief Luft, »also übernehme ich deinen Posten. Ich werde die neue Halligwartin. Wartin? Heißt das so?« Sie lachte. »Und bin damit die erste Frau auf dem Posten auf Südfall.«

Brar stand schnell auf und zog sie hoch, um sie fest zu umarmen. »Das ist großartig! Ich freue mich für dich!« Er ließ sie los und hielt sie eine Armlänge entfernt, um sie genau anzusehen. Sein Blick ließ Lena erröten.

»Und, Brar«, sagte sie leise, »ich wollte dich fragen, ob du hier bei mir bleiben willst.« Lenas Herz klopfte bis zum Hals, und als er nichts sagte, sprach sie einfach weiter: »Wir … also damals, als wir uns begegnet sind, ich frage mich oft, was gewesen wäre, wenn wir damals ein Paar geworden wären. Vielleicht wäre das gar nicht gut gegangen, aber … ich hab das Gefühl jetzt sind wir … sind erwachsen geworden. Wir haben Erfahrungen gesammelt, wir wissen, wer wir sind, und all die Jahre …« Sie sah zu Boden. »Das heißt doch was –«

»Wenn man sich all die Jahre nicht vergessen kann«, ergänzte Brar und legte ihr sanft einen Finger unter das Kinn. Sie hob den Kopf wieder und sah ihn an. »Also, was sagst du?«, fragte sie beinahe atemlos. »Du und ich auf Südfall? Oder hast du die Nase nach zwei Jahren voll und willst gar nicht mehr, weil, das könnte ich auch –«

Er küsste sie, bevor sie weitersprechen konnte, und sagte

dann: »Ich würde mit dir auch zum Südpol gehen oder auf den Mars fliegen, wenn du das wolltest.«

Sie lachte leise, und ein Hauch Trauer legte sich mit hinein. »Tja, nach zwei Jahren ist ja dann längstens auch für mich hier Schluss und dann … wer weiß? Mars, wir kommen!«

»Lass uns darüber jetzt nicht nachdenken. Lass uns lieber diesen Tag genießen.« Er griff nach ihrer Hand und zog Lena in Richtung Treppe.

Brar

»Woher weiß ich jetzt eigentlich, ob du meinetwegen wiederkommst oder nur, weil du die Hallig so sehr liebst?«, hatte Lena ihn lachend am nächsten Morgen zum Abschied am Bahnhof von Husum gefragt. Ihre Augen hatten gestrahlt und ihre Wangen vor Kälte ganz rosa geleuchtet. Sie sah wunderschön aus, fand er.

»Tja, mit der Frage wirst du leben müssen.« Er hatte ihr zugezwinkert und war eingestiegen, dann hatte er sich noch einmal aus dem Zug gebeugt und sie geküsst.

Als er sich gesetzt hatte und Lena durch das Fenster zuwinkte, fiel ihm ein, was Ines ihm einmal gesagt hatte: »Wenn man den einen küsst, dann weiß man, dass man niemanden anderen mehr küssen will.«

Er hatte das abgetan. Ines war in einer anderen Zeit groß geworden, mit anderen Konventionen und einem sehr traditionellen Bild von Liebe. Aber dieser flüchtige letzte Kuss am Bahnhof, der halb verrutscht war, hatte ihm eine Ahnung davon gegeben, was Ines gemeint haben könnte, und zum ersten Mal, ein Jahr nach ihrem Tod, überwog Dankbarkeit die Trauer. Ja, denn er war dankbar, dass er sie hatte kennenlernen dürfen.

In Schleswig hatte er es gerade so in den Zug nach Kopenhagen geschafft. Die Anschlusszeit war so kurz, dass er den Bahnsteig im Laufschritt gewechselt hatte. Zuletzt war Brar immer zu Ferienzeiten oder an Feiertagen gereist und jedes

Mal froh, wenn er noch einen Sitzplatz ergattert hatte, aber jetzt saß er beinahe allein im Waggon.

Fast vier Stunden Zugfahrt lagen vor ihm, und er fühlte sich nun tatsächlich bereit, den Brief, den Ines ihm hinterlassen hatte, zu lesen.

Noch immer hatte er keine Ahnung, was er mit dem Schmuck anstellen sollte, den sie ihm ebenfalls vererbt hatte. Er erschien ihm so persönlich, und je länger er darüber nachdachte, desto unangenehmer wurde ihm dieses großzügige Erbe.

Grau und fast kahl rauschten vor dem Zugfenster Bäume und Felder im Nebel vorbei. Vorsichtig öffnete Brar das Kuvert und entnahm ihm einen kleinen Stapel eng beschriebener Seiten. Rasch trank er noch einen Schluck Wasser aus seiner Flasche, dann lehnte er sich zurück und begann zu lesen.

Lieber Brar,
wenn dich diese Zeilen erreichen, dann bist du sehr wahrscheinlich allein auf der Hallig. Beinahe habe ich ein schlechtes Gewissen, dich so zurückzulassen, aber niemand sucht sich seinen Tod aus. Er steht allen Menschen zu und erreicht jeden, wann auch immer die Zeit dafür gekommen ist.
Ein schlechtes Gewissen dir gegenüber habe ich aber eigentlich permanent, also ist das nichts wirklich Neues. Ich fürchte nämlich, ich muss dir jetzt sagen, dass ich nicht ehrlich zu dir war. Von Beginn an habe ich dich angelogen oder anders vielleicht: Ich habe dir eine Wahrheit verheimlicht, die dir zusteht.
Vielleicht hätte ich dir zu Lebzeiten davon erzählen sollen. Aber ich tat es nicht. Der Hauptgrund ist sicherlich,

dass ich zu feige war. Ich hatte Angst, wie du reagieren würdest und dass du mich ablehnen würdest. Der zweite Grund ist ein Versprechen, das ich vor langer Zeit gab und an das ich mich gebunden fühle, auch wenn viele Jahre vergangen sind. So viele Jahre, dass ich mich frage, ob dieses Versprechen denen, denen ich es gab, eigentlich noch zusteht.
Du wirst dich vielleicht noch an all die Geschichten aus meinem Leben erinnern, die ich dir im Laufe der Zeit erzählt habe?
Es ist nicht so, dass ich plante, sie dir zu erzählen, als du auf die Hallig kamst. Es hat sich einfach so ergeben. Es hätte ja auch sein können, dass wir uns nicht gemocht hätten, dass wir außer »Guten Tag und guten Weg« keine Worte miteinander gewechselt hätten, nicht wahr?
Aber ich schweife ab. Und ich schweife ab, weil ich Angst habe, obwohl ich gar nicht mehr da sein werde, wenn du das liest.
Nun, Brar, ich erzählte dir von dem Hotel, in dem ich arbeitete, auf Pellworm? Es war nicht Pellworm, es war Amrum. Und mein Mann hieß nicht Peter, sondern Arno, Arno Jensen, und ja, Brar, er war der Bruder deiner Mutter.
Nur war er nicht dein Onkel, sondern dein Vater.«

Brar ließ den Briefbogen sinken. Was? So viele Gedanken stürzten auf ihn ein, dass er nicht in der Lage war, auch nur einen vernünftig zu Ende zu denken.

Was?

Für einen Moment starrte er einfach aus dem Fenster. Ein

Dorf mit einem alten Bahnhof, an dem der Zug nicht hielt, an dem vielleicht gar keine Züge mehr hielten, glitt an seinem Fenster vorbei. Kleine Einfamilienhäuser. Er sah Gärten, Baumhäuser in kahlen Zweigen und abgedeckte Swimmingpools, die von heißen Sommertagen zeugten, die jetzt ganz weit weg zu sein schienen.

Und natürlich gab es diesen einen Gedanken, der sich herausschälte, der eine Wahrheit bestätigte, die er, wenn er ehrlich war, ganz diffus die ganze Zeit gespürt hatte. Aber diesen Gedanken konnte er nicht in aller Konsequenz durchdringen.

Er hob den Briefbogen wieder ein Stückchen höher und starrte auf die saubere klare Handschrift.

Ja, Brar. Du bist Arnos und mein Sohn. Du bist das Kind, von dem ich dir erzählte. Du hast sicher gedacht, es sei bei dem Unfall ums Leben gekommen. Doch das stimmt nicht. Du hast sehr wohl überlebt. Fast ohne einen Kratzer. Wie, ist ein Wunder. Aber du hast es geschafft.
Josefine und Conrad haben dich nach dem Unfall nach Dänemark mitgenommen; ich lag im Krankenhaus und konnte mich nicht um dich kümmern.

Hier sah es so aus, als hätte sie eine Pause beim Schreiben gemacht. Der Aufstrich zum nächsten Absatz war verwischt.

Alles, was ich jetzt schreibe, egal wie sehr ich mich bemühe, wird wohl doch klingen wie eine Rechtfertigung, wie eine Entschuldigung. Ich habe lange nachgedacht, wie ich es stattdessen sehen möchte. Vielleicht Erklärung, aber das trifft es auch nicht ganz genau.

Meine Zeit im Krankenhaus, wenn ich aus der Ferne darauf zurückblicke, war sehr finster. Wirklich dunkel. Mir war, als läge ein Schleier vor meinen Augen. Ich bin mir sicher, heute würde man eine Diagnose dafür finden. Damals gab es das nicht. Damals hieß es einfach, Zähne zusammenbeißen und durch. Egal wie. Viele Tage, Wochen, nach unzähligen Operationen lag ich mir den Rücken wund, die Fersen, die Ellenbogen. Viele Knochen in meinem Körper mussten heilen, ich konnte mich nicht bewegen, ich konnte nicht laufen. Ich musste alles neu lernen. Vor allem musste ich aber lernen, ohne Arno zu leben. Jeder neue Tag war Qual und brachte kaum Hoffnung. Ich wollte so gern stark sein, für dich, und ich konnte es nicht.
Selbst nach meiner Entlassung war ich eine gebrochene Frau, übersät mit Narben und angewiesen auf einen Gehstock. Ich fühlte mich alt, ohne alt zu sein. Ich nahm Schmerzmittel, die mir die Sinne vernebelten, und ich kam nach Hause, nach Südfall, dem Ort, nach dem ich mich so sehr gesehnt hatte – doch nichts war so, wie ich es mir vorgestellt hatte.
Das Zuhause, das ich einmal gehabt hatte und von dem ich glaubte, dass dort alles gut werden würde, war nun ein trister Ort.
Seltsam, wie unser Gehirn uns Dinge vorgaukeln kann, Streiche spielt. Die grünen Salzwiesen waren in Wahrheit grau, die Schafe hätten längst geschoren werden müssen, das Haus war dreckig und abgewohnt, und meine Mutter kam nach dem Tod meines Vaters gar nicht mehr zurecht.
Sie saß auf der Bank vor dem Haus, als ich ankam, trug

ein geblümtes, fleckiges Sommerkleid mit einer dünnen Strickjacke bei klirrender Kälte und keine Socken. Sie lebte in einer eigenen Welt. In meiner ersten Nacht zu Hause weinte ich mich in den Schlaf. Ich hatte geglaubt, meine Mutter würde mich pflegen, so wie damals, als ich klein war, und ich würde mich endlich wieder geborgen fühlen, geliebt und angenommen, aber die meiste Zeit wusste sie gar nicht genau, wer ich war.

Ich flehte meine Schwester in Berlin um Hilfe an, doch sie schrieb nur knapp zurück. Sie war mit Kind, baldigem Enkelkind und Apotheke schon mehr als genug beansprucht.

Es gab viele Tage, an denen wollte ich einfach bei Ebbe durchs Watt laufen, mich im Nebel verlieren und das Meer entscheiden lassen, was mit mir wird.

Mein Leben hing an kaum mehr als an einem seidenen Faden.

Die Einzige, die spürte, wie brenzlig es mit mir war, war meine Freundin Sigrid, die für ein paar Wochen kam und mit mir gemeinsam klar Schiff machte. Sie brachte meine Mutter zum Arzt, der feststellte, dass sie komplett ausgetrocknet war, weil sie nicht genug trank. Bereits nach ein paar Tagen wurde sie klarer und klarer und konnte helfen. Gemeinsam krochen wir in alle Ecken, putzten, kümmerten uns um die Tiere, bis alles wieder in einem Zustand war, in dem ich es gemeinsam mit meiner Mutter schaffen könnte, ihn zu halten.

Ich hätte Sigrid von meinen Geldsorgen erzählen können, aber ich tat es nicht. Sie hatte genug für mich

getan. Ihr verdanke ich, dass ich nicht aufgegeben habe. Ohne die Fischerei meines Vaters wurde es sehr brenzlich. Die Einnahmen reichten so gerade für uns. Wie hätte ich dich hierherholen können?
Was hätte ich dir bieten können?
Ich sah mit eigenen Augen, wie rund, gesund und wohlbehalten du bei Josefine und Conrad würdest aufwachsen können. Weit weg von all der Trauer, weit weg von einer kranken Frau, die dich nicht würde heben und tragen können, die nicht mit dir über die Wiesen tollen würde, die sich abends vor Schmerzen in den Schlaf weinte.
Mein Herz brach, als ich dich in Kopenhagen ließ. Sie boten mir Geld an, aber wie wäre mir das vorgekommen? Eine Mutter, die ihr Kind verkauft?
Ich glaubte ihnen, als sie sagten, dass es für dich das Beste sein würde, wenn du weiterhin glaubst, das Josefine und Conrad deine Eltern sind.
Ich unterschrieb alle Papiere. Ich gab alle Rechte auf, die ich als Mutter gehabt hätte.
Vielleicht fragst du dich, warum ich es dir nie gesagt habe, als du erwachsen warst?
Und das frage ich mich auch. Ich war da, als du die Schule abgeschlossen hast. Ich habe dich gesehen, mit deinem Zeugnis in der Hand. Auch an der Universität zu deiner Abschlussfeier war ich da. Ich habe zwei deiner Vorträge in Kopenhagen gehört. Ich sah dich, und ich sah, wie du deinem leiblichen Vater immer ähnlicher wurdest.
Und als du hierherkamst, wurde mir klar, wie ähnlich du ihm auch im Wesen bist. Deine unerschütterliche

Ruhe, deine Beständigkeit, deine gute Laune, dein Fleiß. Du hast allen Grund, stolz auf dich zu sein, und ich bin es auch.
Meine Mutter hat die Hallig sehr abergläubig gemacht. Sie hat Stimmen im Wind gehört, und lange Zeit habe ich sie ausgelacht und es darauf geschoben, dass alte Leute eben wunderlich werden.
Jetzt bin ich alt, und ich höre die Stimmen ebenfalls. Ich dachte früher, sie wären ein Grund, sich zu fürchten, jetzt bin ich klüger. Die Stimmen rufen mich. Ich bin ein Halligkind, und du bist es im Herzen ebenfalls. Was auch immer Ella mit der Hallig anstellt, wenn sie Sönkenswarft verkaufen will, wird der alte Familienschmuck meiner Urgroßmutter sicherlich dazu beitragen, eine ordentliche Anzahlung dafür zu leisten. Oder aber du willst in die Welt hinaus? Auch dann wird dir das Geld helfen. Als etwas anderes habe ich diesen Schmuck nie gesehen.
Warum wir ihn damals nicht verkauft haben, fragst du dich?
Er hätte dich nicht auf die Hallig und nicht zu mir gebracht. Deshalb haben wir ihn für dich aufgespart. Das ist meine Gabe für dich und das Einzige, das ich dir hinterlassen kann.
Ich bin so dankbar, dass du nach Südfall kamst, dass ich nach all den Jahren ein Stückchen von dir zu sehen bekam, eine Verbindung zu dir haben kann.
Und ich wünsche mir, dass du deinen Eltern, und das schreibe ich bewusst, denn das waren und werden sie für dich sein, nichts nachträgst. Sie, genau wie ich, wollten und wollen nur das Beste für dich. Sie haben

dich geliebt und gehalten, dich großgezogen und in die Welt entlassen, und das darfst du auf keinen Fall jemals vergessen.
Und wenn ich mir etwas für mich wünsche, dann vielleicht, dass du mir nicht böse bist. Und das ist viel verlangt, das weiß ich. Ich hoffe, dass du mich ein wenig verstehst.
Ich liebe dich, mein Sohn, und ich habe dich immer geliebt.
Ines

Brar spürte nichts mehr vom Zug, der die Gleise entlangratterte, ihn weiter nach Norden trug, nach Hause.

Nach Hause?

Er saß ganz still und war völlig unfähig, sich zu bewegen, ja sogar unfähig, die Briefbögen wieder zusammenzufalten und in den Umschlag zu schieben. Er starrte einfach nur geradeaus, auf das verschlungene Muster des Sitzbezuges vor ihm.

Er war seltsamerweise kein bisschen überrascht. Ihm war eher, als hätte der Brief ein Wissen bestätigt und in Worte gefasst, dass er bereits gespürt hatte, als er die Hallig das erste Mal betreten und Ines gesehen hatte.

Und er fragte sich, was in seinen Eltern wohl vorgegangen sein musste, als er ihnen damals erzählt hatte, dass er die Stelle auf Südfall angenommen hatte. Er erinnerte sich, wie seine Mutter geschluckt und sein Vater ihn mit großen Augen angesehen hatte. Damals hielt er das für eine normale Reaktion. Immerhin würde er weit abgeschieden und weit weg von Kopenhagen leben. Seine Mutter und sein Vater hatten einen langen Blick getauscht. Und er hatte nur geglaubt, es läge daran, dass vor kurzem auch seine jüngere Schwester Sofia eine neue Stelle weit weg von zu Hause angenommen hatte und seine Eltern traurig waren, dass jetzt beide Kinder nicht mehr eben mal zum Abendessen kommen würden.

Aber jetzt wurde ihm auch klar, warum seine Eltern, obwohl sein Vater seit kurzem im Ruhestand war, ihn niemals auf Südfall besucht hatten. »Es soll wohl einfach nicht sein«, hatte seine Mutter leichthin am Telefon gelacht. Lose Verabredungen – und immer war etwas dazwischengekommen. So realistisch, dass Brar niemals Zweifel gekommen wären. Wie auch? Ohne die Wahrheit zu kennen.

War zu Anfang, als er den Brief zu Ende gelesen hatte, sein Gehirn noch ganz leer und blank, wie der Himmel es manchmal nach dem Sturm ist, begannen jetzt alle möglichen Gedanken seinen Kopf zu füllen, während der Zug ihn immer näher nach Kopenhagen trug.

Er hatte so viele Gedanken und noch mehr Fragen.

Lena

»Ich glaube, das war's«, sagte Lena und sah sich zufrieden in ihrem Büro um. Ihr Schreibtisch war leergeräumt, und alle ihre persönlichen Dinge hatte sie in einer Kiste untergebracht, während sie aktuell laufende Projekte und Unterlagen sorgsam in die entsprechend beschrifteten Ablagen und Hängeregister sortiert hatte. Ihre Nachfolgerin würde sie zwar nicht direkt einarbeiten können, aber sie war ja nur einen Telefonanruf entfernt auf der Hallig.

»Morgen ist es so weit?«, fragte Knut und hielt ihr eine Tasse Kaffee hin, die er gerade eingegossen hatte.

»Ja.« Lena nickte. »Ich habe gestern schon einen großen Teil meiner Sachen mit dem Boot nach Südfall geschafft, morgen hab ich nur noch leichtes Gepäck.« Sie trank dankbar einen Schluck Kaffee. »Morgen früh übernimmt mein Nachmieter die Wohnung, und dann …« Sie lächelte.

Zum Glück hatte sie einen netten Informatiker gefunden, der eine befristete Stelle in Husum angenommen hatte, um zu schauen, ob ihm das Leben an der Küste gefiel, und mehr als dankbar für ein Jahr Lenas Wohnung übernahm. Danach würde man sehen, dachte sie, alles zu seiner Zeit.

»Und, letzte Zweifel?« Knut blinzelte ihr zu. »Ruft doch der Südpol?«

»Nein. Ich hab mich noch nie so wohl dabei gefühlt, eine Stelle abzusagen.« Und das stimmte wirklich. Ihr lief ein Schauer der Freude über den Rücken, wenn sie daran dachte, dass sie ab morgen auf Südfall wäre und Brar in zwei Wochen nachkommen würde.

»Und Brar hat auch noch eine Möglichkeit gefunden, sich auf seine geliebte Hallig zu mogeln. Ich muss schon sagen … clever, clever.«

Lena lachte unbeschwert. Und genauso fühlte sie sich. Ganz und gar unbeschwert und glücklich.

»Ich muss los. Wir sehen uns, Knut.« Sie gab ihrem Chef, der an ihrem Glück ja nicht ganz unbeteiligt war, einen Kuss auf die Wange, hob ihre Kiste auf und ging zur Tür.

»Viel Spaß auf Südfall!«, rief er ihr nach.

Spaß, dachte Lena, während sie die Kiste in den Kofferraum ihres Wagens lud, damit sie sie gleich morgen früh mit auf die Hallig nehmen konnte. Spaß.

So sicher wie sie sich war, die richtige Entscheidung getroffen zu haben, genauso sicher und genauso glücklich war sie darüber, dass Brar zu ihr auf die Hallig kommen würde.

Sie würden sich eine Stelle teilen, die Arbeit teilen und ihre Freizeit. Brar hatte erwähnt, dass er den Zugewinn an Freizeit ja dafür nutzen könnte, ein Buch über Südfall zu schreiben, und je länger Lena darüber nachdachte, desto besser fand sie die Idee.

Ihr Telefon klingelte in ihrer Tasche, gerade als sie die Treppen zu ihrer Wohnung unterm Dach hochsprintete. Die letzte Nacht in Husum. Übermorgen würde sie auf Südfall aufwachen.

»Ja«, meldete sie sich atemlos, während sie nach ihrem Schlüssel kramte.

»Ich bin es, Brar.«

Seine Stimme klang so … so weit weg und so dumpf.

Lena hielt inne. »Ist etwas passiert?«

Einen Augenblick lang hörte sie nur seinen Atem. »Mein«, er räusperte sich, »mein Vater ist gestorben.«

»Oh, nein, Brar! Das tut mir leid.« Lena gab es auf, nach ihrem Schlüssel zu suchen, und setzte sich stattdessen auf die oberste Treppenstufe. »Das ist ja schrecklich.«

»Ja, er … er starb, während ich im Zug nach Kopenhagen saß und dachte, er würde mich vom Bahnhof abholen. Es ist … es ist alles sehr kompliziert. Ich muss dir etwas erzählen … herrje, ich weiß gar nicht, wo ich anfangen soll.«

»Ich bin spätestens morgen bei dir.«

»Aber … wie, das … es geht nicht, du musst nach Südfall!«

»Ich werde Klaus fragen, ob er noch ein paar Tage länger die Schafe hüten kann. Das ist doch jetzt nicht so wichtig. Das kriegen wir schon hin.«

»Das würdest du tun?« Brar klang sehr ungläubig.

»Natürlich tue ich das«, sagte Lena leise und lehnte sich gegen die Wand. »Ich rufe dich gleich wieder an, wenn ich alles geregelt habe, ja?«

Knut ist ein Engel, dachte Lena, als sie keine vier Stunden nach dem Telefonat in Kopenhagen den Flughafen verließ. Grau und kalt umfing sie die Stadt, als trüge auch die Stadt Trauer um Brars Vater.

Knut hatte sich um alles gekümmert, während Lena einen kleinen Koffer gepackt hatte. Ausnahmsweise tauschte sie ihren Outdoorparka gegen einen eleganten schwarzen Mantel und praktische Hosen mit vielen Taschen gegen elegante Hosen und Röcke. Statt in Turnschuhe oder Boots schlüpfte sie in feine Lederstiefel. Dann fuhr Knut sie nach Flensburg zum Flughafen, wo sie gerade eben noch ein Ticket für den letzten Flug nach Kopenhagen bekommen hatte.

»Du kommst zurück, wenn du zurückkommst. Mach dir keine Sorgen«, hatte ihr Knut eingeschärft. »Wir schaffen das mit der Hallig. Kümmere dich um Brar. Der Tod ist immer schrecklich.«

Vom Kopenhagener Flughafen brachte sie ein Taxi nach Charlottenlund, in den Vorort, in dem Brars Elternhaus stand. Eine beschauliche Gegend nahe dem Øresund, der Dänemark von Schweden trennte und in dem Einfamilienhäuser mit gepflegten Gärten die schmalen Straßen säumten.

Was für ein Idyll, dachte Lena, während die Siedlung an den Taxifenstern vorbeizog. In diesem Teil nördlich von Kopenhagen war sie noch nie gewesen. Sie selbst hatte während des Studiums eher in der Innenstadt gewohnt, nahe der Universität.

Sie hatte Brar eine Textnachricht geschickt, als sie gelandet war, und zu ihrer Überraschung stand er in der Tür eines Hauses aus den sechziger Jahren. Schmale Fensterschlitze zur Straße säumten die karge Betonfassade, aber Lena hatte eine Ahnung, dass das Haus sich sicher zum Garten hin öffnen würde.

Beinahe ungeduldig wartete sie, bis der Taxifahrer ihren Koffer ausgeladen hatte. Brar kam ihr schon entgegen, und sie lief auf ihn zu.

Seine Umarmung war fest, fast so, als wäre er dankbar, dass er sich einen Moment lang an ihr festhalten konnte.

»Ist es überhaupt recht, dass ich hierherkomme? Deine Mutter ist bestimmt nicht begeistert, gerade in dieser Zeit eine Fremde im Haus zu haben. Ich kann auch ein Hotel nehmen –«

»Shhh«, machte Brar und lächelte. »Komm herein, und natürlich bleibst du hier. Du gehörst zu mir, du gehörst hierher.« Er nickte in Richtung einer freihängenden breiten Holztreppe. »Meine Mutter hat sich hingelegt. Ich hoffe, sie kann etwas schlafen. Unser Hausarzt hat ihr ein Medikament gegeben.«

Er hatte ihren Koffer in sein altes Zimmer im Erdgeschoss gebracht, das nicht mehr aussah wie ein Kinderzimmer, sondern nur noch wie ein modernes Gästezimmer, mit einem breiten Doppelbett und einem eigenen Bad.

Danach hatten sie sich an den großen Esstisch in der Küche gesetzt, und Brar hatte erst einen Kräutertee gekocht, doch beide waren übereingekommen, dass ein Glas Rotwein ihnen jetzt guttun würde.

»Mein Vater wollte den Wagen aus der Garage holen«, begann Brar zu erzählen und schwenkte das Glas in seiner Hand. Er sah geschafft aus und war sehr blass. »Sie wollten mich vom Bahnhof abholen. Meine Mutter war wie immer spät dran und suchte etwas. Sie sucht immer etwas.« Brar lächelte ganz leicht. »Einen Schal, ein Halstuch, ihre Sonnenbrille … Jedenfalls hat sie sich irgendwann gewundert, dass mein Vater nicht kam, um sie zu ermahnen, dass sie spät dran wären. Sie hat ihn gesucht, nach ihm gerufen und ihn schließlich in der Garage gefunden. Der Arzt sagte, es wäre wahrscheinlich ein Herzinfarkt. Es ging ganz schnell.«

Lena griff seine Hand und drückte sie fest. »Es tut mir so leid.«

»Danke.« Das Licht der Deckenlampe schien gnädig auf sie herab und tauchte alles in ein seltsam warmes Licht.

»Da ist noch etwas anderes, Brar, nicht wahr?«

Er nickte, und sie ließ ihn los. Gleich stand er auf und

trat hinüber an das bodentiefe Fenster, um in den Garten zu sehen.

»Habe ich dir von dem Brief erzählt, den Ines mir hinterlassen hat? Jedenfalls …«

Es wurde ein langer Abend. Lena hörte zu, während er sprach und ihr alles erzählte. Von Ines, von seinen Eltern, von dem, was Ines ihm erzählt hatte, und dem, was er viel später aus dem Brief erfahren hatte.

»Ich saß im Zug, und … ich war der festen Überzeugung, dass ich meine Eltern mit allem konfrontiere, mit ihnen darüber rede … und jetzt? Jetzt ist mein Vater tot und … ich weiß nicht, was das ändert? Ich war in meinem ganzen Leben noch nie so traurig, so verwirrt und –« Er hielt kurz inne. »Wie kann ich meine Mutter jetzt nach alldem fragen? Sie trauert um ihren Mann, ich trauere um den Mann, den ich für meinen Vater hielt. Und was für ein Chaos!« Er stellte das Weinglas auf den Tisch und verschränkte die Hände vor der Brust. »Ich bin wütend, aber ich weiß gar nicht, auf wen. Auf Ines vielleicht, weil sie mir nicht früher die Wahrheit gesagt hat. Auf meine Mutter, weil sie mir nie die Wahrheit erzählt hat, auf meinen Vater, weil er es auch nicht getan hat und weil er jetzt tot ist.«

Lena stand ebenfalls auf, trat hinter ihn und schlang ihre Arme um seinen Körper. »Was würde es ändern?«

»Wie meinst du das?«, fragte er.

»Nun, wenn einer oder alle es dir gesagt hätten, würdest du einen oder alle weniger lieben?«

Brar schien eine ganze Weile nachzudenken. Als sie schon glaubte, er würde gar nicht antworten, sagte er schließlich: »Nein. Alle hatten Gründe, die ich verstehen kann.«

»Gib dir Zeit, Brar. Jetzt trauerst du um deinen Vater,

und … ich glaube, du wirst es spüren, wann und ob es Zeit ist, mit deiner Mutter darüber zu reden.«

Brar drehte sich um und küsste Lena auf die Stirn. »Vielleicht hast du recht.« Dann küsste er ihre Lippen, und Lena schloss die Augen. »Danke, dass du hierhergekommen bist«, murmelte er leise in diesen Kuss.

Brar

Mutter ist so tapfer, dachte er, während sie den Kaffee auf den Frühstückstisch stellte und Brar den Korb mit den Toastscheiben holte. Er konnte nicht aufhören, sie so in seinen Gedanken zu nennen, sie als Mutter zu sehen. Eher schien ihm, war eine zweite Frau dazugekommen zu dieser, die er Mutter nannte.

Schräge Strahlen der Morgensonne schoben sich durch den Garten, durch die Terrassentür und das breite Fenster auf den langen Esstisch, dessen äußerstes Ende Brar für sie beide gedeckt hatte.

Er musterte seine Mutter verstohlen.

Drei Wochen waren seit dem Tod seines Vaters inzwischen vergangen. Lena war nach der Beerdigung erst nach Husum zurückgekehrt und dann nach Südfall gezogen. Er solle so lange bei seiner Mutter bleiben, wie er glaubte, dass es gut für sie wäre, hatte sie zum Abschied gesagt.

Und heute fand Brar zum ersten Mal, dass seine Mutter frischer aussah. Die sonst so dunklen Ringe unter ihren Augen waren etwas blasser geworden.

»Hast du besser geschlafen?«, fragte er und setzte sich auf seinen Platz, auf den Platz am Tisch, auf dem er immer gesessen hatte.

Seine Mutter fuhr sich durch ihr Haar. Es war grau geworden, und schon seit einigen Jahren hatte sie aufgehört, es zu färben, und zu einem kinnlangen Bob schneiden lassen, der ihr kleines Kinn betonte und ihr ovales Gesicht etwas runder wirken ließ.

Statt des Morgenrocks, den sie sonst um diese Zeit trug, hatte sie sich ein schwarzes Etuikleid angezogen mit der dazu passenden kurzen Jacke.

»Etwas«, sagte sie. »Ein wenig länger zumindest.«

Brar nickte und hielt ihr den Brotkorb hin.

Mit spitzen Fingern griff sie nach einer Scheibe Toast und sah ihn vorwurfsvoll an.

Er lächelte entschuldigend. »Ich hab die Brotzange nicht gefunden.« In Wahrheit hatte er einfach vergessen, wie pingelig seine Eltern selbst beim Essen waren. Um davon abzulenken, fragte er rasch: »Hast du heute einen Termin?«

Seine Mutter starrte erst auf die Scheibe Toast, als wüsste sie gar nicht, was sie damit anfangen sollte, dann sah sie auf und sah ihn an. Sie kniff die Augen zusammen und schwieg einen Moment, ohne den Blick abzuwenden.

Rasch schob er ihr die Butter hinüber.

Als sie endlich sprach, klang ihre Stimme brüchig. »Ja, ich … Brar, ich habe lange nachgedacht und … ich möchte das Haus verkaufen.«

»Oh«, sagte Brar nur, um ihre Gedankengänge nicht zu unterbrechen.

»Sieh mal, ich bin allein und … es ist einfach zu groß für mich. Ich … habe überlegt … ich will nach Aalborg ziehen, näher zu Sofia und ihrer Familie, und ich … ich möchte hier nicht allein sitzen mit all den Erinnerungen.« Sie holte tief Luft. »Heute Nachmittag kommt Herr Magnussen, unser Anwalt, und ich möchte, dass du dabei bist, wenn er mit mir spricht. Vater hat zwar mir das Haus hinterlassen, aber wie du ja weißt, bin ich finanziell durch das Erbe meiner Familie relativ unabhängig. Es war der Wunsch deines Vaters, dass sowohl Sofia als auch du jeweils eine kleine Summe erbt, falls er vor mir stirbt. Ich denke manchmal«, ihr Blick glitt zum Fenster, »dass er geahnt hat, dass er seinen Ruhestand nicht lange genießen wird.« Sie nahm das Messer auf, tauchte es in die Butter und begann eine dünne Schicht auf den Toast zu kratzen, bevor sie einen Klecks Marmelade dazugab. »Und … herrje, das fällt mir schwer.« Sie sah wieder Brar an.

»Was möchtest du mir sagen?«, fragte Brar sanft.

Sie befeuchtete ihre Lippen und sank ein Stückchen in sich zusammen. Die Frau, die sich immer gerade hielt, die immer aufrecht durchs Leben gegangen war, solange er sie kannte, schien vor seinen Augen zu schrumpfen.

»Du weißt es, nicht wahr?«, fragte sie leise.

Brar musste nicht überlegen, was sie meinte.

»Ja«, sagte er leise. »Ich weiß es. Ich glaube, ich weiß so ziemlich alles.«

Seine Mutter nickte, schob den Stuhl ein Stückchen zurück und schlug die Beine übereinander. »Ich habe es in deinen Augen gesehen, als du ankamst. Als du uns damals erzählt hast, dass du die Stelle auf Südfall antrittst, da haben wir geahnt, dass es … Hat Ines es dir gesagt?«

Er schüttelte den Kopf. »Nein, sie hat ihr Versprechen gehalten. Sie hat sich mir gegenüber nie zu erkennen gegeben. Allerdings hat sie mir einen Brief geschrieben, den ich aber erst vor kurzem bekommen habe.«

Seine Mutter nickte wieder, diesmal sehr langsam. »Dein Vater und ich haben damals überlegt, ob wir dir alles sagen. Und dann … wir haben uns nicht getraut. Wir haben gehofft, dass es … wir waren wie Kinder, denke ich jetzt, seitdem er tot ist. Wir haben die Hände vor die Augen gehalten, geglaubt, wenn wir nichts sehen, wirst du es auch nicht sehen.«

Brar wusste nicht recht, was er dazu sagen sollte. Er verstand, dass sein Schweigen für seine Mutter beinahe unerträglich war. Ihr Gesicht hatte sie verzogen, als würde ihr die Stille körperliche Schmerzen bereiten. »Du hättest es von dir aus nicht angesprochen, oder?«

Ihre Worte weckten ihn aus seiner Starre und der Gedankenleere, die er spürte. »Nein, sicher nicht jetzt.«

Sie hob ihre Arme und drehte die Handflächen nach oben. »Ich weiß nicht, was ich sagen soll. Ich weiß es nicht. Es tut mir leid? Ich habe lange darüber nachgedacht, aber dann … ich kann mich nicht für etwas entschuldigen, das ich für richtig halte, nach wie vor. Ich … Heute würde ich mich genauso entscheiden. Mit einem Unterschied.«

»Ja«, sagte er fragend.

»Ich würde heute Ines nicht mehr aus deinem Leben verbannen. Und das ist das Einzige, das mir unermesslich und unerträglich leidtut. Wir haben sie herausgeschnitten, und das hätten wir niemals tun dürfen.« Ein feuchter Glanz legte sich über ihre Augen. »Sie hätte ein Teil dieser Familie sein können und müssen.« Seine Mutter schluckte hörbar. »Als ich mit Sofia schwanger wurde, was an ein Wunder grenzte, weil Conrad und ich nie damit gerechnet hätten, doch noch ein leibliches Kind zu bekommen, begriff ich zum ersten Mal, was wir Ines angetan haben und weiter antaten. Aber wir waren schwach, wir hatten Angst. Und wir dachten, es wäre zu spät für uns alle.«

»Das verstehe ich sogar«, warf Brar leise ein.

»Es tut mir unendlich leid«, flüsterte seine Mutter.

»Mir auch.«

Er ließ sie einen Moment lang weinen. Nicht aus Boshaftigkeit oder weil er sie nicht trösten wollte, sondern eher, weil er das Gefühl hatte, sein Gehirn funktionierte nur in Zeitlupe. Alles, was sie gesagt hatte, drang in einzelne Gefühlsschichten vor und musste in jeder verarbeitet werden.

Schließlich stand er auf, trat neben sie und legte ihr eine Hand auf die Schulter, dann ging er neben ihrem Stuhl in die Knie. »Ich verstehe, was ihr getan habt, und ich verstehe auch, warum. Ines hat übrigens niemals schlecht über euch gesprochen oder geschrieben.«

Seine Mutter schluchzte. »Sie war ein wirklich guter Mensch, Brar. Sie hat meinen Bruder sehr glücklich gemacht.«

»Das glaube ich auch.«

Seine Mutter drehte sich zu ihm und schlang ihre Arme um seinen Nacken.

Brar zögerte einen kleinen Moment, dann nahm er sie in den Arm und drückte sie fest.

Brar hatte, nachdem er aus Kopenhagen abgereist war, nicht lange gebraucht, um seinen Entschluss zu fassen.

Er würde es versuchen müssen. Er würde Knut einfach fragen.

Brars Herz hatte erst laut und schnell geklopft, als er in Kopenhagen in den Zug gestiegen war, dann jedoch hatte er sich auf der Bahnfahrt nach Husum beruhigt. Noch am Bahnhof hatte er Knut um ein Gespräch gebeten, und nur eine Stunde später saß er in seinem kleinen Büro.

Die Sonne hatte sich an diesem Tag hinter dichten Wolken versteckt, die schnell vor dem Bürofenster vorbeizogen, als hätten sie es eilig, als hätten sie wichtige Termine, während Brar Knut erzählte, was in Ines' Brief gestanden hatte, und dann die Frage stellte, die in seinem Herzen brannte, die Frage, die sein Leben auf den Kopf stellte.

Und jetzt verschränkte Knut die Arme vor der Brust und rollte mit seinem Schreibtischstuhl ein Stückchen zurück.

Brar ließ ihn einen Moment lang schweigen und nachdenken, dann fügte er leise hinzu: »Ich stamme von dieser Hallig, und ich gehöre dorthin. Nicht für ein, zwei Jahre, sondern für immer. Zusammen mit Lena. Mit dem Geld, das ich Japsand für die Hallig biete, kannst du viel anfangen. Neue Stellen schaffen, die Vogelschutzstation auf Pellworm ausbauen … alles ist möglich. Und natürlich würden wir weiterhin mit Japsand zusammenarbeiten und –«

Knut unterbrach ihn mit einer ungeduldigen Handbewegung. »Brar, das verstehe ich alles.« Er machte den Mund auf und wieder zu.

»Und«, sprach Brar unbeirrt weiter, »du hättest also alle Vorteile der Halligstation, aber ohne die Unterhaltskosten. Du bist dabei der Gewinner.«

Sein letzter Satz rang Knut dann doch ein Lächeln ab. »Du bist ein guter Verkäufer, Brar. Dein Talent ist auf der Hallig verschwendet.«

Brars Lächeln wurde zu einem breiten Grinsen. Er wischte sich eine Strähne seines Haares aus der Stirn. »Vielleicht, aber in diesem Fall will ich Bredenswarft einfach nur kaufen.«

Knut beugte sich vor. »Ich würde gern ein bisschen darüber nachdenken.«

Brars Zuversicht flaute ein wenig ab. »Sicher«, sagte er und war sich sehr wohl bewusst, wie enttäuscht das klang.

Mit einer ruckartigen Bewegung stand Knut auf. »Wer hätte gedacht, dass … Ines hat das all die Jahre für sich behalten. Wenn ich das schon kaum fassen kann, wie muss es dir erst gehen?«

»Ich hatte jetzt etwas länger Zeit, mich an den Gedanken zu gewöhnen, aber ja«, gab Brar offen zu, »auch für mich … auch ich habe das alles noch nicht ganz erfasst.«

»Dann wäre Südfall also wieder komplett in der Familie. Mit Ella auf Sönkenswarft und dir auf Bredenswarft.«

Brar nickte. »Genauso wäre es. Wir alle wären dann zu Hause.«

»Wie hat Ella darauf reagiert?«

Brar lächelte. »Sie hat sich in erster Linie sehr gefreut, glaube ich.«

»Meine Güte.« Knut rieb sich müde die Stirn. »So ein kleines Fleckchen Land, so viele Schicksale.« Dann streckte er Brar die Hand hin. »Also schön. Auf ein glückliches Ende nach all den Jahren.«

Eine unbändige Freude und eine unfassbare Zuversicht in die Zukunft durchdrang Brar, als er nach der Hand griff und sie drückte. Dann jedoch besann er sich und umarmte Knut kurz und fest. »Auf die kommenden Generationen!«

Es dauerte einen Moment, dann blinzelte Knut. »Was? Schon? Ist Lena etwa –«

»Nein!« Jetzt erst wurde Brar klar, wie viel Verwirrung er mit diesem Satz geschürt hatte. Er lachte. »Nein, Ella und Robert erwarten ein Kind. Das darf ich jetzt endlich verraten.«

»Tja, dann …« Knut lächelte breit. »Das freut mich!«

Südfall

Ein strahlend klarer, aber frostiger Tag ging auf Südfall zu Ende. Die Sonne sank als roter Feuerball hinter den Horizont. Als Brar und Lena am Westufer der Hallig ankamen, hatten Ella und Robert schon Treibholz zu einem kleinen Haufen aufgestapelt. Auch Brar hatte noch Holz und die Reste des alten Weihnachtsbaums unter dem Arm, während Lena einen Korb trug und ihn schließlich unweit des Holzstapels abstellte.

Die Kälte hatte ihrer aller Wangen gerötet. Ella blies sich in die Hände, die in dicken Wollhandschuhen steckten, und Robert hatte den Arm um sie gelegt und zog sie dichter an sich.

»Unser erstes Biikebrennen«, sagte Ella und lächelte. »Von Robert weiß ich, dass er die Tradition nicht kennt. Ich komme aus Berlin, da gibt es das auch nicht. Brar, gibt es das in Kopenhagen?«

Er schüttelte den Kopf. »Nein, Ich habe –« Er dachte an Ines. Ich habe es einmal mit Ines gesehen, hatte er sagen wollen, aber es sich anders überlegt. Das war seine Erinnerung. Dieser Moment auf Sönkenswarft, als sie in der Kälte dicht nebeneinanderstanden und das Licht am Horizont sahen, schien ihm sehr weit weg und zugleich ganz nah zu sein. Dieser innige Moment mit seiner Mutter.

Seine Mutter, die Halligfischerin.

Er lächelte. »Vielleicht gibt es das auf den dänischen Inseln?«, sagte er stattdessen. »Ich weiß es gar nicht. Aber Lena, du kennst das, nicht wahr?«

»Ja, am 21. Februar ist fast überall auf den Inseln und Halligen Biikebrennen. Früher diente es als Leuchtfeuer, um die Walfänger in eine neue Saison zu verabschieden.« Lena lachte. »Auf Sylt glaubt man auch, dass die Frauen dort mit dem Feuer nicht nur ihre Männer verabschiedeten, sondern auch den dänischen Männern auf dem Festland das Zeichen dafür gaben, dass sie wieder allein waren und sich über Besuch freuen würden.« Alle lachten, und Lena knuffte Brar in die Seite. »Na, wie gut, dass ich meinen halben Dänen schon hier habe. Eigentlich hält der Bürgermeister oder wahlweise auch der Pfarrer des Ortes noch eine Rede. Und sie endet immer mit den Worten: Maaki di biiki ön – Macht die Biike an.«

Brar zog eine Packung Kaminhölzer aus der Jackentasche. »Wer will?«

Robert sah jeden einmal an. »Ich finde, das steht Brar und Ella zu.«

Lena nickte. »Sehe ich auch so«, sagte sie.

Abwehrend hob Ella erst die Hände und legte sie dann auf ihren deutlich gerundeten Bauch. »Ich passe dieses Jahr. Brar, würdest du?«

»Sicher.«

Nur wenig später stieg Rauch in den dunkelblauen Himmel auf, und die Flammen züngelten aus der kleinen Biike.

Rasch entnahm Lena ihrem Korb vier Gläser und reichte jedem eins. Für Ella hatte sie eine kleine Flasche Orangensaft mitgebracht und goss ihr zuerst ein, bevor sie den Sekt öffnete und verteilte.

»Wünscht man sich traditionell etwas?«, fragte Ella, als sie alle ihre Gläser hoben.

»Nein, nicht dass ich wüsste«, antwortete Lena, »aber wir können hier unsere eigene Tradition begründen.«

Sie spürte Brars Hand auf ihrer Schulter. Seine Wärme drang selbst durch den Daunenmantel, den sie trug, bis auf ihre Haut.

»Dann schlage ich vor, wir trinken auf Südfall und alle kommenden Generationen hier auf dieser Hallig.«

Ella, Robert und Lena hoben ebenfalls ihre Gläser. »Auf Südfall und alle kommenden Generationen!«

Ella fügte hinzu: »Mögen sie hier so glücklich werden, wie wir es bereits sind.«

Als Brar Lena küsste, spiegelte sich der Schein des Feuers in seinen Augen, und sie lächelte, als er sie losließ. »Ja«, sagte sie leise, »wir alle sind am Ende heimgekommen.«

Zum ersten Mal seit vielen Generationen brannte endlich wieder ein Biikefeuer auf Südfall.

Ende

Nachwort

Die Hallig Südfall, die ich in diesem Roman beschreibe, ist ebenso ein Produkt meiner Fantasie wie die handelnden Personen dieser Geschichte.

In Wahrheit gibt es auf der echten Hallig Südfall nur eine Warft. Diese gehörte in der Vergangenheit Diana von Reventlow-Criminil, die bis zu ihrem Tod 1953 allein dort gelebt hat.

Viele Anekdoten ranken sich um das Leben der »Hallig-Gräfin«, wie sie liebevoll genannt wird. So soll sie während des Zweiten Weltkriegs einen englischen Bomberpiloten auf Südfall versteckt haben …

Heute ist Südfall nur im Sommer bewirtschaftet.

Im Winter, wenn der Wind Geschichten aus längst vergangenen Zeiten über die Salzwiesen raunt, gehört dieser schwimmende Traum ganz allein der Natur und den Gezeiten.

Weite Strände, weiße Dünen und die Liebe deines Lebens

Marie Merburg
STRANDKORBZAUBER
Ostsee-Roman

384 Seiten
ISBN 978-3-404-18482-8

Ein Auftrag führt die Künstlerin Hannah zurück in ihren Heimatort auf dem Darß. Liebwitz soll das »Dorf der Liebe« werden – und Hannah das neue Standesamt verschönern. Doch der Empfang ihrer Familie verläuft frostig, und auch eine Begegnung mit ihrem Ex Finn lässt nicht lange auf sich warten. Als Hannah dann noch indirekt dafür verantwortlich gemacht wird, dass sich das alte Ehepaar Jahnke an seinem 75. Hochzeitstag scheiden lassen will, ist die Katastrophe perfekt. Jetzt muss Hannah Amor spielen, und leider scheint nur einer dabei helfen zu können: Finn, der ihr einst das Herz gebrochen hat …

Lübbe

Lesejury